LA REINE LIBERTÉ

**

LA GUERRE DES COURONNES

DU MÊME AUTEUR

CHEZ POCKET

L'AFFAIRE TOUTANKHAMON
CHAMPOLLION L'ÉGYPTIEN
MAÎTRE HIRAM ET LE ROI SALOMON
POUR L'AMOUR DE PHILAE
LA REINE SOLEIL
BARRAGE SUR LE NIL
LE VOYAGE INITIATIQUE
LA SAGESSE ÉGYPTIENNE
LE MOINE ET LE VÉNÉRABLE
LES ÉGYPTIENNES
LE PHARAON NOIR
LA TRADITION PRIMORDIALE DE L'ÉGYPTE ANCIENNE
LE PETIT CHAMPOLLION ILLUSTRÉ
LA SAGESSE VIVANTE DE L'ÉGYPTE ANCIENNE

Le juge d'Égypte

1 – LA PYRAMIDE ASSASSINÉE
2 – LA LOI DU DÉSERT
3 – LA JUSTICE DU VIZIR

Ramsès

1 – LE FILS DE LA LUMIÈRE
2 – LE TEMPLE DES MILLIONS D'ANNÉES
3 – LA BATAILLE DE KADESH
4 – LA DAME D'ABOU SIMBEL
5 – SOUS L'ACACIA D'OCCIDENT

La pierre de lumière

1 – NÉFER LE SILENCIEUX
2 – LA FEMME SAGE
3 – PANEB L'ARDENT
4 – LA PLACE DE VÉRITÉ

La reine liberté

1 – L'EMPIRE DES TÉNÈBRES
2 – LA GUERRE DES COURONNES
3 – L'ÉPÉE FLAMBOYANTE

Christian Jacq

Christian Jacq est né à Paris en 1947. Il découvre l'Égypte à treize ans, à travers ses lectures, et se rend pour la première fois au pays des pharaons quatre ans plus tard. Après des études de philosophie et de lettres classiques, il s'oriente vers l'archéologie et l'égyptologie, et obtient un doctorat d'études égyptologiques en Sorbonne avec pour sujet de thèse : *Le voyage dans l'autre monde selon l'Égypte ancienne*. Parallèlement à sa carrière universitaire, il écrit des ouvrages de fiction dès l'âge de seize ans. Producteur délégué à France Culture, il travaille notamment pour *Les chemins de la connaissance.*

Christian Jacq publie son premier essai, *Le message des bâtisseurs de cathédrales*, en 1974, puis une quinzaine d'autres, dont *L'Égypte des grands pharaons* (1981), qui est couronné par l'Académie française, ainsi que *Le petit Champollion illustré* et *Initiation à l'égyptologie* (1994), qui mettent à la portée de tous des connaissances jusque-là réservées aux spécialistes. Dans le domaine du roman, le premier grand succès de Christian Jacq est *Champollion l'Égyptien* (1987), succès confirmé par *La reine Soleil* (prix Jean d'heurs du roman historique 1988) et *L'affaire Toutankhamon* (prix des Maisons de la Presse 1992).

Créateur de l'Institut Ramsès, Christian Jacq a effectué avec son équipe une "description photographique de l'Égypte" destinée à préserver les sites menacés, et mène de fréquentes missions sur le terrain. Il poursuit ainsi une triple carrière d'égyptologue, d'essayiste et de romancier, qui le ramène toujours à l'Égypte ancienne.

CHRISTIAN JACQ

LA REINE LIBERTÉ

**

LA GUERRE DES COURONNES

XO EDITIONS

ISBN : 2-266-12692-X

Je dédie ce livre à toutes celles et tous ceux qui ont consacré leur vie à la liberté en luttant contre les occupations, les totalitarismes et les inquisitions de toute nature.

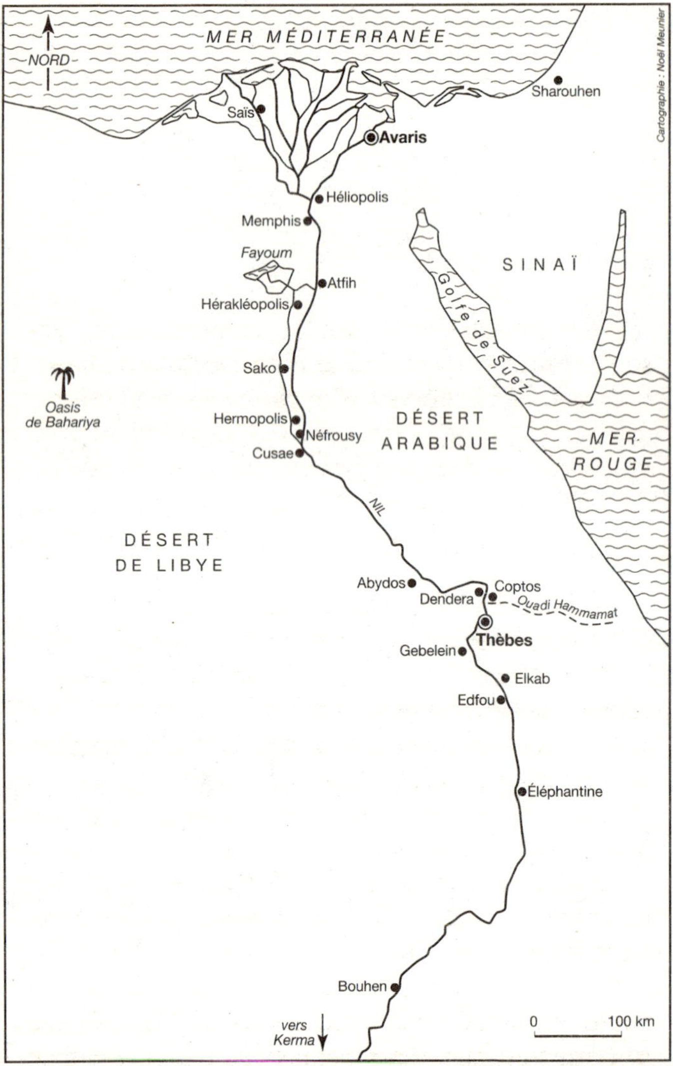
MER MÉDITERRANÉE
NORD
Cartographie : Noël Meunier
Sharouhen
Saïs
Avaris
Héliopolis
Memphis
Fayoum
Atfih
Hérakléopolis
SINAÏ
Golfe de Suez
Sako
Oasis de Bahariya
Hermopolis
Néfrousy
Cusae
DÉSERT ARABIQUE
MER ROUGE
NIL
DÉSERT DE LIBYE
Abydos
Coptos
Dendera
Ouadi Hammamat
Thèbes
Gebelein
Elkab
Edfou
Éléphantine
Bouhen
vers Kerma
0
100 km

1

Assis à la gauche d'Apophis, empereur des Hyksos, le général de charrerie n'en menait pas large. Pourtant, il bénéficiait d'un honneur très recherché : assister, en compagnie du souverain le plus puissant du monde, à l'épreuve du taureau dont les habitants d'Avaris, capitale de l'empire sise dans le Delta d'Égypte, parlaient avec frayeur sans savoir exactement de quoi il s'agissait.

Installés sur une plate-forme, les deux hommes dominaient une arène et une construction circulaire appelée « le labyrinthe » d'où personne, d'après la rumeur, ne ressortait vivant.

— Tu sembles bien nerveux, observa Apophis de sa voix rauque qui glaçait le sang.

— C'est vrai, Majesté... Votre invitation, ici, au palais... Je ne sais comment vous remercier, répondit l'officier supérieur en balbutiant et sans oser regarder l'empereur dont la laideur était impressionnante.

Grand, le nez proéminent, les joues molles, le ventre ballonné, les jambes épaisses, Apophis ne se permettait que deux coquetteries : un scarabée en améthyste monté sur une bague en or au petit doigt de la main gauche et, au cou, une amulette en forme de croix ansée[1] qui lui donnait droit de vie et de mort sur ses sujets.

« Aimé du dieu Seth », Apophis s'était proclamé pharaon de Haute et de Basse-Égypte et avait tenté de faire inscrire ses noms de couronnement sur l'arbre sacré de la ville sainte d'Héliopolis. Mais les feuilles s'étaient montrées rétives, refusant de l'accepter. Aussi Apophis avait-il assassiné le grand prêtre, ordonné la fermeture du temple et affirmé que le rituel s'était correctement déroulé.

Depuis quelque temps, l'empereur était contrarié.

Dans les Cyclades, l'amiral Jannas, Asiatique impitoyable et remarquable guerrier, pourchassait des pirates qui osaient s'en prendre à la flotte marchande de l'empire. En Asie, plusieurs petites principautés manifestaient des velléités d'indépendance que des troupes d'élite hyksos étouffaient dans l'œuf en massacrant les révoltés, en brûlant les villages et en ramenant des troupeaux d'esclaves.

Ces épisodes-là servaient le grand dessein d'Apophis : accroître encore l'étendue de son empire, déjà le plus vaste jamais connu. La Nubie, Canaan, la Syrie, le Liban, l'Anatolie, Chypre, les Cyclades, la Crète et les marches de l'Asie baissaient la tête devant lui et redoutaient sa puissance militaire. Mais ce n'était qu'une étape, et les envahisseurs hyksos, regroupant des soldats issus de

1. Le signe hiéroglyphique *ânkh*, « la vie ».

diverses ethnies, devaient poursuivre leur conquête du monde.

Un monde dont l'Égypte était le centre.

Cette Égypte des pharaons que la déferlante hyksos avait submergée avec une facilité surprenante, mettant fin à de longs siècles de civilisation fondée sur Maât, la justice, la rectitude et la solidarité. Lamentables combattants, les Égyptiens n'avaient pas su s'opposer à la force brutale et aux armes nouvelles des envahisseurs.

Le pharaon, à présent, c'était lui, Apophis.

Et il avait implanté sa capitale à Avaris, un lieu de culte de Seth, le dieu de la foudre et de la violence, qui le rendait invincible. La bourgade était devenue la principale ville du Moyen-Orient, dominée par une citadelle imprenable d'où l'empereur aimait à contempler le port, rempli de centaines de bateaux de guerre et de commerce.

Conformément au désir d'Apophis, Avaris se présentait comme une gigantesque caserne, un paradis pour les militaires que servaient des Égyptiens réduits en esclavage.

Et c'était pourtant dans le sud de cette Égypte vaincue et piétinée qu'une incroyable révolte avait pris corps ! À Thèbes, obscure cité agonisante, un roitelet nommé Séqen et son épouse Ahotep avaient osé prendre les armes contre l'empereur.

— Où en sommes-nous exactement, général ?

— Nous contrôlons la situation, Majesté.

— À quel endroit se situe le front ?

— À Cusae, Majesté.

— Cusae... Cette ville ne se trouve-t-elle pas à trois cent cinquante kilomètres au nord de Thèbes ?

— À peu près, Majesté.

— Cela signifie donc que la ridicule armée de Séqen a conquis un vaste territoire... beaucoup trop vaste.

— Oh non, Majesté ! Les révoltés ont tenté une percée éclair en descendant le Nil à une vitesse surprenante, mais ils n'ont pas assis leur domination sur les provinces traversées. En réalité, leur action a été plus spectaculaire que dangereuse.

— Nous avons quand même subi plusieurs revers.

— Ces insoumis ont pris quelques détachements par surprise ! Mais j'ai réagi très vite et stoppé leur avance.

— Au prix de lourdes pertes, paraît-il.

— Leur armement est archaïque, mais ces Égyptiens se battent comme des fauves ! Par bonheur, nos chars et nos chevaux nous donnent une énorme supériorité. Et puis, Majesté, n'oubliez pas que nous avons tué leur chef, Séqen.

« Uniquement grâce à l'espion qui gangrène l'ennemi », pensa Apophis dont le regard torve demeurait indéchiffrable.

— Le cadavre de ce Séqen, où est-il ?

— Les Égyptiens ont réussi à le récupérer, Majesté.

— Dommage. Je l'aurais volontiers accroché à la grande tour de la citadelle. La reine Ahotep, elle, est indemne ?

— Malheureusement oui, mais ce n'est qu'une femme. Après la mort de son mari, elle ne songera qu'à se rendre. Les lambeaux de l'armée égyptienne ne tarderont pas à se disperser, et nous les détruirons.

— Ah, voici de la distraction ! s'exclama l'empereur.

Un énorme taureau de combat, l'œil furieux et le sabot agressif, pénétra dans l'arène où fut jeté un homme nu et sans armes.

Le général blêmit.

Le malheureux était son adjoint direct qui s'était vaillamment battu à Cusae.

— Le jeu est aussi simple qu'amusant, précisa l'empereur. Le taureau fonce sur son adversaire dont la seule chance est d'empoigner les cornes et d'accomplir un saut périlleux au-dessus de l'échine du monstre. Selon le peintre crétois Minos qui décore mon palais, c'est un sport très en vogue dans son pays. Grâce à lui, mes peintures sont plus belles que celles de Cnossos. Ce n'est pas ton avis ?

— Oh si, Majesté !

— Regarde... Ce taureau-là est un véritable mastodonte et il a mauvais caractère.

De fait, le monstre ne tarda pas à se précipiter sur sa victime qui eut le tort de tenter de s'enfuir en lui tournant le dos.

Les cornes se plantèrent dans les reins de l'officier hyksos. Le taureau projeta le mourant en l'air, le piétina et l'encorna une seconde fois avant de souffler.

Apophis eut une moue de dégoût.

— Cet incapable a été aussi décevant dans l'arène qu'au combat, jugea-t-il. Un fuyard... Voilà tout ce qu'il était. Mais la responsabilité de nos défaites n'incombe-t-elle pas à son supérieur ?

Le général suait à grosses gouttes.

— Personne n'aurait pu mieux faire, Majesté, je vous assure, je...

— Tu es un imbécile, général. D'abord, parce que tu n'as pas su prévoir cette attaque ; ensuite, parce que tes soldats ont été vaincus à plusieurs endroits du territoire égyptien et ne se sont pas comportés comme de vrais Hyksos ; enfin, parce que tu crois que l'adversaire est terrassé. Lève-toi.

Tétanisé, le général obéit.

L'empereur sortit de son fourreau la dague au pommeau d'or qui ne le quittait jamais.

— Descends dans le labyrinthe, ou bien je t'égorge. C'est ta seule chance d'obtenir mon pardon.

Le regard assassin d'Apophis dissipa les hésitations de l'officier supérieur qui bondit dans le labyrinthe et se reçut sur les genoux et les mains.

À première vue, l'endroit n'avait rien de dangereux.

Il se composait de chicanes, marquées par des palissades, parfois recouvertes de verdure. Impossible de s'égarer : un seul chemin, tortueux, menait vers la sortie.

À la hauteur de la première palissade, une tache de sang attira l'attention du général. Sans trop réfléchir, il décida de sauter, comme s'il franchissait un obstacle invisible.

Bien lui en prit, car deux lames jaillirent de chaque côté, lui effleurant la plante des pieds.

L'empereur apprécia l'exploit. Depuis qu'il avait beaucoup amélioré les différents dispositifs du labyrinthe, peu de candidats dépassaient cette première étape.

Le général se comporta de la même manière en sortant de la deuxième chicane, et ce fut son erreur.

Lorsqu'il retomba, le sol se déroba sous ses pieds et il fut précipité dans un bassin où sommeillait un crocodile affamé.

Les hurlements du Hyksos ne troublèrent ni l'animal ni l'empereur auquel un serviteur s'empressa d'apporter un rince-doigts en bronze.

Pendant que les mâchoires du crocodile claquaient et claquaient encore, Apophis s'en lavait les mains.

2

Depuis que le cadavre de son mari avait été ramené du front par le navire amiral, la jeune reine de trente-deux ans ne le quittait plus.

Un cadavre martyrisé, affligé de plusieurs blessures mortelles, laissées apparentes lors de la momification sur l'ordre d'Ahotep. Elle ne voulait pas effacer les traces du courage de Séqen qui s'était battu seul contre une nuée de Hyksos avant de succomber. Sa bravoure avait resserré les rangs des Égyptiens, effrayés par les chars de guerre que tiraient des chevaux, une arme nouvelle et redoutable.

Issu d'une famille pauvre, Séqen était tombé éperdument amoureux d'Ahotep qui admirait cet être pur et noble, épris de liberté et prêt à sacrifier sa vie pour rendre à l'Égypte sa grandeur passée. Main dans la main, Séqen et Ahotep avaient affronté de multiples épreuves avant de pouvoir attaquer les positions hyksos au nord de Thèbes et commencer ainsi à desserrer l'étau.

Ahotep avait eu l'idée de créer une base secrète où les soldats de l'armée de libération seraient préparés au combat, et avait confié à Séqen le soin de mener le projet à bien. En tant que reine d'Égypte, c'était Ahotep qui avait reconnu Séqen comme pharaon, une lourde fonction dont il s'était montré digne jusqu'à son dernier souffle.

Même si l'empire des ténèbres avait fait de l'existence du couple royal un sentier de larmes et de sang, Ahotep se souvenait des rares et intenses moments de bonheur partagés avec Séqen. En son cœur, il resterait à jamais la jeunesse, la force et l'amour.

Semblant fragile à se briser, la reine mère Téti la Petite descendit dans le tombeau où méditait sa fille. Toujours impeccablement habillée et maquillée, la vieille dame luttait avec opiniâtreté contre la fatigue sourde qui l'obligeait à faire une longue sieste et à se coucher tôt. Bouleversée par la mort de son gendre, elle craignait qu'Ahotep ne disposât plus de l'énergie nécessaire pour sortir de sa souffrance.

— Tu devrais t'alimenter, lui suggéra-t-elle.

— Comme Séqen est beau, n'est-ce pas ? Il faut oublier ces horribles blessures, ne songer qu'au visage fier et déterminé de notre roi.

— Aujourd'hui, Ahotep, tu es la souveraine du pays. Chacun attend tes décisions.

— Je reste auprès de mon mari.

— Tu l'as veillé selon nos rites, la momification est terminée.

— Non, mère, non...

— Si, Ahotep. Et c'est à moi de prononcer les paroles que tu redoutes d'entendre : l'heure est venue de procéder à la cérémonie des funérailles et de fermer ce tombeau.

— Je refuse.

Si frêle face à la magnifique jeune femme brune au charme envoûtant, Téti la Petite ne céda pas.

— En te comportant comme une pleureuse, tu trahis le pharaon et tu rends son sacrifice inutile. Il doit maintenant voyager vers les étoiles et nous, poursuivre la lutte. Rends-toi à Karnak où les prêtres feront de toi l'incarnation de Thèbes la Victorieuse.

Le ton impérieux de sa mère surprit Ahotep, et ses mots la transpercèrent comme autant de coups de poignard.

Mais Téti la Petite avait raison.

Sous bonne garde et accompagnée de ses deux fils, Kamès âgé de quatorze ans et Amosé de quatre, Ahotep se présenta au temple d'Amon de Karnak où les ritualistes ne cessaient de chanter des hymnes pour l'immortalité de l'âme royale.

Depuis l'occupation hyksos, Karnak n'avait bénéficié d'aucun agrandissement. Protégé par une enceinte, le temple se composait de deux sanctuaires principaux, l'un à piliers carrés, l'autre à piliers en forme d'Osiris qui proclamaient la résurrection du dieu assassiné par son frère Seth. Conformément à une prédiction, la chapelle contenant la statue d'Amon, « le Caché », s'ouvrirait d'elle-même si les Égyptiens parvenaient à vaincre les Hyksos.

Le grand prêtre s'inclina devant celle que les soldats avaient surnommée « la Reine Liberté ».

Kamès se tenait bien droit, le petit Amosé pleurait et serrait très fort la main de sa mère.

— Êtes-vous prête, Majesté, à entretenir le feu conquérant de Thèbes ?

— Je le suis. Kamès, prends bien soin de ton frère.

Amosé s'agrippa à sa mère.

— Je veux rester avec toi... Et je veux mon papa !

Ahotep embrassa tendrement le garçonnet.

— Ton père se trouve au ciel, avec les autres pharaons, et nous devons lui obéir en achevant son œuvre. Pour réussir, j'ai besoin de tous, et surtout de nos deux fils. Tu le comprends ?

Ravalant ses larmes, Amosé se plaça devant son grand frère qui le tint par les épaules.

Le grand prêtre conduisit Ahotep jusqu'à la chapelle de la déesse Mout, dont le nom signifiait à la fois « la Mère » et « la Mort ». C'est elle qui avait donné à l'adolescente la force de mener un combat impossible. Et c'était elle qui allait transformer la modeste cité thébaine en capitale de la reconquête.

Au diadème en or de sa mère que portait Ahotep, le grand prêtre accrocha un uræus du même métal. Puis il lui remit un arc et des flèches.

— Majesté, vous engagez-vous à combattre les ténèbres ?

— Je m'y engage.

— En ce cas, que vos flèches atteignent les quatre orients.

Ahotep visa l'Orient, puis le Nord, le Midi et enfin l'Occident. La noblesse de son attitude avait impressionné tous les ritualistes.

— Puisque le cosmos vous est favorable,

Majesté, voici la vie que vous devrez préserver et la magie que vous devrez déployer.

Le grand prêtre présenta au visage de la reine une croix ansée et un sceptre dont la tête était celle de l'animal de Seth.

De puissantes vibrations traversèrent le corps d'Ahotep.

En elle, désormais, s'incarnait l'espérance de tout un peuple.

Après que les soldats de la base secrète eurent rendu un dernier hommage au pharaon défunt, le cortège funèbre prit le chemin de la nécropole. Quatre bœufs tiraient le sarcophage [1] disposé sur un traîneau en bois. À intervalles réguliers, des ritualistes versaient du lait sur la piste pour faciliter la glisse.

En cette période de guerre, l'artisanat traditionnel était réduit à sa plus simple expression ; aussi le mobilier funéraire de Séqen ne comportait-il que de modestes objets, indignes d'une sépulture royale : une palette de scribe, un arc, des sandales, un pagne de cérémonie et un diadème. Il n'y avait plus, à Thèbes, un seul grand sculpteur. Ceux de l'atelier royal de Memphis avaient été exécutés depuis longtemps par les Hyksos.

Ahotep était accompagnée de ses deux fils, de sa mère, de l'intendant Qaris et du Supérieur des greniers Héray, responsable de la sécurité à Thèbes et grand chasseur des collaborateurs avec l'ennemi.

1. Le sarcophage de Séqen-en-Râ est conservé au musée du Caire (CG 61001).

Le gouverneur de la ville d'Edfou, Emheb, avait dû repartir pour Cusae afin d'entretenir le moral des troupes qui consolidaient le front.

Devant l'entrée de la petite tombe, si dérisoire au regard des pyramides de l'âge d'or, Qaris et Héray dressèrent le sarcophage.

Avant de le confier à la déesse d'Occident qui absorberait Séqen en son sein où elle le ferait renaître, il fallait lui ouvrir la bouche, les yeux et les oreilles.

Le prêtre funéraire tendit à la reine une herminette en bois. À peine Ahotep l'eut-elle touchée qu'elle se brisa.

— Nous n'en possédons pas d'autre, déplora le ritualiste. C'était la dernière qui avait été consacrée lorsque Pharaon régnait sur l'Égypte.

— Le sarcophage du roi ne peut demeurer inerte !

— Alors, Majesté, il faut utiliser l'herminette de « l'Ouvreur des chemins ».

— Mais elle se trouve à Assiout, objecta Qaris, et la ville n'est pas sûre !

— Allons-y immédiatement, décida la reine.

— Majesté, je vous en prie... Vous n'avez pas le droit de courir un tel risque !

— Le premier de mes devoirs consiste à rendre paisible le voyage de Pharaon vers les paradis de l'autre monde. M'y soustraire nous conduirait à l'échec.

3

À trois cents kilomètres au nord de Thèbes, en territoire ennemi, la ville d'Assiout, l'antique cité du chacal divin, « l'Ouvreur des chemins », était à l'agonie. L'Afghan et le Moustachu, deux résistants endurcis devenus officiers dans l'armée de libération, ne manquaient pas de contacts dans la région.

Aussi avaient-ils confié un message à Filou, le chef des pigeons voyageurs, capable de parcourir plus de mille kilomètres d'une traite à une vitesse de quatre-vingts kilomètres à l'heure.

La mission était risquée. Si Filou ne revenait pas, Ahotep perdrait l'un de ses meilleurs soldats. D'ailleurs, elle ne lui avait pas caché le risque majeur qu'il allait courir. Très attentif, la tête bien droite, l'œil pétillant, le pigeon blanc et brun s'était jugé apte à réussir.

Mais deux jours venaient de s'écouler, et la reine scrutait le ciel en vain.

Au crépuscule, il lui sembla discerner son messager dans le lointain. L'allure était hésitante, le vol plus lourd qu'à l'accoutumée.

Pourtant, c'était bien lui !

Filou se posa sur l'épaule d'Ahotep.

Le flanc droit couvert de sang, il tendit fièrement sa patte droite à laquelle était accroché un petit papyrus scellé.

La reine le félicita en le caressant avec douceur, ôta la missive et confia le courageux messager à Téti la Petite.

— Il a sans doute été blessé par une flèche. Soigne-le avec attention.

— C'est superficiel, estima la reine mère après avoir examiné la plaie. Dans quelques jours, Filou sera en pleine santé.

D'après le court texte d'un résistant de la région d'Assiout, la ville avait été presque complètement détruite, à l'exception des tombes anciennes. Elle n'abritait plus qu'une petite garnison hyksos qui recevait des marchandises en provenance des oasis de Khargeh et de Dakleh.

— En route, décida Ahotep.

À l'aube, le bateau accosta le port d'Assiout. Voyager de nuit était dangereux, car l'on risquait de s'échouer sur un banc de sable ou de déranger des hippopotames à la colère dévastatrice. Mais, de jour, le Nil n'était pas sûr. Ici ou là, les Hyksos rôdaient.

Naguère très actif, ce port était à l'abandon. De vieilles barques et un bac éventré y pourrissaient.

Ni Rieur ni Vent du Nord ne détectèrent de présence inquiétante. Le molosse débarqua le premier, suivi de l'âne, de la reine, de l'Afghan, du Moustachu et d'une dizaine de jeunes archers sur le qui-vive.

Alliée d'Ahotep, la lune éclairait le paysage.

La cité s'étendait à l'abri d'une falaise dans laquelle avaient été creusées les tombes, dont celle d'un grand prêtre d'Oup-ouaout, « l'Ouvreur des chemins », détenteur de l'herminette indispensable pour ressusciter la momie.

— Si j'étais le commandant hyksos, estima l'Afghan, c'est exactement à cet endroit que je placerais mes sentinelles. Il n'y a pas de meilleur point d'observation.

— On va donc vérifier ça, préconisa le Moustachu. Si tu as raison, ça fera quelques Hyksos de moins.

Le Moustachu était un Égyptien du Delta, entraîné presque malgré lui dans la résistance, devenue sa raison de vivre.

Spolié par les envahisseurs, l'Afghan ne songeait qu'à rétablir le commerce de lapis-lazuli avec une Égypte redevenue respectueuse des lois commerciales.

Ensemble, les deux hommes avaient couru bien des dangers. Admirateurs inconditionnels de la reine Ahotep, la femme la plus belle et la plus intelligente qu'ils aient rencontrée, ils se battraient avec elle jusqu'au terme, quel qu'il fût.

L'Afghan et le Moustachu grimpèrent la colline avec la vivacité de combattants habitués aux raids périlleux.

Moins d'une demi-heure plus tard, ils étaient de retour.

— Quatre sentinelles définitivement endormies, dit le Moustachu. Le chemin est libre.

Comme Ahotep subissait le même entraînement que ses soldats, elle n'eut aucune peine à gravir la pente.

Plusieurs tombes avaient été profanées, celle du grand prêtre d'Oup-ouaout en faisait malheureusement partie. Les Hyksos y entreposaient des armes et de la nourriture.

La rage au cœur, la reine explora les débris à la lueur d'une torche. Elle atteignit la petite salle située près du fond de la tombe, là où le ritualiste avait coutume de déposer les objets les plus précieux.

Sur le sol gisaient des fragments de coffres et de statues. La reine fouilla ce chaos. Et, sous un panier contenant des aliments momifiés, elle trouva l'herminette en fer céleste utilisée lors des rituels de résurrection.

La porte du tombeau de Séqen se referma, et ce fut son fils aîné, aidé de l'intendant Qaris, qui apposa le sceau de la nécropole. Après qu'Ahotep eut ouvert les yeux, la bouche et les oreilles de la momie, l'âme du pharaon cessa d'être enchaînée à la terre.

— Il faut que nous parlions de la situation, Majesté, suggéra Qaris.

— Plus tard.

— Vous devez arrêter au plus vite notre stratégie.

— Le gouverneur Emheb saura tenir le front. Moi, je veux partager la mort de mon mari.

— Majesté, je n'ose comprendre...

— Je dois pénétrer dans la demeure de l'acacia, et personne ne m'en empêchera.

Elles n'étaient plus que trois. Trois vieilles prêtresses qui formaient la communauté des recluses de la demeure de l'acacia, vouée à une disparition certaine si la reine Ahotep ne leur avait pas assuré le gîte et le couvert afin qu'elles transmettent leur savoir.

Avec elles, Ahotep s'assit au pied d'un acacia aux redoutables épines.

— La vie et la mort se trouvent en lui, révéla la Supérieure. C'est Osiris qui lui donne sa verdeur, et c'est à l'intérieur de la butte d'Osiris que le sarcophage devient une barque capable de voguer dans les univers. Si l'acacia dépérit, la vie quitte les vivants, jusqu'à ce que le père ressuscite dans le fils. Isis crée un nouveau pharaon, guéri des blessures infligées par Seth, et l'acacia se couvre de feuilles.

La prophétie était claire : Kamès deviendrait roi.

Mais Ahotep exigeait davantage.

— Puisse mon esprit demeurer éternellement lié à celui de Séqen, au-delà de la mort.

— Puisque la mort est née, répondit la Supérieure, elle mourra. Mais ce qui était avant la création ne subit pas la mort. Dans les paradis célestes, il n'existe ni peur ni violence. Justes et ancêtres communient avec les dieux.

— Comment puis-je entrer en contact avec Séqen ?

— Fais-lui parvenir un message selon ton cœur.

— Et s'il ne me répond pas ?

— Que le dieu du destin veille sur la reine d'Égypte.

C'était l'unique objet de grande valeur que possédait Ahotep : un porte-pinceaux en bois doré, incrusté de pierres semi-précieuses. Il avait la forme d'une colonne et portait une inscription : « La reine est aimée de Thot, le maître des paroles divines. »

Sur un papyrus neuf, Ahotep écrivit en beaux hiéroglyphes une lettre d'amour à son mari défunt en le suppliant d'éloigner les mauvais esprits et d'agir en faveur de la libération de l'Égypte. Elle l'implorait de lui répondre afin de lui prouver qu'il était bien ressuscité.

Ahotep attacha la missive à une branche de l'acacia. Puis, avec de l'argile, elle fabriqua une statuette d'Osiris allongé sur son lit de mort qu'elle déposa au pied de l'arbre. Enfin, elle chanta en s'accompagnant à la harpe portative afin que les résonances assurent à l'âme de Séqen un voyage harmonieux dans l'au-delà.

Mais l'homme qu'elle aimait lui répondrait-il ?

4

Bien que l'amiral Jannas fût toujours aux prises avec les pirates dans les Cyclades et la révolte des Thébains non encore maîtrisée, la remise des tributs avait lieu à Avaris, selon le cérémonial habituel.

Apophis appréciait ce moment où des ambassadeurs, venus de toutes les provinces de l'empire, s'inclinaient très bas devant lui et lui offraient une impressionnante quantité de richesses.

À la différence des anciens pharaons, il en gardait pour lui la plus grande partie au lieu de la remettre dans le circuit commercial.

Bras droit impitoyable de l'empereur, Khamoudi n'oubliait pas de se servir largement, avec la bénédiction de son maître dont il assurait la sécurité.

Des cheveux très noirs plaqués sur son crâne rond, les yeux légèrement bridés, les mains et les pieds potelés, l'ossature lourde, Khamoudi ne cessait de grossir depuis qu'il avait été nommé Grand Trésorier. Celui que ses esclaves nommaient « Attrape-tout » ou « Sa Suffisance » prélevait un pourcentage sur toutes les opérations commerciales d'importance après avoir fait main basse sur l'exploitation du papyrus dans le Delta.

Sa seule distraction consistait à se livrer aux pires perversions sexuelles avec le concours de Yima, sa blonde et plantureuse épouse, d'origine cananéenne. Là encore, Apophis, qui se voulait pourtant austère et moralisateur, fermait les yeux. Il les fermerait aussi longtemps que Khamoudi se tiendrait à sa place, celle du second.

Comme chaque année, les entrepôts d'Avaris se remplissaient d'or, de pierres précieuses, de bronze, de cuivre, de diverses essences de bois, d'étoffes, de jarres d'huile et de vin, d'onguents et de tant d'autres richesses qui assuraient à la capitale de l'empire son inégalable prospérité.

Quand l'ambassadeur de Crète, vêtu d'une tunique décorée de losanges rouges, s'avança vers l'empereur, Khamoudi toucha le pommeau de sa dague et fit un signe à ses archers. Au moindre geste suspect du diplomate, ils avaient ordre de l'abattre.

Mais le Crétois s'inclina aussi bas que les autres avant de se lancer dans un long discours vantant la grandeur et la puissance de l'empereur des Hyksos dont il était un fidèle vassal.

Pendant cette ennuyeuse péroraison, Venteuse, une magnifique Eurasienne, jeune sœur d'Apophis, en profitait pour caresser son amant Minos, un peintre crétois envoyé à Avaris afin de décorer le palais d'Apophis. Le jeune homme rougit mais laissa faire.

Les serviteurs du diplomate déposèrent aux pieds de l'empereur des épées, des vases en argent et des meubles raffinés. La Crète se montrait égale à sa réputation.

— L'amiral Jannas nettoie les Cyclades, déclara l'empereur de sa voix rauque qui fit frissonner l'assistance, et cet effort de guerre me coûte cher. Comme la Crète est proche du lieu des combats, elle me versera un tribut supplémentaire.

L'ambassadeur se mordit les lèvres et s'inclina de nouveau.

Apophis était très satisfait de la décoration crétoise de son palais fortifié et du mobilier qu'il y avait accumulé : un lit royal volé à Memphis, des brûle-parfums et des bassins en argent disposés sur des tables d'albâtre dans sa salle de bains au sol de calcaire rouge, et surtout de splendides lampes formées d'une base en calcaire et d'une colonnette en sycomore surmontée d'une coupelle en bronze. À l'issue de ses ablutions, l'empereur se vêtit d'une tunique brune à franges et se rendit dans l'appartement de son épouse Tany, sans conteste la femme la plus laide de la capitale, à laquelle il refusait le titre d'« impératrice » afin de ne pas concéder une seule miette de pouvoir.

— Es-tu enfin prête ?

Petite et grosse, Tany essayait sans cesse de nouveaux onguents avec l'espoir d'améliorer ses traits. Mais les résultats étaient désastreux. Par bonheur, cette ancienne servante pouvait se venger quotidiennement sur les Égyptiennes naguère aisées et aujourd'hui réduites en esclavage.

— Regarde ça, Apophis : n'est-ce pas surprenant ?

Tany manipulait des perles fabriquées dans un étrange matériau.

— Qu'est-ce que c'est ?

— D'après ma nouvelle esclave originaire de Memphis, ça s'appelle du verre. On l'obtient en fondant du quartz avec du natron ou des cendres. Et on le colore à sa guise !

— Des perles de verre... Celles-ci sont un peu opaques, mais on doit pouvoir améliorer le procédé. Viens, j'ai hâte de voir réalisés nos deux projets, le tien et le mien.

— Je finis de me maquiller.

Tany recouvrit son front et ses joues d'une épaisse couche de khôl, à base de galène, d'oxyde de manganèse, d'ocre brun et de malachite.

Indifférent à la laideur accentuée de son épouse, l'empereur avait toujours apprécié sa haine de l'Égypte qui lui inspirait d'excellentes idées.

Engoncée dans une robe à rayures blanches sur fond brun, Tany sortit la tête haute du palais, un pas derrière son mari.

Khamoudi et la garde impériale les attendaient.

— Tout est prêt, Majesté.

Le cortège se dirigea vers le dernier cimetière égyptien d'Avaris où étaient enterrés les ancêtres qui avaient vécu là avant l'invasion.

Des centaines d'esclaves indigènes se tassaient les uns contre les autres, sur ordre de la police. Chacun redoutait une exécution massive.

— Toute trace d'un vil passé doit disparaître, décréta Apophis. Ce vieux cimetière prend trop de place. C'est pourquoi nous allons construire ici des maisons destinées aux officiers.

Une vieille femme réussit à s'extirper de la foule et s'agenouilla, implorante.

— Non, seigneur, ne vous attaquez pas à nos ancêtres ! Laissez-les dormir en paix, je vous en supplie !

D'un coup violent assené avec le tranchant de la main, Khamoudi brisa le cou de l'insolente.

— Débarrassez-moi de ça, ordonna-t-il aux policiers, et abattez immédiatement quiconque osera interrompre l'empereur.

— Désormais, poursuivit Apophis, vous enterrerez vos morts devant vos maisons ou même à l'intérieur de vos demeures. Dans ma ville, ils ne doivent pas occuper d'espace. Il n'y aura plus ni offrandes ni prières pour les défunts. Les morts n'existent plus, il n'y a ni « Bel Occident », ni « Orient éternel », ni « Lumière de résurrection ». Qui serait surpris à faire fonction de prêtre funéraire serait immédiatement exécuté.

La dame Tany était ravie : avec son génie habituel, Apophis ne s'était pas contenté de reprendre son idée mais l'avait bien améliorée.

Rien ne pouvait mieux plonger les Égyptiens dans le désespoir. Être privés de tout contact avec leurs ancêtres leur ferait enfin comprendre qu'un monde nouveau était né.

Le cortège impérial emprunta des barques pour franchir le bras d'eau et atteindre l'îlot sur lequel était édifié le temple de Seth.

Construit en briques, le sanctuaire principal d'Avaris était également dédié au dieu syrien de l'orage, Hadad. Devant l'entrée se dressait un autel rectangulaire, entouré de chênes et de fosses remplies d'os calcinés d'animaux sacrifiés, notamment des ânes.

Les prêtres s'inclinèrent très bas devant l'empereur qui venait inaugurer une chapelle à sa propre gloire. Entièrement décorée à la feuille d'or, elle témoignerait de la richesse de l'empire et de la divinité de son maître.

Alors que la cérémonie aurait dû déclencher la liesse, de nombreux regards inquiets scrutaient le ciel. Juste au-dessus d'Avaris se rassemblaient des nuages menaçants.

Affichant une parfaite sérénité, Apophis pénétra dans sa chapelle et jugea satisfaisant le travail des artisans. Toutes les provinces de l'empire seraient informées qu'il était l'égal et le fils de Seth.

Quand il ressortit du temple, des éclairs zébraient les nuées.

De grosses gouttes commençaient à tomber sur l'autel où un prêtre hyksos venait de tuer un bel âne blanc aux pattes ligotées.

— Majesté, la colère de Seth nous avertit d'un grand péril ! Il faut...

Les paroles du sacrificateur moururent dans sa gorge qu'Apophis avait tranchée avec sa dague.

— Ne comprends-tu pas, imbécile, que le maître de l'orage me salue, moi, le maître de l'empire, et qu'il me rend invincible ?

5

Le Grand Trésorier Khamoudi avait installé au cœur d'Avaris un gigantesque centre des impôts, gardé par l'armée, d'où il contrôlait les recettes fiscales en provenance des diverses provinces de l'empire. Au fil des ans, elles n'avaient cessé de s'accroître, exigeant un nombre de fonctionnaires lui aussi en constante augmentation.

Apophis détenait le pouvoir absolu, commandait l'armée et déléguait la gestion financière à son Grand Trésorier qui ne devait rien lui cacher sous peine d'un châtiment définitif.

Khamoudi tenait trop à sa place pour jouer à ce jeu-là. Aussi informait-il l'empereur des divers prélèvements qu'il effectuait afin d'accroître sa fortune personnelle.

Les Égyptiens et les vassaux étaient saignés à blanc, mais Khamoudi inventait de nouvelles taxes ou bien en faisait baisser une pour mieux en augmenter une autre. Persuadé que l'exploitation des sujets de l'empire n'avait pas de limites, il tenait à améliorer ses résultats. Quant aux dignitaires, dont l'enrichissement avait été considérable depuis le début du règne d'Apophis, ils s'arrangeaient avec Khamoudi.

Affolé, le secrétaire du Grand Trésorier fit irruption dans son bureau.

— Seigneur, c'est l'empereur... Il est ici !

Une visite inattendue d'Apophis... Khamoudi eut soudain envie de se gratter la jambe gauche. Les contrariétés lui déclenchaient une sorte d'eczéma que les pommades les plus actives résorbaient difficilement.

Des milliers de chiffres défilèrent dans sa mémoire. Quelle erreur avait-il commise ?

— Majesté, quel grand honneur de vous accueillir !

Sinistre de laideur, voûté, l'empereur regardait en biais.

— Tu es bien installé, mon ami. Un luxe un peu tapageur, avec ce mobilier moderne, cette armée de gratte-papier, ces vastes salles d'archives et ta fabrique de papyrus qui tourne à plein régime ! Mais tu possèdes une belle qualité : l'efficacité sans aucune morale. Grâce à toi, l'empire s'enrichit jour après jour.

Khamoudi se sentit soulagé.

L'empereur laissa tomber sa lourde et molle carcasse sur un fauteuil décoré de taureaux sauvages.

— Les Égyptiens sont des moutons à tondre, déclara-t-il d'une voix lasse, mais la plupart de nos soldats sont des mous qu'il faut sans cesse sermonner afin d'éviter qu'ils ne s'endorment sur leurs victoires passées. L'incompétence de nos généraux m'irrite au plus haut point.

— Désirez-vous... un vaste nettoyage ?

— Les remplaçants ne seraient pas meilleurs. Nous avons perdu du terrain dans le sud de l'Égypte, Khamoudi, et cela m'est insupportable.

— À moi aussi, Majesté ! Mais il ne s'agit que d'une situation temporaire. Les révoltés sont bloqués à la hauteur de la ville de Cusae, et ils n'iront pas plus loin. Dès que Jannas sera de retour des Cyclades, il enfoncera le front.

— Cette affaire-là est beaucoup plus sérieuse que prévu, déplora Apophis. L'amiral ne se heurte pas à de simples pirates mais à une flotte ennemie bien organisée.

— Nos troupes reviendront bientôt d'Asie où elles ont écrasé l'adversaire.

— Non, Khamoudi. Elles devront y rester encore quelque temps pour s'assurer que le foyer est bien éteint.

— En ce cas, Majesté, envoyons nos garnisons du Delta !

— Surtout pas, mon ami. En attendant Jannas, nous disposons d'une autre arme : la désinformation. Tu feras graver deux séries de scarabées, l'une à l'intention de nos vassaux pour leur annoncer que l'Empire hyksos ne cesse de s'étendre, l'autre à celle des Égyptiens qui ont pris les armes contre nous. Prends grand soin de la rédaction en hiéroglyphes du message que je vais te dicter.

— Abritez-vous, hurla le gouverneur Emheb, un colosse infatigable, ils utilisent leurs frondes !

Les soldats de l'armée de libération s'aplatirent sur le sol ou se cachèrent derrière les cabanes en roseaux construites sur la ligne de front.

Les jets de projectiles durèrent de longues minutes, mais ne furent suivis d'aucune attaque.

Les soldats eurent la surprise de découvrir de nombreux scarabées en calcaire couverts de la même inscription.

Ils les apportèrent à Emheb.

Au fur et à mesure qu'il déchiffrait le texte, le gouverneur percevait le danger.

— Détruisez tous ces scarabées, ordonna-t-il.

Emheb recopia le message sur un papyrus qu'il confia à Filou afin que la reine fût avertie au plus vite.

Ahotep espérait un signe qui lui prouverait que l'âme de Séqen était ressuscitée, mais rien ne se produisait. Pourtant, tous les rites avaient été correctement accomplis, et elle ne savait plus quelle initiative prendre pour entrer en contact avec son mari.

Au fil des jours, la belle jeune femme s'étiolait. Aucun de ses proches ne parvenait à la réconforter. Elle demeurait cependant attentive à ses deux fils, très choqués par la disparition de leur père. Kamès tentait d'oublier sa peine en s'entraînant à manier les armes avec plusieurs instructeurs, le petit Amosé passait le plus clair de son temps à jouer avec sa grand-mère.

Thèbes s'enfonçait dans la tristesse. Comme on était loin des premiers temps de la reconquête !

L'intendant Qaris osa s'approcher de la reine, assise au pied de l'acacia auquel elle avait confié sa lettre à l'intention de Séqen.

— Majesté... Puis-je vous parler ?

— Désormais, le silence est mon pays.

— C'est grave, Majesté, très grave !

— Qu'y a-t-il de plus grave que la disparition de Pharaon ? Sans lui, nous sommes privés de force.

— Apophis a fait graver des scarabées qui annoncent votre décès. Si cette fausse nouvelle se répand partout, les résistants ne tarderont pas à déposer les armes et l'empereur aura vaincu sans combattre.

Ahotep parut encore plus triste.

— Apophis ne se trompe pas. Je suis morte à ce monde.

D'ordinaire si mesuré, l'intendant s'enflamma.

— C'est faux, Majesté, et vous n'en avez pas le droit ! Vous êtes la régente des Deux Terres, la Haute et la Basse-Égypte, et vous vous êtes engagée à poursuivre l'œuvre du pharaon Séqen.

Ahotep eut un pauvre sourire.

— Un ennemi implacable occupe les Deux Terres. En tuant Séqen, il m'a tuée, moi aussi.

Soudain, l'intendant Qaris parut bouleversé.

— Majesté, votre lettre... Votre lettre a disparu !

Ahotep se leva pour regarder la branche à laquelle elle avait accroché le papyrus.

— Le pharaon Séqen a reçu votre message, Majesté ! N'est-ce pas le signe que vous attendiez ?

— J'attends bien davantage, Qaris.

De la statuette en argile d'Osiris, couché sur son lit de mort au pied de l'acacia, jaillirent des épis de blé.

Cette vision coupa le souffle d'Ahotep qui fut sur le point de défaillir.

Un large sourire illumina le visage de l'intendant.

— Le pharaon Séqen est ressuscité, Majesté ! Il vit à jamais parmi les dieux, et c'est lui qui guidera votre action.

À Thèbes même, les rumeurs allaient bon train. Les uns affirmaient que la reine Ahotep était morte, les autres qu'elle avait perdu l'esprit et qu'elle vivrait désormais recluse dans le temple de Karnak. Le gouverneur Emheb s'apprêtait à capituler en implorant la clémence de l'empereur.

Et puis la bonne nouvelle fut annoncée par le Supérieur des greniers, Héray : Ahotep était vivante, en bonne santé, et elle s'adresserait à ses troupes le lendemain, à l'aube.

Beaucoup de soldats demeurèrent sceptiques.

Mais lorsque le soleil apparut à l'orient, la reine sortit du palais, couronnée d'un fin diadème d'or et vêtue d'une longue robe blanche. Sa noblesse et sa beauté imposèrent un silence respectueux.

— Comme ce soleil qui renaît, l'âme de Pharaon est ressuscitée dans la lumière. En tant que régente, je poursuivrai le combat jusqu'à ce que Kamès soit capable de prendre la tête de l'armée. J'entends rester d'une fidélité absolue au roi défunt. C'est pourquoi j'ai créé, à Karnak, la fonction d'« Épouse de Dieu » que je suis la première à remplir. Jamais je ne me remarierai, et mon unique compagnon restera mon mari qui repose dans le secret du dieu Amon. Quand l'Égypte sera libérée, si je suis encore de ce monde, je me retirerai au temple.

6

Filou et son équipe de pigeons voyageurs avaient quitté Thèbes tôt le matin, porteurs de messages à l'intention du front. Ils annonçaient que la régente Ahotep était en parfaite santé et que le combat contre les Hyksos se poursuivait. Ordre était donné de détruire les scarabées propageant de fausses informations.

Désormais, la base militaire située au nord de la cité d'Amon n'était plus secrète. Elle devenait officiellement le quartier général de l'armée de libération, avec son palais, ses fortins, son école de scribes, sa caserne, son arsenal et ses logements. Un détachement spécial protégeait Thèbes où nul ne songeait plus à collaborer avec les Hyksos. Le sacrifice de Séqen, ses premières victoires et la stature prise par la reine Ahotep redonnaient à l'ensemble de la population le goût de la lutte.

Avec l'aide de sa mère et grâce à l'exploitation du gisement d'argent qu'elle avait découvert dans le désert, Ahotep s'était attachée à redonner de l'éclat à la Maison de la Reine. Certes, la vieille institution était encore loin de sa splendeur passée, mais les bâtiments officiels de Thèbes et de la base militaire ne se réduisaient plus à des façades décrépites. De nouveau, un personnel qualifié les animait ; sous la direction de Qaris, scribes et artisans rivalisaient d'ardeur.

Ahotep, sa mère et Héray se trouvaient précisément devant la maquette de l'intendant. Elle représentait l'Égypte, de la pointe du Delta à Éléphantine. Lorsque la reine l'avait vue pour la première fois, un seul endroit échappait à l'occupant : Thèbes. Aujourd'hui, la situation avait évolué, sans être brillante.

— Thèbes, Elkab, Edfou : voici les trois villes dont nous sommes sûrs, précisa Qaris. Plus au sud, Éléphantine est sous le contrôle des Nubiens, les alliés des Hyksos. Et il ne faut pas oublier, entre Thèbes et Edfou, la puissante forteresse hyksos de Gebelein. Au nord, tout près de Thèbes, Coptos n'a pas été complètement libérée. Titi, son gouverneur, nous assure que son réseau de résistance lui suffit, mais il faudra sans doute lui envoyer des renforts. Beaucoup plus au nord, Hermopolis demeure le principal verrou hyksos. Et je ne parle pas du Delta, entièrement sous la domination de l'empereur.

— Quelles sont les dernières nouvelles du front ? demanda Ahotep.

— Grâce à nos pigeons voyageurs, nous sommes en contact permanent. Le gouverneur Emheb a installé son camp face à la ville de Cusae que tient la première ligne hyksos qui se contente de tirs de flèches sporadiques. La manière dont nos troupes sont disposées et occupent le terrain empêche une attaque massive de chars.

— Pourquoi l'empereur ne se rue-t-il pas à l'assaut de nos positions ? s'étonna la reine.

— Si l'on veut être optimiste, déclara Héray, il faut supposer qu'il a suffisamment d'ennuis pour repousser à plus tard le petit problème que nous lui posons.

— Chaque jour, ajouta Qaris, Emheb consolide davantage le front.

— L'approvisionnement ?

— Il est assuré par les paysans des environs qui se sont ralliés à notre cause, Majesté. Les réseaux de résistance organisés par l'Afghan et le Moustachu se sont révélés fort efficaces.

— Notre point faible reste l'armement, n'est-ce pas ?

— Hélas ! oui. Nous ne disposons ni de chars ni de ces étranges animaux, ces chevaux qui les tirent et leur donnent une vitesse incroyable.

— Ce n'est pas une raison pour nous contenter de nos armes anciennes, estima Ahotep. Convoquons tous les artisans.

Dans la main gauche, la régente des Deux Terres tenait un sceptre en bois à tête de Seth. Dans la droite, l'épée sacrée du dieu Amon. Près d'elle, fier et grave, son fils Kamès.

— Avec ce sceptre, déclara Ahotep devant les nombreux artisans réunis, j'arpenterai l'Égypte libérée. Mais avant d'accomplir cette œuvre de paix, il nous faudra employer cette épée que le dieu de Thèbes nous a donnée. Avec elle, je consacre mon fils aîné comme chef de guerre, non pour la mort, mais pour la vie. Que ce rayon de lumière illumine sa pensée et lui offre le courage de son père.

De la pointe de l'épée d'Amon, un glaive recourbé en bronze recouvert d'argent avec des incrustations d'électrum, Ahotep toucha le front de Kamès. L'éclat de la lame fut si éblouissant que les spectateurs furent contraints de fermer les yeux.

Le regard de l'adolescent avait brusquement changé, comme si sa conscience s'ouvrait à des réalités insoupçonnées.

— Sur le nom de Pharaon et sur celui de la Reine Liberté, jura-t-il avec une solennité qui fit frémir l'assistance, je m'engage à combattre jusqu'à mon dernier souffle pour que l'Égypte redevienne elle-même et que la joie dilate de nouveau les cœurs. Jusqu'à ce que je sois prêt à accomplir ma tâche, je ne m'accorderai plus un seul moment de repos.

Kamès embrassa le glaive d'Amon et se prosterna devant la régente. En lui, l'enfance venait de mourir.

— Chacun sait que notre armement est inférieur à celui de l'ennemi, reconnut Ahotep. C'est à vous, artisans thébains, de réduire ce handicap. Vous allez fabriquer de nouvelles lances, plus longues, avec des pointes de bronze plus perforantes et de nouveaux boucliers en bois renforcés avec ce même bronze. À l'avenir, les fantassins auront la tête protégée par un casque et le torse par une cuirasse de cuir épais. Haches, massues et poignards devront être de meilleure qualité. Et les troupes d'élite seront équipées d'épées recourbées, ressemblant à celle d'Amon. Dans le corps à corps, grâce à ces armes-là et à notre volonté, nous serons supérieurs aux Hyksos. Maintenant, au travail !

Des acclamations saluèrent les paroles de la reine.

— Quelle femme extraordinaire, constata le Moustachu qui n'avait rien perdu de la scène.

— Elle est habitée par cette force que vous appelez la magie, ajouta l'Afghan. Et ce regard... Qui ne serait pas subjugué ?

— Je te l'ai déjà dit : ne tombe surtout pas amoureux.

— Pourquoi pas ?

— Tu n'avais déjà aucune chance, l'Afghan, mais tu en as encore moins depuis que la reine Ahotep est devenue « Épouse de Dieu ». Désormais, aucun homme ne s'approchera d'elle.

— Ahotep est trop belle pour accepter un tel destin.

— C'est elle qui l'a choisi. Comme tu peux t'en apercevoir, elle ne manque ni de caractère ni de suite dans les idées.

— Tu te souviens, le Moustachu, quand on est entrés dans la résistance... Vaincre les Hyksos te paraissait impossible.

— Pour être franc, c'est toujours mon avis. Ahotep nous fait tourner la tête, et l'on oublierait presque le déséquilibre des forces. Peu importe... Elle donne un sens à notre vie et à notre mort.

Afin de consolider davantage le front, Ahotep avait décidé d'utiliser le *heka*, cette puissance magique née de la lumière dont elle était devenue dépositaire lors de son voyage à Dendera, en compagnie de Séqen. Le *heka* le plus intense était celui de la ville sainte d'Héliopolis, malheureusement aux mains des Hyksos. Mais celui dont disposait la régente lui suffisait pour clouer sur place l'adversaire, au moins pendant quelque temps.

Dans la chapelle de Mout, à Karnak, un ritualiste fabriqua des figures de cire représentant des Hyksos ligotés et incapables de nuire. Puis, sur des bols rouges, Ahotep écrivit le nom d'Apophis et de très anciennes formules qui ordonnaient au serpent destructeur de cracher son venin et de tomber sur sa face.

— Que le souffle anime ces figurines, déclara la reine, et qu'il les brûle. Que la cire, née de l'abeille, symbole de la royauté de Basse-Égypte et du Delta, devienne notre alliée.

Les flammes crépitèrent, les visages hideux des Hyksos se déformèrent, et Ahotep brisa les bols rouges.

— Puis-je vous parler en particulier, Majesté ? demanda l'intendant Qaris à la régente lorsqu'elle sortit du temple.

— Tu parais bouleversé... De mauvaises nouvelles du front ?

— Non, rassurez-vous. Mais j'ai beaucoup réfléchi et je ne peux garder pour moi des conclusions que vous seule devez connaître.

Enveloppé, les joues rondes, d'un calme imperturbable, Qaris réussissait d'ordinaire à propager sa bonne humeur, même dans les moments les plus difficiles. Ahotep ne l'avait jamais vu aussi déprimé.

— Pouvons-nous nous éloigner, Majesté ? Personne ne doit entendre ce que je vais vous dire.

La reine et l'intendant longèrent le débarcadère du temple.

— L'ennemi extérieur est redoutable, déclara Qaris, mais l'ennemi intérieur ne l'est pas moins. Par bonheur, Héray nous a débarrassés des collaborateurs, et la population ne jure plus que par vous. De plus, Thèbes sent bien qu'elle ne peut plus reculer et qu'il nous faudra aller jusqu'au bout de l'aventure : la destruction ou la liberté.

— Je sais tout cela, Qaris. Redoutes-tu la renaissance d'un parti de la collaboration ?

— Non, Héray est trop vigilant, et Thèbes ne reviendra pas en arrière, j'en suis persuadé. Il s'agit d'autre chose, de tout aussi grave.

L'intendant avait la bouche sèche.

— Voilà bien des années que ma tâche principale consiste à collecter les informations et à en extraire l'essentiel. Bien entendu, j'ai étudié de près les rapports concernant la mort tragique du pharaon Séqen.

Ahotep s'immobilisa.

— Aurais-tu noté une anomalie ?

— Majesté, je suis persuadé que votre mari est tombé dans un piège. Les Hyksos l'attendaient à cet endroit-là, ils savaient comment l'isoler et ils l'ont assassiné grâce aux indications que leur a fournies quelqu'un de bien informé.

— Tu veux dire... qu'il y a un traître parmi nous ?

— Je n'en ai pas la preuve formelle, mais telle est bien mon intime conviction.

Ahotep leva les yeux vers le ciel. Ce coup bas, elle ne l'avait pas prévu.

— As-tu des soupçons plus précis, Qaris ?

— Non, Majesté, et j'espère me tromper.

— Si tu as raison, mes principales décisions devront donc rester secrètes.

— Autant que possible, en effet. Et je vous recommande de vous méfier de tout le monde.

— Tout de même pas de toi, Qaris ?

— Je n'ai que ma parole à vous offrir, Majesté.

7

La destruction du dernier cimetière égyptien d'Avaris avait provoqué une révolte inattendue : celle des veuves et des veufs âgés. Désespérés, ils s'étaient regroupés pour marcher sur la citadelle et protester contre la décision de l'empereur.

Éberlués, les gardes regardaient déferler cette vague de gueux inoffensifs, dont un bon nombre se déplaçait avec difficulté. Quelques lances suffirent à les arrêter.

— Retournez immédiatement chez vous, leur ordonna un officier anatolien.

— Nous voulons garder notre cimetière, protesta un octogénaire qui s'appuyait sur sa canne. Mon épouse, mes parents, mes grands-parents et mes arrière-grands-parents y sont enterrés. Il en va de même pour la plupart de mes compatriotes. Nos morts ne menacent pas la sécurité de l'empire, que je sache !

— Les ordres sont les ordres.

Silencieux et déterminés, les contestataires s'assirent.

Les exterminer ne présentait aucune difficulté, mais le gradé préféra consulter un supérieur.

— Des vieillards ? s'étonna Khamoudi.

— Ils refusent de regagner leur domicile et veulent être reçus par l'empereur.

— Ces imbéciles n'ont toujours pas compris que les temps avaient changé ! Sont-ils bruyants ?

— Non, pas du tout. De quelle manière désirez-vous qu'on les exécute ?

— Les exécuter... J'ai une meilleure idée. Va me chercher la dame Abéria. Moi, je sollicite l'autorisation de l'empereur.

De ses mains plus larges que celles d'un colosse, la dame Abéria se livrait à son plaisir favori : étrangler. Pour l'heure, elle se contentait d'une gazelle dont les meilleurs morceaux seraient servis à la table d'Apophis. Mais c'était beaucoup moins distrayant que de tordre le cou d'une aristocrate égyptienne réduite au rang d'esclave. Grâce à l'épouse de l'empereur, la dame Abéria ne manquait pas de proies, les unes affolées, les autres gesticulantes. Sa soif de vengeance était inextinguible, et Apophis approuvait cette politique de la terreur qui dissuadait les vaincus de lui résister.

— Le Grand Trésorier vous demande d'urgence, l'avertit le gradé.

La dame Abéria éprouva un délicieux frisson. Connaissant Khamoudi, il ne pouvait s'agir que d'une tâche exaltante.

— C'est quoi, ce troupeau de vieillards ? questionna-t-elle.

— De dangereux révoltés, répondit Khamoudi.

— Eux, dangereux ? s'esclaffa Abéria.

— Beaucoup plus que tu ne le crois ! Ces anciens détiennent des traditions nuisibles qu'ils transmettent aux plus jeunes. C'est pourquoi ils ne doivent plus demeurer à Avaris où ils donnent le mauvais exemple. Leur place est ailleurs, loin d'ici.

L'intérêt de la dame Abéria commença à s'éveiller.

— Et ce serait à moi... de m'en occuper ?

— Près de notre base arrière de Palestine, à Sharouhen, il y a des zones marécageuses où pourrait être établi un camp de prisonniers.

— Un simple camp... ou un bagne d'extermination ?

— À ta guise, dame Abéria.

L'étrangleuse considéra ses prisonniers avec un autre œil.

— Vous avez raison, Grand Trésorier. Ce sont bien de dangereux révoltés, et je les traiterai comme tels.

Le cortège empruntait la piste qui longeait des lacs, en direction de l'est. Confortablement installée dans sa chaise à porteurs, la dame Abéria obligeait son troupeau d'esclaves à marcher le plus vite possible, en ne lui accordant qu'une halte et un peu d'eau toutes les cinq heures.

La résistance de ces vieux Égyptiens l'étonnait. Seuls quelques-uns s'étaient effondrés dès le début du voyage, et Abéria n'avait laissé à personne le soin de leur tordre le cou. Leurs dépouilles feraient les délices des vautours et autres charognards. Un seul déporté avait tenté de s'enfuir, aussitôt abattu par un policier hyksos.

Les autres avançaient, pas après pas, sous un soleil brûlant.

Celui qui faiblissait, les plus vaillants le soutenaient tant bien que mal et le forçaient à continuer.

Parfois, le cœur lâchait. Le cadavre était abandonné au bord de la piste, sans rite ni sépulture.

Le premier à demander davantage d'eau avait été fouetté à mort. Aussi les veuves et les veufs progressaient-ils sans se plaindre, sous l'œil ravi d'Abéria qui songeait déjà à organiser d'autres voyages comme celui-là.

— Il ne faut pas perdre espoir, dit un septuagénaire à sa compagne d'infortune. Mon fils fait partie d'un réseau de résistants, et il m'a appris que la reine Ahotep avait pris la tête d'une armée de libération.

— Elle n'a aucune chance.

— Elle a déjà infligé des défaites aux Hyksos.

— À Avaris, personne n'en parle, objecta la femme.

— La police de l'empereur est bien faite... Mais la nouvelle finira quand même par se propager ! L'armée thébaine a atteint Cusae et elle a forcément l'intention d'attaquer le Delta.

— Les Hyksos sont trop puissants et les dieux nous ont abandonnés.

— Non, je suis sûr que non !

Malgré ses réticences, la veuve murmura à l'oreille de son voisin qui transmit l'information à sa voisine. Peu à peu, tous les prisonniers apprirent que Thèbes avait relevé la tête et que le combat s'était engagé. Les plus exténués retrouvèrent des forces, le chemin parut moins pénible, malgré la chaleur, la soif et les moustiques.

Après celle d'Avaris, la place forte de Sharouhen était la plus impressionnante de l'empire. Des tours élevées permettaient de contrôler les environs et le port. La ville de garnison abritait des troupes de choc capables d'intervenir à tout moment en Syro-Palestine et d'étouffer dans l'œuf la moindre tentative de sédition.

Conformément aux ordres d'Apophis, les Hyksos effectuaient des razzias à intervalles réguliers afin de rappeler à la population civile que la loi de l'empereur était inviolable. On pillait un village, on le brûlait, on violait les femmes et on les employait ensuite comme esclaves avec leurs enfants les plus robustes. C'était la distraction la plus appréciée de la garnison de Sharouhen dont le port accueillait des cargos chargés de nourritures abondantes.

L'arrivée du pitoyable cortège surprit le commandant de la forteresse qui fut impressionné par la musculature de la dame Abéria.

— Mission officielle, déclara-t-elle avec aplomb. L'empereur désire que j'établisse un bagne à proximité de la forteresse. Il a décidé de déporter un maximum de révoltés afin qu'ils ne troublent pas l'ordre hyksos.

— Mais... ce sont des vieillards !

— Ils propagent des idées dangereuses, susceptibles de troubler des esprits.

— Bien, bien... Vous devrez vous éloigner dans

l'intérieur des terres, car il y a beaucoup de marais par ici, et...

— Ça me convient parfaitement. Je veux que les bagnards soient à portée de tir de vos archers qui montent la garde au sommet des tours. Si l'un de ces bandits tente de franchir les clôtures que nous allons dresser, abattez-le.

La dame Abéria choisit le pire endroit : un terrain spongieux, infesté d'insectes et battu par les vents.

Elle ordonna aux prisonniers de se construire des cabanes en roseaux où ils habiteraient désormais en espérant la clémence de l'empereur qui, dans sa grande bonté, leur accordait une ration quotidienne.

Une semaine plus tard, la moitié des vieillards étaient morts. Leurs compagnons avaient enterré les corps dans la boue qu'ils creusaient avec leurs mains. Eux-mêmes ne survivraient pas longtemps.

Très satisfaite, la dame Abéria reprit la route d'Avaris où elle remercierait chaudement Khamoudi pour son initiative. À elle de préparer la prochaine déportation de révoltés qui, après avoir goûté aux charmes de Sharouhen, ne causeraient plus aucun ennui à l'empereur.

8

Approchant d'une vingtaine d'années, Vent du Nord exerçait une fonction importante à la tête des ânes de Thèbes. C'est lui qui guidait les braves grisons sur les sentiers et veillait sur le transport des matériaux. Jamais il ne rechignait à la tâche, à condition que les humains en fassent autant et ne se haussent pas du col.

Ahotep savait que, sans Vent du Nord et ses collègues à quatre pattes, la base militaire n'aurait pu voir le jour. Et l'âne continuait à œuvrer, avec la même constance et le même sens du travail bien fait.

Pourtant, cette belle matinée de printemps était marquée par le deuil. À l'aube, Rieur avait rendu l'âme. Après avoir sauvé la Reine Liberté en étant son infaillible garde du corps, le vieux molosse, l'organisme usé, avait posé doucement son énorme tête sur les pieds de la jeune femme, tout en lui adressant un ultime regard, tendre et complice. Puis il avait émis un seul râle, long et profond.

Par bonheur, Rieur le Jeune, âgé de six mois, promettait d'être aussi fort et intelligent que son père. Avec son pelage couleur de sable, sa truffe noire et ses yeux orange, il percevait déjà la moindre intention de sa maîtresse.

Rieur l'Ancien fut momifié et enterré près du pharaon Séqen. Avec lui, c'était la jeunesse d'Ahotep qui disparaissait, les heures d'aventure et de bonheur vécues en compagnie de son mari. Sous les bandelettes avait été glissé un papyrus comportant les formules magiques indispensables pour franchir les portes de l'autre monde.

Partageant le chagrin de la reine, Vent du Nord lui toucha doucement l'épaule du museau. Elle lui caressa le cou et le pria d'accorder son amitié au jeune chien qui avait encore beaucoup à apprendre.

En signe d'approbation, il secoua ses grandes oreilles.

Le rapport d'Abéria enchantait l'empereur, d'une humeur massacrante après l'échec de son opération de désinformation. Pourquoi n'avait-il pas songé plus tôt à organiser des déportations et à ouvrir un camp d'extermination où disparaîtraient les résistants ? Cette nouvelle initiative prise par Khamoudi se révélait excellente, Sharouhen était une réussite totale.

Peu à peu, Avaris serait vidée de ses contestataires, même potentiels, et les Hyksos ne conserveraient que les esclaves indispensables pour effectuer les basses besognes.

— Majesté, dit Khamoudi avec gourmandise, j'ai ici une liste de rebelles dont les attitudes ou les paroles méritent le bagne.

— Garde-m'en quelques-uns pour le taureau et le labyrinthe.

— Bien entendu, Majesté. Mais je dois vous prévenir : il n'y a pas que des Égyptiens.

Apophis sourcilla.

— Un scribe hyksos m'a manqué de respect, expliqua Khamoudi, et un jardinier anatolien déplaît à mon épouse. Ne méritent-ils pas d'être rappelés à l'ordre ?

— Fort bien, estima l'empereur. Moi, j'y ajoute un garde du palais qui a eu le tort de coucher avec ma tendre sœur Venteuse et de se plaindre des heures de service trop contraignantes. Nul ne doit se laisser aller à ce genre de critiques. Le camp de Sharouhen lui remettra les idées en place. Que la dame Abéria s'occupe de ce nouveau convoi.

La déportation des veuves et des veufs avait semé la terreur dans la population égyptienne du Delta. Nul ne se sentait à l'abri des décisions arbitraires de l'empereur et de Khamoudi. Les minuscules réseaux de résistance n'osaient plus prendre la moindre initiative et se contentaient de recueillir quelques informations en provenance du front, avec l'espoir qu'elles étaient authentiques. Mais presque tous ignoraient encore qu'une armée de libération avait atteint Cusae.

Dans les Cyclades, Jannas remportait victoire sur victoire, mais repérer et pourchasser les bateaux pirates prenait beaucoup de temps. Et l'amiral laissait une partie de sa flotte en vue de la Crète dont il redoutait l'intervention.

En Asie, les troupes hyksos imposaient une occupation sanglante, ponctuée d'exécutions sommaires. Malgré cette brutalité, des chefs de clan s'obstinaient à prendre les armes. Aucun ne résistait bien longtemps et tous finissaient empalés, de même que les membres de leur famille. Mais cet irritant bouillonnement empêchait Apophis de rapatrier ses régiments et de les lancer à l'assaut de la Haute-Égypte.

— La reine Ahotep est incapable de progresser, observa Khamoudi. Sa misérable troupe ne tardera plus à s'épuiser. Une prochaine reddition ne me surprendrait pas. Avoir choisi une femme comme chef de guerre, quelle erreur ! Décidément, ces Égyptiens ne seront jamais des combattants.

— Je partage ton point de vue, concéda l'empereur. Nous savons, en effet, que les Thébains sont juste capables de contrôler quelques provinces reculées. Néanmoins, il est possible de s'attaquer à la racine du mal et de supprimer la cause de cette stupide révolte sans même livrer bataille. L'un de nos bons amis va s'en charger.

Comme il l'avait promis, le prince Kamès ne s'accordait plus de repos. Il s'entraînait avec tant d'intensité à manier les armes que son corps était devenu celui d'un athlète, et il fallait toute l'autorité de la reine pour l'obliger à s'allonger quelques heures afin d'éviter l'épuisement. Mais Kamès ne dormait presque pas, hanté par le visage de son père, le modèle qu'il voulait suivre.

De sa mère, il apprenait l'art de gouverner. En compagnie de son petit frère, recueilli et attentif, il lisait les textes de sagesse transmis par les pharaons de l'âge d'or. Parfois, il se prenait à rêver que l'Égypte était vraiment libre, qu'il était possible de se déplacer d'une province à l'autre et de naviguer paisiblement sur le Nil. Mais la réalité le rattrapait comme une morsure et, la rage au ventre, il poursuivait son apprentissage de Pharaon.

Alors qu'Ahotep réunissait les membres d'un détachement à destination de Coptos, l'intendant Qaris l'avertit qu'un visiteur inattendu sollicitait une audience : un délégué de Titi, le gouverneur de Coptos !

L'homme était petit, gros et barbu. Il s'inclina devant la régente.

— Majesté, j'ai de bonnes nouvelles ! Le gouverneur Titi a enfin réussi à libérer la ville. Les derniers Hyksos se sont enfuis, et nous nous sommes emparés d'un bateau de marchandises qui contenait de nombreuses jarres de nourriture. En voici quelques-unes, en attendant d'autres prises.

Il s'agissait bien de jarres hyksos, ventrues et peintes en brun.

— Moi et deux soldats de la garde personnelle de Titi les avons transportées en prenant les chemins de campagne, précisa le barbu. La région est tranquille, les paysans reprennent confiance. Les habitants de Coptos vous attendent, Majesté !

— Le gouverneur est-il certain de son succès ?

— Dans le cas contraire, Majesté, il ne m'aurait pas envoyé à Thèbes. Titi a beaucoup souffert de l'occupation, et c'est un homme prudent.

Ahotep se souvenait de son bref séjour à Coptos en compagnie de Séqen. Lors de leur rencontre, le gouverneur lui avait affirmé qu'il organisait la résistance avec un maximum de précautions tout en se présentant comme l'allié des Hyksos qui contrôlaient sa ville.

— Porte tes jarres aux cuisines, ordonna l'intendant Qaris.

— Tu déjeuneras avec nous, ajouta la reine, et tu nous donneras des détails sur la libération de Coptos.

Le plus affamé était Rieur le Jeune. Sans le regard courroucé d'Ahotep, il aurait volontiers bondi sur les plats que les serviteurs déposaient sur la table royale. Le chien jouait au malheureux qui n'avait pas été nourri depuis plusieurs jours, et il réussissait toujours à dénicher un crédule prompt à lui porter secours.

— Les Hyksos sont-ils encore maîtres des pistes caravanières ? demanda la reine à l'envoyé du gouverneur Titi.

— Plus pour longtemps, Majesté. Mais il nous faudra démanteler les fortins qu'ils ont implantés dans le désert, jusqu'à la mer Rouge.

— Le gouverneur possède-t-il une carte détaillée ?

— Oui, grâce aux caravaniers qui se réjouissent d'échapper enfin au joug hyksos ! En utilisant leurs indications, nous pourrons attaquer l'ennemi par surprise et démanteler une à une ses installations.

En appliquant cette stratégie, Ahotep désenclaverait davantage la province thébaine qui, de nouveau, recevrait des marchandises dont elle était privée depuis de longues années.

— De combien d'hommes dispose le gouverneur ?

Pendant que le petit barbu se lançait dans des

explications assez embrouillées, la reine goûtait machinalement à un plat de fèves et de bœuf braisé.

Soudain, un nez de chien souleva son poignet.

— Rieur ! Tu es vraiment trop insolent...

De sa patte gauche, il renversa le plat et se mit à aboyer en regardant l'envoyé de Coptos.

La reine comprit.

Son meilleur garde du corps avait tenté de la sauver.

— Arrêtez cet homme ! ordonna-t-elle.

Le barbu se leva et courut vers la porte de la salle à manger.

Deux gardes lui barrèrent la route.

— Ces mets étaient empoisonnés, dit Ahotep, et j'en ai mangé.

9

Commençant à se sentir mal, la reine Ahotep s'était allongée sur un lit bas. Sa mère lui humectait le front avec un linge parfumé.

— L'homme a parlé, indiqua Héray qui venait de mener à bien un interrogatoire musclé. C'est lui qui a empoisonné votre plat avec des graines de ricin et du venin de scorpion. Si votre chien n'était pas intervenu, Majesté, vous seriez morte.

Couché au pied du lit, le molosse avait décidé de ne plus quitter sa maîtresse.

— Venait-il vraiment de Coptos ? demanda Ahotep.

— Oui, Majesté.

— Il a donc agi sur l'ordre du gouverneur Titi.

— Aucun doute : c'est bien lui qui a envoyé cet assassin, probablement pour donner satisfaction à l'empereur.

— Il faut prendre Coptos au plus vite, estima la régente.

Ahotep tenta de se lever, mais de violentes douleurs dans l'estomac l'en empêchèrent.

— Rendons-nous immédiatement au temple

d'Hathor, préconisa Téti la Petite, inquiète. Les prêtresses sauront te guérir.

Malgré une mixture composée d'oignon, de caroube, d'extrait de lin et d'une plante appelée « bois de serpent », Ahotep avait été victime d'un grave malaise sur le chemin qui menait au site de Deir el-Bahari, où le pharaon Montou-hotep II[1] avait construit un extraordinaire édifice.

Une fois franchie la vaste avant-cour plantée d'arbres, on accédait à un portique. Contre ses colonnes étaient adossées des statues représentant le roi coiffé de la couronne rouge et vêtu du vêtement blanc moulant qu'il portait lors de la fête de régénération. Le visage, les mains et les énormes jambes noirs du monarque le rendaient presque effrayant.

Porteur des trois couleurs de l'alchimie de la résurrection, le pharaon s'était ainsi démultiplié en autant de gardiens qui veillaient sur le monument central, une représentation de la butte primordiale, l'île du premier matin du monde sur laquelle la lumière s'était corporifiée.

Près du sanctuaire, des prêtresses de la déesse Sekhmet vénéraient une très ancienne statue installée devant une vaste cuve de pierre où, en cas de maladie grave, certains patients étaient autorisés à se baigner.

— Je suis Téti la Petite et je vous confie la reine d'Égypte qui vient d'être empoisonnée.

1. Les Montou-hotep sont l'une des deux lignées principales de la XIe dynastie (vers 2060-1991 av. J.-C.).

Dans ses bras, Héray portait Ahotep évanouie.

— Veuillez lire à haute voix le texte inscrit sur la statue, recommanda la doyenne.

— « Viens à moi, toi dont le nom est caché, même pour les dieux, toi qui as créé le ciel et la terre, et mis au monde tous les êtres. Aucun mal ne se produira contre toi, car tu es l'eau, le ciel, la terre et l'air. Que la guérison me soit accordée. »

Après s'être ridée, l'eau bouillonna.

— Le génie de la statue accepte la malade, conclut la doyenne. Déshabillez-la et plongez-la dans la cuve.

Pendant que Téti et les autres prêtresses s'exécutaient, la doyenne versa de l'eau sur les hiéroglyphes tandis qu'une de ses collègues recueillait le précieux liquide, à présent imprégné d'une énergie magique.

Dès qu'Ahotep, encore inconsciente, fut allongée dans le bain, la servante de Sekhmet lui aspergea la gorge d'eau guérisseuse.

Quand elle eut réitéré ce geste à sept reprises, elle pria tous les protagonistes de s'éloigner.

— Ma fille survivra-t-elle ? demanda la reine mère, angoissée.

La doyenne demeura silencieuse.

Coptos était en fête.

En remerciement des services rendus aux Hyksos, le gouverneur Titi avait reçu l'autorisation de célébrer la fête de Min. Bien entendu, certains épisodes du cérémonial étaient omis, comme la procession des statues représentant les ancêtres royaux. Le seul pharaon, c'était Apophis.

En obéissant à ses ordres, Titi venait de mettre fin à une guerre inutile qui aurait vu mourir en pure perte des milliers d'Égyptiens. Depuis longtemps, le gouverneur avait compris que le pouvoir des envahisseurs ne cesserait de se consolider et que son pays était devenu une province hyksos. En jouant un subtil double jeu, il avait préservé quelques-unes de ses prérogatives et permis à ses protégés de ne pas vivre trop mal sous l'occupation. Au fond, il suffisait de renoncer aux valeurs traditionnelles et de s'accommoder des exigences de l'empereur.

Ainsi cette vieille fête du dieu de la fécondité, tant spirituelle que matérielle, perdrait-elle tout caractère sacré pour devenir une réjouissance populaire accompagnée d'une glorification d'Apophis, bienfaiteur de l'Égypte.

S'il n'y avait pas eu cette folle d'Ahotep et son insensé de mari, la province thébaine aurait continué à vivre des jours paisibles. Par chance, Séqen avait été tué et l'armée de libération pourrissait à Cusae.

Le dernier danger, c'était la reine. Pour l'avoir rencontrée à Coptos, bien des années auparavant, Titi savait qu'elle ne renoncerait pas à combattre. Obstinée, elle refusait d'admettre la réalité. À cause d'elle, le Sud risquait d'être victime d'une terrible répression.

Grâce à Titi, Coptos serait épargnée. En envoyant à Thèbes son meilleur lieutenant pour empoisonner Ahotep, le gouverneur devenait un héros de l'empire. La disparition de la reine serait synonyme de la fin des combats. Telle était l'excellente nouvelle que Titi allait annoncer à la population, si heureuse de faire la fête.

— Tout est-il prêt ? demanda-t-il à son intendant.

— Oui, mais la police hyksos exige d'encadrer le cortège.

— C'est bien naturel : je ne supporterai aucun débordement.

Titi s'empressa de saluer le chef de la police locale, un Syrien au visage épais.

— Au moindre incident, annonça le Hyksos, je jette en prison les émeutiers et j'en fais exécuter la moitié.

— Sois sans crainte : les Coptites sont des gens raisonnables. Ils se contenteront de bien s'amuser et remercieront l'empereur pour ces festivités.

Des prêtres portèrent en procession l'étonnante statue du dieu Min, enveloppée dans le linceul blanc de la résurrection. Le phallus éternellement en érection, il incarnait la puissance procréatrice qui permettait à la vie de se perpétuer sous toutes ses formes et, notamment, d'engendrer le blé.

Prospecteurs du désert, mineurs et caravaniers regardèrent passer la statue avec émotion, car le dieu possédait le secret des pierres nées dans le ventre des montagnes. Le bras levé, formant un angle secret connu des bâtisseurs de temples, et maniant le sceptre aux trois peaux symbolisant les trois naissances, céleste, terrestre et souterraine, Min régnait sur les pistes lointaines et guidait les aventuriers.

Un superbe taureau blanc, placide, suivait la statue. Selon la tradition, c'était la reine qui maîtrisait sa violence naturelle pour la transformer en puissance fécondatrice. Mais la dernière souveraine était morte, et Apophis interdisait la présence des femmes dans les rituels.

Déjà, on construisait un haut mât, avec des étais et des cordes. Les plus habiles tenteraient de parvenir les premiers à son sommet et d'y décrocher les cadeaux tant convoités. La compétition ne se déroulait pas sans heurts, et l'on ne comptait pas les chutes.

— Il y a trop de temples à Coptos, dit le chef de la police au gouverneur. Tu en garderas un seul, ce sera amplement suffisant. Les autres seront transformés en casernes et en dépôts d'armes.

Titi acquiesça. L'empereur détestait les manifestations voyantes de l'ancienne culture, et Coptos bénéficiait déjà d'un régime de faveur.

— Es-tu certain de la mort d'Ahotep ? demanda le Syrien.

— Tout à fait. L'homme qui l'a empoisonnée a été exécuté, Thèbes est en deuil. D'ici peu, tous les révoltés déposeront les armes. Ahotep était leur âme et leur cœur. Sans elle, ils n'auront ni la force ni le courage de continuer. Je connais bien les Égyptiens : ils croiront que leur reine a été victime d'un châtiment divin parce que son action était mauvaise. Ne devrions-nous pas favoriser la propagation de cette idée ?

— Je m'en occupe, gouverneur.

Exceptionnellement, deux tavernes avaient été ouvertes. Sous étroit contrôle policier, elles vendaient de la mauvaise bière dont les fêtards devraient se contenter. Au premier signe d'ivresse, le perturbateur serait arrêté et déporté. L'empereur ne tolérait pas de manquement à l'ordre public, et la dame Abéria était ravie d'augmenter le nombre des convois à destination du camp de Sharouhen.

— Ce breuvage est ignoble, dit l'Afghan.

— Il ne vaut pas mieux que cette fête tronquée, ajouta le Moustachu.

— Bref, on est volés. Moi, je veux être remboursé.

— On appelle l'aubergiste ?

— Ce trouillard est mort de peur, il nous faut un vrai responsable. Ce policier armé, par exemple.

Le Moustachu s'en approcha.

— Mon brave, mon ami et moi sommes très mécontents. La procession est médiocre, la bière imbuvable et l'ambiance déprimante. Inadmissible, non ?

D'abord estomaqué, le policier reprit vite contenance.

— Vous êtes soûls, tous les deux ! Suivez-moi sans discuter.

— On ne peut pas.

— Qu'est-ce que tu racontes ?

— Il a raison, approuva l'Afghan, on ne peut pas. D'abord, on n'est pas soûls ; ensuite, on n'est pas ici pour s'amuser et encore moins pour fréquenter vos prisons.

— Tu te prends pour qui, toi ?

— Pour un résistant qui va tuer un policier hyksos, brûler cette taverne minable et donner ainsi le signal de l'assaut à l'armée de libération.

10

Dès que les flammes s'élevèrent, les soldats d'Ahotep, dont la moitié était mêlée à la foule, se ruèrent sur les membres du service d'ordre hyksos. Bien formés au combat de près par l'Afghan et le Moustachu, ils bénéficièrent de l'effet de surprise et supprimèrent en quelques instants la plupart de leurs adversaires.

Stupéfait, le chef de la police se tourna vers le gouverneur Titi.

— Au palais, vite ! Et que ta milice se joigne à mes hommes.

Affolés, les prêtres s'étaient engouffrés dans le temple avec la statue de Min. Deux adolescents, du haut du mât, jetaient des pots sur les policiers. Sous l'impulsion du Moustachu, la population se retournait contre l'oppresseur. Plusieurs Hyksos furent piétinés par des Coptites, trop heureux de pouvoir exprimer une haine si longtemps contenue.

Le chef de la police et le gouverneur n'allèrent pas loin.

Face à eux, Ahotep et les membres de la garde personnelle de Titi.

— Ils font à présent partie de l'armée de libération, déclara la reine.

— Majesté, vous... vous n'êtes pas morte ! Non, c'est un fantôme... Ce ne peut être qu'un fantôme ! Courons jusqu'au temple de Geb. Là-bas, ils n'oseront pas nous toucher.

Ahotep empêcha un archer de tirer.

Les deux fuyards parvinrent à se frayer un passage dans l'échauffourée qui tournait définitivement à l'avantage des Égyptiens.

Le Hyksos et son allié atteignirent le parvis du temple de Geb dont la porte était close.

Titi frappa à coups de poing redoublés.

— Ouvrez, c'est le gouverneur ! J'exige le droit d'asile !

La porte demeura close.

Soudain, un lourd silence tomba sur la ville.

Plus aucun cri de victoire ou de souffrance, plus aucun éclat de voix, pas même l'aboiement d'un chien.

Seuls sur le parvis, le policier et le gouverneur étaient entourés du peuple de Coptos et des soldats de l'armée de libération.

Ahotep s'avança.

— Voici les paroles qui sont prononcées en ce lieu chaque fois qu'un jugement y est rendu : « Que le parjure redoute le dieu Geb, la puissance créatrice qui aime la vérité. Le mensonge est ce qu'il déteste. À lui de décider. »

Le gouverneur Titi se fit implorant.

— Majesté, ne vous trompez pas sur mon compte ! Je feignais d'être l'allié des Hyksos afin de mieux protéger mes concitoyens. Sans moi, beaucoup auraient été exécutés ou torturés. En réalité, je vous suis fidèle depuis le début de votre aventure ! Vous vous en souvenez, n'est-ce pas ? Tout de suite, j'ai compris qu'il fallait vous faire confiance. Voici deux preuves de ma droiture : d'abord, les noms des collaborateurs qui trahissent l'Égypte au profit des Hyksos, parmi les mariniers, les caravaniers, les commerçants... Je vous les donnerai tous, je vous le jure ! Ensuite, la seconde preuve, plus éclatante encore !

Le gouverneur Titi planta son poignard dans les reins du chef de la police, renversa le blessé et l'acheva.

Le meurtrier s'agenouilla.

— Je suis votre humble serviteur, Majesté !

Le regard d'Ahotep flamboya.

— Tu n'es qu'un lâche et tu as souillé ce lieu sacré. Voici le décret qui sera conservé dans nos archives : ta charge de gouverneur t'est retirée, elle ne sera confiée à aucun de tes héritiers, tes biens seront attribués aux temples de Coptos, tes écrits seront détruits, ton nom est à jamais maudit et oublié. Si un pharaon t'accordait son pardon, il serait indigne de porter la double couronne et aussitôt destitué par les dieux.

— Chef, dit l'assistant douanier à son supérieur, il y a de la fumée.

— Où ça ?

— On dirait que ça vient de la ville.

— Sans doute une vieille bâtisse en flammes. Nous, ça ne nous concerne pas. On est là pour prélever des taxes sur toute personne qui franchit la douane de Coptos, lui infliger une amende maximum et obtenir un satisfecit de l'empereur. Le reste, on s'en moque.

— Chef...

— Qu'est-ce qu'il y a encore ?

— Il y a du monde qui vient.

— Tu t'en occupes. Moi, j'ai mal au bras à force d'apposer mon sceau sur la paperasse et j'ai besoin de faire la sieste.

— Il y a beaucoup de monde, chef.

— Plusieurs marchands ?

— Non, chef. Une armée.

Le chef douanier sortit de sa torpeur.

Sur le Nil, une dizaine de bateaux de guerre avec des archers. Sur la route, des centaines de soldats égyptiens commandés par le Moustachu.

— Voici ce que j'ai à déclarer, annonça-t-il avec gravité : ou bien vous vous rendez, ou bien on vous massacre.

Les trait creusés, l'œil morne, le bon géant Héray s'inclina devant la reine.

— Majesté, je vous présente ma démission de Supérieur des greniers et de responsable de la sécurité intérieure de Thèbes. Puissiez-vous me pardonner un jour mon incompétence et mon manque de clairvoyance. Nul n'a commis de faute plus grave que moi, et j'en suis conscient. La seule faveur que j'implore est de n'être pas chassé de cette ville. Mais si vous en décidez autrement, je vous approuverai.

— Je ne te reproche rien, Héray.

— Majesté ! J'ai laissé un assassin s'approcher

de vous, il a empoisonné votre nourriture et vous avez failli mourir ! À cause de moi, la quête de la liberté aurait pu être brisée. Je ne mérite rien d'autre que la déchéance.

— Non, Héray, car tu mets chaque jour en œuvre la plus haute des vertus : la fidélité. C'est grâce à elle que nous resterons unis et que nous vaincrons.

— Majesté...

— Fais-moi l'honneur de conserver tes fonctions, mon ami, et de les exercer avec un maximum de vigilance. Moi-même, j'ai commis de graves erreurs et je redoute d'en commettre d'autres. Nos adversaires n'ont pas fini de lancer contre nous les assauts les plus pervers. C'est pourquoi aucune faille ne doit apparaître dans nos rangs.

Le bon géant était ému aux larmes.

Il se prosterna devant l'Épouse de Dieu qu'il admirait davantage chaque jour.

— Tu as beaucoup de travail, estima la reine. Avant d'être exécuté, le gouverneur Titi nous a fourni une liste impressionnante de collaborateurs. Bien entendu, il a mêlé le vrai et le faux afin que nous éliminions nous-mêmes des alliés sincères. Tu devras donc vérifier chaque cas avec la plus grande attention afin qu'aucun innocent ne soit condamné.

— Comptez sur moi, Majesté.

— Allons voir la maquette.

Ce ne fut pas sans une joie profonde que, sur sa maquette, l'intendant Qaris fit entrer Coptos et sa région dans la zone libérée. Plus d'occupation hyksos, plus d'arrestations arbitraires, plus de tortures... Un nouveau poumon venait de s'ouvrir, l'étau se desserrait.

— Comme Séqen doit être heureux, murmura la reine. Quand nous parviendrons à rouvrir les routes des caravanes, bien des difficultés matérielles seront résolues.

— Demain, s'enthousiasma Qaris, nous célébrerons la vraie fête de Min ! Et c'est la reine d'Égypte qui dirigera le rituel en vénérant la mémoire de ses ancêtres.

Le magnifique visage d'Ahotep demeurait sombre.

— Ce n'est encore qu'une modeste victoire. Elle demeurera sans lendemain si nous ne redoublons pas d'efforts.

— Notre armement s'améliore, Majesté ; bientôt, il répondra à vos exigences.

— Si nous voulons progresser vers le Nord, il faut davantage de bateaux. Les Hyksos possèdent des chars et des chevaux ; nous, nous savons nous servir du Nil. Il faut immédiatement ouvrir de nouveaux chantiers navals et mettre un maximum d'artisans au travail.

11

Malgré sa résistance physique et sa capacité à combattre l'adversité, le gouverneur Emheb se sentait fatigué. Chez lui, tout était large et épanoui, la tête, le nez, les épaules et la panse. Il avait l'allure d'un bon vivant, mais son cou de taureau et son regard dur démentaient cette première impression.

Lorsqu'il gouvernait sa bonne ville d'Edfou en feignant d'être soumis aux miliciens hyksos, il les avait peu à peu éliminés pour les remplacer par les hommes de son réseau de résistance et reconquérir sa cité. Allié majeur de la reine Ahotep, il avait livré à ses côtés les premières batailles de la guerre de libération et ressenti comme une tragédie la mort du pharaon Séqen.

Jamais il n'aurait supposé que la jeune femme fût capable de résister à un tel choc. Pourtant, avec un courage forçant l'admiration des plus sceptiques, elle avait décidé de poursuivre l'œuvre commencée par son mari défunt.

Lorsque brillait le soleil de l'aube, vainqueur du dragon des ténèbres, Emheb envisageait le succès d'Ahotep. Puis venait la journée sur le front, figé depuis des mois, et il devait se rendre à l'évidence : pour des raisons inconnues, Apophis laissait pourrir la situation. Ou bien l'empereur était convaincu que les Égyptiens finiraient par renoncer, ou bien il préparait un assaut massif.

Même en renforçant ses positions, Emheb ne résisterait pas longtemps à un déferlement des régiments hyksos. Mais le gouverneur, auquel Ahotep accordait une totale confiance, ne reculerait pas. Avoir atteint Cusae était déjà un exploit qui rendait à ses compatriotes un peu de leur fierté perdue. Ce bonheur-là, ils le devaient à une reine assez audacieuse pour tenter l'impossible.

Emheb ne se posait plus aucune question. Ahotep lui ordonnait de tenir, il tiendrait.

— Gouverneur, lui demanda Ahmès fils d'Abana, un jeune soldat d'une vaillance extraordinaire, il faudrait rassurer nos soldats. Beaucoup croient encore que la reine Ahotep est morte et qu'il serait préférable de nous rendre avant d'être exterminés.

— Nous venons de recevoir des messages signés de sa main ! Elle est bien vivante et a repris Coptos. Quant à ceux qui veulent se rendre, ont-ils songé au sort qui leur sera réservé ?

— Je leur tiens exactement ce discours, gouverneur, mais la rumeur agit comme un poison. Il faudrait...

Le cri d'un guetteur interrompit le jeune homme.

— Ils attaquent ! Les Hyksos attaquent !

Emheb et Ahmès fils d'Abana sortirent aussitôt de la tente du gouverneur et gagnèrent leur poste de combat.

Emheb fit partir des pigeons voyageurs pour Thèbes. Le message dont ils étaient porteurs réclamait d'urgence des renforts. S'ils n'arrivaient pas à temps, le front serait enfoncé et l'armée ennemie déferlerait sur le Sud.

La base militaire de Thèbes était devenue un immense chantier naval où même les soldats étaient employés par les charpentiers afin de fabriquer un maximum de bateaux en un temps record, sans nuire à leur solidité.

Plusieurs équipes allaient chercher du bois partout où il y en avait, principalement de l'acacia et du sycomore. On dégrossissait troncs et branches à la hache, on les débitait en planches, on utilisait maillets et ciseaux pour creuser les mortaises, de lourdes masses pour y faire entrer les tenons, et l'herminette à manche court pour le finissage. Nul ne comptait ses heures, car chacun était conscient de participer à une tâche vitale dont dépendait l'avenir du pays. Et ceux qui passaient sur les planches un vernis protecteur contenant de l'huile de cèdre et de la cire d'abeille se réjouissaient de voir bientôt un nouveau bateau voguer sur le Nil.

Ahotep ne cessait d'inspecter le chantier et d'encourager les artisans. Lorsque l'un d'eux lui paraissait trop épuisé, au point de risquer l'accident, elle lui ordonnait de prendre du repos. Toujours accompagnée de Rieur le Jeune qui veillait sur sa maîtresse avec la même acuité que l'Ancien, la reine avait mobilisé les tisserandes de Thèbes pour la fabrication des voiles en lin, certaines d'un seul tenant, d'autres formées de bandes de largeurs diverses et cousues entre elles avec grand soin. Équipées de ces voiles, les unités de la flotte de guerre égyptienne gagneraient en rapidité.

Ahotep ne manquait pas d'examiner les avirons de gouvernail et de nage. Les premiers permettaient à des barreurs expérimentés de manœuvrer sans trop de peine sur un fleuve parfois capricieux, les seconds aux équipes de rameurs de déployer leurs efforts lorsque le bateau remontait le courant ou bien en l'absence de vent.

La reine avait exigé la construction de plusieurs bateaux de charge, capables de transporter chacun plus de six cents tonnes d'armes, de matériels divers et de nourriture. Leur présence rendrait l'armée égyptienne autonome, si elle parvenait à s'aventurer en territoire ennemi. On embarquerait même des vaches laitières, après avoir imploré la déesse Hathor d'apaiser ces précieuses auxiliaires. Veaux et bœufs seraient attachés à des anneaux fixés dans le pont, mais ceux qui avaient le pied marin pourraient déambuler à leur guise.

Un bruit de pas précipités alerta Rieur le Jeune qui montra d'abord les crocs puis s'assit devant sa maîtresse, les yeux fixés sur l'intendant Qaris.

— Majesté, un message alarmant ! Les Hyksos tentent d'enfoncer le front, Emheb demande des secours d'urgence.

— Avons-nous suffisamment de bateaux prêts à partir ?

— Non, Majesté. Surcharger ceux qui sont terminés nous conduirait au naufrage. Et dégarnir Thèbes ne serait-il pas dangereux ?

Ce ne fut pas Filou, trop fatigué, qui repartit pour le front, mais un autre pigeon, presque aussi expérimenté que son chef.

Le traître infiltré chez les Thébains avait d'abord songé à l'abattre, mais son projet était irréaliste. Même un excellent archer n'était pas sûr de réussir, à moins de profiter de la phase d'envol de l'oiseau. En ce cas, il aurait été facilement repéré.

Restait un moyen beaucoup plus sûr.

L'espion hyksos empoisonna donc la nourriture du pigeon messager qui ne ressentirait les premiers troubles qu'au milieu de son parcours. Jamais il n'atteindrait Cusae, Emheb se croirait abandonné, et l'armée de l'empereur ferait sauter le verrou qui lui fermait la route du Sud.

— Toujours rien ? demanda le gouverneur à Ahmès fils d'Abana.

— Pas le moindre pigeon.

— La régente ne peut pas nous abandonner !

— Soit nos messagers ont été abattus, soit Thèbes est incapable de nous envoyer des renforts. Dans un cas comme dans l'autre, nous devrons nous débrouiller seuls. Les assauts hyksos ne sont pas encore massifs, nos hommes résistent bien. On jurerait que l'ennemi teste notre solidité avant d'envoyer le gros de ses troupes.

— Multiplions les pièges et les postes de tir, recommanda Emheb. Il faut que l'adversaire perde beaucoup de temps à s'emparer de nos leurres. Les Hyksos ont le nombre et la puissance, mais ils connaissent mal le terrain. Malgré tous nos handicaps, rien n'est perdu.

— C'est bien ce que je pensais, gouverneur.

Les deux hommes savaient qu'ils se mentaient pour mieux juguler leur peur et se battre courageusement jusqu'au bout.

— Je retourne aux avant-postes, dit Ahmès fils d'Abana, dont le visage juvénile ne trahissait pas la moindre émotion.

— Dès que tu te sentiras en difficulté, envoie-moi un fantassin et j'accours te rejoindre.

— Que les dieux vous préservent, gouverneur.

— Qu'ils te protègent aussi, mon garçon.

Emheb ne regrettait rien. Dès le début de cette folle aventure, il avait su que l'armée de libération n'était pas de taille à affronter le monstre hyksos. Mais c'était pourtant l'unique sentier à suivre, même s'il se terminait par la mort d'Ahotep et la destruction de Thèbes.

Au moins, ces années de résistance avaient effacé la honte et l'amertume. Cessant enfin de se comporter comme des lâches, les Égyptiens se présenteraient devant le tribunal de l'autre monde avec la fierté du devoir accompli.

— Deux bateaux de guerre hyksos approchent, le prévint son aide de camp avec un grand sourire.

Le gouverneur se crut victime d'un mauvais rêve.

— Et ça te réjouit ?

— Oh oui, gouverneur, car ils ont bien mal choisi leur moment !

— Pourquoi cette certitude ?

— Parce qu'ils vont se heurter à la plus belle flotte de combat que l'on ait jamais vue, une vingtaine de bateaux égyptiens en provenance du Sud, avec la reine Ahotep à leur tête !

12

Couronnée du fin diadème d'or de sa mère, l'épée d'Amon sur sa poitrine, la Reine Liberté se tenait à la proue du vaisseau amiral que les rameurs faisaient avancer à vive allure.

La réaction des bateaux hyksos fut immédiate. Après avoir ramené leurs voiles en toute hâte, ils rebroussèrent chemin aussi vite qu'ils le purent.

Sur les berges, les fantassins égyptiens poussèrent des cris de victoire.

Enfin, les renforts tant attendus !

Quelle ne fut pas la surprise du gouverneur Emheb, en voyant descendre des bateaux de guerre quelques archers et de nombreux paysans qui ne ressemblaient nullement à des soldats.

— Majesté, quel bonheur de vous revoir ! Mais... qui sont ces gens ?

— Des habitants de Coptos et des fermiers des provinces libérées. Tu les formeras, gouverneur, et ils t'aideront à consolider le front. Il m'était impossible de dégarnir la base militaire de Thèbes. Et il m'était également impossible de t'abandonner, comme mon message te l'annonçait.

Le visage du gouverneur s'assombrit.

— Je n'ai pas reçu ce message, Majesté.

Ce fut au tour d'Ahotep de perdre son sourire.

— Nous t'avions envoyé l'un de nos meilleurs pigeons... Le malheureux a donc été tué en cours de route.

— Sans doute un rapace, estima Emheb.

— Sans doute, répéta la reine, sans y croire.

— L'important, c'est que vous soyez ici, au bon moment ! Malgré les démentis, certains demeuraient persuadés que vous étiez morte.

— Je ne repartirai pas avant d'avoir rencontré chacun de tes soldats. Tu garderas la quasi-totalité des bateaux, dont les trois quarts sont des cargos remplis d'armes et de matériel. En cas de nécessité, les autres te serviront à regagner Thèbes. Grâce à de nouvelles voiles, ils sont plus rapides que ceux des Hyksos.

Voir la reine, pouvoir lui parler, célébrer avec elle la naissance du soleil, entendre sa voix prier les dieux de ne pas quitter la terre d'Égypte et d'habiter le cœur des soldats : ainsi fut effacée toute crainte de l'avenir.

Ahotep offrit un grand banquet aux héros qui contenaient les Hyksos, promesse des futures soirées de fête que célébrerait l'Égypte libérée.

Et elle leur montra le cadeau destiné à l'empereur, cadeau qui déclencha une franche hilarité.

L'empereur laissa tomber sur le dallage le scarabée de calcaire, comme s'il s'agissait d'un charbon ardent.

— Qui a reçu cette abomination et qui a osé me l'envoyer ?

— C'est un archer égyptien qui l'a expédié au-delà de notre première ligne, à Cusae, répondit Khamoudi. Un officier l'a ramassé et l'a confié au courrier de l'armée.

— Fais exécuter tous ces imbéciles ! Tu as lu ce texte, Khamoudi, tu as lu ce message horrible que cette horrible femelle a osé nous envoyer !

Le Grand Trésorier ramassa le scarabée, porteur de beaux hiéroglyphes tracés avec netteté :

« *Salut au vil Hyksos Apophis qui occupe mon pays. La reine Ahotep est bien vivante, chaque Égyptien le sait. Il sait aussi que tu n'es pas invulnérable.* »

— C'est un faux, Majesté.

— Bien sûr que non, Khamoudi ! À présent, cette peste va inonder le pays de scarabées comme ceux-ci et contrer notre politique de désinformation. Et la frontière de Cusae est aujourd'hui solidement établie !

— Nos attaques-surprises n'ont guère été efficaces, je l'admets, mais elles nous ont appris que les Égyptiens ont massé l'essentiel de leurs troupes à cet endroit et qu'elles sont incapables de progresser. Et puis les nouvelles d'Asie sont bonnes : les roitelets locaux se calment, l'ordre hyksos est rétabli. Quant à Jannas, il pourchasse les derniers pirates sur les pentes des volcans des Cyclades où ils se croyaient en sécurité. Éliminer cette racaille était indispensable. Reste à savoir, Majesté, si vous souhaitez que l'amiral détruise la Crète.

— Je vais y réfléchir, décréta l'empereur d'une

voix encore plus éraillée qu'à l'ordinaire. Une phrase de ce méprisable message ne te surprend-elle pas ?

Khamoudi relut le texte inscrit sur le scarabée.

— « Chaque Égyptien le sait » : cela sous-entendrait-il qu'il existe encore, dans le Delta, des réseaux de résistants qui propageraient des informations venues du Sud ?

Un semblant de sourire enlaidit davantage le visage de l'empereur.

— Cette reine prétentieuse a commis une erreur en voulant m'insulter et nous avons été trop indulgents avec la population autochtone, Khamoudi, beaucoup trop... J'exige des interrogatoires approfondis et autant de déportations que nécessaire. Qu'aucune ville et qu'aucun village ne soient épargnés.

Sa mère avait été violée et décapitée, son père éventré par le taureau de l'empereur. En raison de sa beauté, la jeune Égyptienne avait eu l'insigne honneur d'être choisie pour devenir l'une des courtisanes du harem officiel d'Avaris, qui, à n'importe quelle heure du jour ou de la nuit, devaient être prêtes à satisfaire les caprices des dignitaires hyksos.

Ce n'était qu'une survie, chaque heure plus pesante, mais la jeune femme oubliait tout pour combattre à sa façon.

En s'offrant à l'un de ses gardiens qui n'était pas autorisé à toucher ces femelles de luxe, elle avait réussi à le convaincre qu'elle l'aimait. Le rustaud s'était entiché d'elle et ne pouvait plus se passer de son corps.

Une nuit, après avoir de nouveau envoûté la brute, elle avait sollicité une immense faveur : pouvoir rencontrer son frère qui travaillait comme menuisier dans les faubourgs d'Avaris. Le garde le contacterait par l'intermédiaire d'un palefrenier. Le voir quelques instants, l'embrasser... Voilà tout ce qu'elle souhaitait.

Le garde avait longuement hésité. S'il refusait, quelle serait la réaction de la belle ? Peut-être se déroberait-elle... Et il ne retrouverait jamais pareille créature !

Le premier rendez-vous avait été organisé en pleine nuit, à l'entrée des cuisines du harem que la prisonnière avait décrit en détail à son « frère », un résistant ami de ses parents et en contact avec le Sud. Elle ne pouvait malheureusement rien lui procurer d'autre.

En revanche, ce qu'il lui avait appris était extraordinaire : l'armée de libération existait bel et bien, et c'était une reine, Ahotep, qui menait le combat ! Bientôt, la nouvelle se propagerait dans le Delta, et de nouveaux résistants grossiraient le maigre réseau actuel.

Un projet la hantait : faire pénétrer un commando dans le harem, tuer les gardes et prendre en otages les Hyksos de haut rang qui s'y trouvaient.

Le « frère » acquiesça.

Lors du second rendez-vous, il ne viendrait donc pas seul.

Et ce moment tant espéré était enfin arrivé.

Après avoir comblé le commandant de la garde

impériale, l'instigatrice du complot sortit de sa chambre et emprunta un couloir de service faiblement éclairé.

Pieds nus, elle retenait son souffle.

À cette heure, les cuisines étaient désertes. C'est ici qu'elle serait obligée de se donner une dernière fois au gardien avant qu'il n'ouvrît la porte.

— Me voici... Tu es là ?

Personne ne répondit.

Étonnée, elle laissa ses yeux s'habituer à l'obscurité, évita une grosse broche qui servait à rôtir les oies et longea un fourneau.

— C'est moi... Où te caches-tu, mon amour ?

La gorge sèche, elle heurta un objet qui n'aurait pas dû se trouver dans le passage.

Elle s'accroupit et toucha quelque chose de poisseux.

Des cheveux, un nez, des dents...

À l'instant où elle hurlait de frayeur, une torche illumina la cuisine.

— J'ai tranché moi-même la tête de ce garde, dit la dame Abéria. Je savais qu'il tournait autour de toi, alors que c'est formellement interdit.

Affolée, la prisonnière se plaqua contre un mur.

Abéria déchira sa robe.

— Tu as de jolis seins, et le reste n'a pas l'air mal. Avant de mourir, ce porc m'a appris qu'il t'avait laissée voir ton frère, ce qui est également interdit. On vient de l'arrêter, dehors, avec deux de ses amis. Tu comptais les introduire ici, n'est-ce pas ?

— Je... je n'ai rien à vous dire !

— Allons donc, petite ! L'empereur nous a

ordonné d'identifier tous les résistants, et je crois que j'ai eu le nez fin. Tu vas donc tout me raconter, sinon ton joli corps tâtera de cette torche.

La jeune femme prit son élan et se jeta sur la broche qui lui perça la gorge.

Quand Abéria la tira en arrière, elle crut voir dans les yeux de la morte une lueur de victoire.

13

La journée durant, sous un soleil cruel, la reine Ahotep avait apporté elle-même de l'eau et de la nourriture aux charpentiers qui travaillaient sans relâche. Malgré la chaleur, Vent du Nord acceptait sans rechigner de lourds chargements. De son pas sûr et tranquille, il suivait la régente, toujours accompagnée de Rieur le Jeune, tous les sens aux aguets.

Seule la présence active de la reine empêchait les Thébains de sombrer dans la désespérance. Certes, ils vivaient à nouveau librement, mais pour combien de temps ? La puissance hyksos n'était qu'égratignée et, tôt ou tard, la réaction du dragon serait terrifiante.

Mais il y avait Ahotep, sa beauté, son sourire et sa détermination que rien ne pouvait affaiblir. L'âme de Séqen vivait en elle et lui donnait sa force.

Seule Téti la Petite sentait que sa fille commençait à douter.

— Ne faudrait-il pas reculer la ligne de front et nous contenter de Thèbes ? lui suggéra-t-elle, alors qu'elles dînaient sur la terrasse du palais de la base militaire.

— Ce serait une solution raisonnable, en effet.

— Autrement dit, elle ne te convient pas.

— Elle ne convient pas à l'Égypte, mère. Une liberté partielle ne nous conduirait qu'à une prison plus intolérable que celle dont nous sortons. En nous repliant sur notre petit territoire, nous deviendrions une proie facile pour l'empereur.

— Tu refuses donc la réalité, Ahotep !

— Jamais je n'accepterai celle imposée par Apophis, car elle est contraire à la loi de Maât. Si nous reconnaissons la suprématie de la violence et de l'injustice, ce monde ne sera plus habitable.

— Alors, que projettes-tu ?

— Il ne nous reste que peu de statues divines, et nous ne les honorons pas suffisamment. Pendant dix jours, je leur offrirai les meilleures nourritures en implorant les ancêtres d'inspirer mon action. Sans leur appui, nous courons à l'échec. Ensuite, je consulterai le dieu Lune.

Téti la Petite contempla longuement sa fille.

— Ahotep, tu es devenue une véritable reine d'Égypte.

De nouveau s'accomplissait le rituel dont dépendait l'équilibre de l'univers : pêché puis reconstitué par les dieux Thot et Horus, l'œil complet de la pleine lune brillait d'un éclat si intense que s'ouvrait l'esprit des voyants.

— Toi qui connais hier, aujourd'hui et demain, déclara Ahotep, tu sais que je ne renoncerai pas. Ma vie ne m'appartient plus, je l'ai offerte à mon peuple. Vivre en esclavage est pire que mourir. Trace-moi un chemin dans le ciel, je le suivrai.

Dans le disque d'argent apparurent des hiéroglyphes formant un nom.

Ahotep comprit que son cœur n'avait pas fini de saigner, mais les dieux ne lui laissaient pas le choix.

— Exclus toute flatterie et ne me cache rien, Héray, ordonna la reine. Est-il prêt, oui ou non ?

— Majesté, votre fils est un authentique soldat. Il serait capable de combattre en première ligne.

— Quelles sont ses faiblesses ?

— Il rivalise avec nos meilleurs archers, sort vainqueur de n'importe quel corps à corps et manie l'épée mieux que quiconque. Et tout cela en ne dormant presque pas.

— Est-il respecté ?

Héray baissa les yeux.

— Majesté, j'ose à peine vous dire...

— Je veux savoir !

— La métamorphose a été si impressionnante ! Votre fils aîné ressemble de plus en plus à son père. Je n'ai jamais vu un homme aussi jeune doté de telles qualités de chef. Il ne s'en aperçoit pas lui-même, mais il lui suffit d'apparaître pour être obéi.

Ainsi le dieu Lune s'était-il justement exprimé en révélant à la régente le nom de Kamès.

L'heure du couronnement était arrivée.

— Sans vous offenser, mère, cet entretien présente-t-il vraiment un caractère d'urgence ?

demanda Kamès. Je comptais tirer à l'arc l'après-midi durant, puis...

— C'est la régente qui te parle.

La gravité d'Ahotep impressionna le jeune homme. Ensemble, ils marchaient lentement le long du lac sacré de Karnak. La lumière était puissante, le lieu paisible.

— Chacun vous vénère, déclara Kamès, mais j'ai un reproche à vous adresser : pourquoi demeurer régente et ne pas devenir Pharaon ?

— Parce que cette fonction te revient, mon fils.

— Je ne possède ni votre autorité ni votre expérience !

— Le dieu Lune a décidé que le temps de ma régence s'achevait et que celui de ton règne débutait. Tu n'as que dix-sept ans, Kamès, mais il te faut succéder à ton père.

Les traits du jeune homme se creusèrent.

— Il reste mon modèle... Comment l'égaler ?

— Si tu veux te montrer digne de lui, en le dépassant.

— Puis-je refuser cette charge ?

— Tu connais la réponse, Kamès.

Le fils aîné d'Ahotep s'immobilisa pour contempler l'eau bleue du lac sacré.

— Comme la guerre paraît lointaine ! Pourtant, dès que je serai couronné, elle sera mon premier devoir. Et je ne devrai pas me contenter de la situation actuelle, mais aller plus loin, beaucoup plus loin... M'en croyez-vous capable ?

— Les dieux exigent que tu le sois.

— Vous êtes le véritable pharaon, mère, et je ne

serai que votre bras armé ! La déesse de Thèbes ne s'est-elle pas incarnée dans votre personne ?

— Sans relâche, je lutterai à tes côtés, et jamais mon appui ne te fera défaut. Mais tu régneras à ta manière, Kamès, et selon ton génie propre.

— Un feu me brûle, mère, et il m'empêche de dormir. Souvent, il m'effraye. À cause de lui, je n'ai ni patience ni recul devant les événements. Si le pouvoir m'est donné, ce feu me contraindra à m'attaquer à n'importe quel obstacle, même infranchissable !

Ahotep embrassa Kamès sur le front.

— Tu es mon fils et je t'aime.

Des nuits comme celle-là, le Moustachu aurait voulu en vivre des milliers ! La fille du magasinier était aussi belle que la déesse Hathor. Avec ses seins ronds haut plantés, son délicieux ventre plat et ses jambes fines, qui n'aurait-elle pas séduit ? Et c'était lui, le baroudeur au physique rugueux, qu'elle avait choisi, au moins pour quelques heures.

La guerre n'avait pas que du mauvais. En temps normal, cette jeune beauté n'aurait songé qu'à fonder une famille. Aujourd'hui, qui pouvait être certain de survivre bien longtemps ? De brèves liaisons se nouaient et se dénouaient, les corps exultaient et oubliaient l'angoisse pendant d'intenses moments de plaisir.

Le Moustachu caressait sa maîtresse endormie lorsqu'un rayon de soleil lui frappa le coin de l'œil.

Les nouvelles recrues ! Elles devaient l'attendre depuis de longues minutes. En tant qu'officier supérieur, c'était à lui de les accueillir. Et la régente n'appréciait pas du tout les entorses à la discipline.

Ne prenant pas le temps de se raser, le Moustachu se ceignit les reins d'un pagne de cuir et se rua vers le terrain d'entraînement.

Vide.

La base était déserte et silencieuse. Seules les sentinelles, au sommet des tours de guet, se tenaient à leur poste.

Le Moustachu revint vers les maisons des gradés et rentra chez l'Afghan qui menait un combat plus tendre qu'à l'ordinaire.

Il étreignait une jolie brune aux yeux fardés. L'aînée du magasinier ne semblait pas plus farouche que la cadette.

— Hmmm... C'est moi.

— Personne n'en doute, le Moustachu. Serais-tu tombé du lit ?

— Je n'y comprends rien... Il n'y a pas un soldat à l'exercice !

— Tu étais vraiment ivre, hier soir. Je t'ai pourtant précisé que l'armée bénéficiait d'une semaine de repos en raison du couronnement de Kamès.

De son poing fermé, le Moustachu se frappa le front.

— Maintenant, ça me revient !

— Ça t'ennuierait de sortir ?

— Non, non... Moi aussi, j'ai une tâche urgente à terminer.

14

Lors du couronnement de Séqen, le pharaon avait dû se contenter d'un simple diadème, car les prêtres de Karnak ne possédaient ni la couronne rouge de Basse-Égypte ni la blanche de Haute-Égypte, probablement détruites par les Hyksos.

Après avoir consulté des archives, le grand prêtre de Karnak se devait de formuler une autre hypothèse.

— Naguère, Majesté, dit-il à Ahotep, la couronne rouge était conservée dans un temple de Memphis et la blanche dans l'antique cité de Nekhen[1]. Malheureusement, ce lieu sacré a été pillé et dévasté par les envahisseurs. Vous y rendre serait sans doute inutile, mais...

Nekhen, sur le site d'Elkab, qui avait tant souffert des razzias hyksos ! La ville où la jeune Ahotep avait rencontré un vieux sage, éleveur de pigeons messagers, était aujourd'hui en zone libre, mais il ne restait plus rien de ses anciens trésors.

— Je pars pour Nekhen, décida la reine.

1. Nommée Hiérakonpolis par les Grecs.

Depuis que le gouverneur Emheb avait libéré la région, Elkab avait bien changé. La vie circulait à nouveau dans les ruelles bordées de petites maisons blanches reconstruites selon la tradition, bien que les habitants n'eussent encore aucune assurance quant à leur avenir. Comme Edfou, Elkab abritait un régiment de réserve qui risquait, à tout moment, d'être mobilisé pour repousser une tentative d'invasion des Nubiens ou bien une attaque hyksos.

Ahotep n'était accompagnée que de Rieur le Jeune et d'une vingtaine d'hommes qui formaient sa garde personnelle, soigneusement choisis par Héray. Elle se dirigea vers le fort ancien dont les imposantes murailles étaient encore debout. À l'intérieur de l'enceinte, le temple de la déesse vautour, détentrice de la titulature royale [1], n'était plus que ruines.

— N'allez pas plus loin, Majesté, recommanda le maire de la ville. Ce lieu est hanté. Les pillards qui s'y sont aventurés ont été retrouvés morts. Nous devons attendre que s'apaise la colère de la déesse.

— Je n'ai pas le temps de patienter.

— Majesté, je vous en prie !

— Écarte-toi.

À peine la régente avait-elle posé le pied sur le dallage que plusieurs scorpions noirs détalèrent. Sans nul doute, des forces obscures avaient pris

1. La déesse vautour Nekhbet donne la titulature royale (*nekhbet*).

possession du sanctuaire martyrisé où, jadis, le roi de Haute-Égypte recevait l'insigne suprême de sa charge.

Non, Nekhen n'était pas encore libérée. Et il revenait à Ahotep d'apaiser le courroux de la déesse dont dépendait l'avenir du futur pharaon.

Lorsqu'un vautour survola l'édifice en traçant de larges cercles dans l'azur, la reine sut qui tuait les intrus et qui elle allait affronter.

Les protectrices des couronnes n'étaient-elles pas un être céleste, le vautour, incarnation de la mère par excellence, et un être terrestre, le serpent, incarnation de la flamme qui détruisait les ennemis du roi ?

Surgissant d'un naos fracassé, un cobra femelle se dressa face à la reine.

Ahotep éleva les mains dans le geste de la vénération.

— Je ne suis pas venue ici pour voler, déclara-t-elle, mais afin de faire reconnaître mon fils comme souverain légitime de Haute-Égypte. Devant toi, la grande ancêtre qui fut au commencement, je m'incline. Toi qui touches aux limites de l'univers et fais naître le soleil, qui es à la fois dieu et déesse, efface l'impureté et le malheur, et dresse-toi de nouveau au front de Pharaon.

Quelques instants, le cobra hésita.

Ahotep était si proche que le reptile aurait pu lui sauter à la gorge.

Mais le regard de la reine ne vacilla pas. Le cobra s'allongea sur le dallage puis s'y enfonça à la manière d'un éclair pénétrant dans le sol.

À l'endroit où il avait disparu, la pierre était brûlée.

Et là se trouvait le legs du cobra royal : un uræus en or qui s'accrocherait à la couronne royale.

Ahotep s'agenouilla et le prit avec respect. Sans crainte, elle poursuivit son chemin vers le fond du sanctuaire que la déesse serpent avait gardé avec vigilance.

Malgré l'incendie subi par le temple, l'une des pierres était demeurée intacte et brillait d'une étrange lueur, comme si elle était illuminée de l'intérieur.

Ahotep posa la main sur le granit. La pierre pivota, dévoilant une cache qui contenait un coffre en acacia.

À l'intérieur, la couronne blanche de Haute-Égypte.

Après avoir été purifié dans le lac sacré, Kamès se recueillit face à l'une des statues du pharaon Osiris, symbole de la double nature de la fonction royale qui appartenait à la fois à l'au-delà et à l'ici-bas.

Puis le jeune homme vécut le même cérémonial que son père, avec une différence notable : alors que le couronnement de Séqen était demeuré longtemps secret afin d'éviter que des collaborateurs n'avertissent l'empereur, celui de son fils aîné serait célébré par des festivités et marquerait une nouvelle étape dans la libération de l'Égypte.

Comme le nouveau pharaon n'était pas marié, ce fut l'Épouse de Dieu qui reconnut en lui la présence d'Horus et de Seth, les deux frères qui se partageaient l'univers et régnaient, le premier sur la Basse-Égypte, le second sur la Haute-Égypte. Indissociables et toujours en conflit, ils ne pouvaient être réconciliés et apaisés que dans la personne symbolique de Pharaon, seul capable de lier solidement entre eux les deux dieux et les deux pays.

Ce fut Ahotep qui donna à son fils ses noms de règne : « Horus accompli qui fait plier les Deux Terres », « Celui qui nourrit les Deux Terres », « Celui qui restaure ce qui est durable », « Celui qui apparaît en gloire sur son trône », « La mutation de la Lumière s'accomplit ».

Enfin, son nom de Kamès prenait tout son sens, à savoir « La puissance est née ». Cette puissance, le *ka*, se manifestait dans le taureau de combat, nourri par la force du dieu Lune.

— Puisses-tu accomplir ces noms et qu'ils te guident sur le chemin de la victoire, déclara la reine en posant sur la tête de son fils aîné la couronne blanche ornée de l'uræus. Que l'esprit de ton père vive en toi et que son courage anime ton bras.

Jamais les Hyksos ne comprendraient que la société égyptienne n'était pas seulement composée d'êtres humains, mais aussi de divinités et d'ancêtres présents dans chaque facette de la vie quotidienne. Apophis était persuadé que Séqen était mort, et il se trompait. Ressuscité par les rites et les formules de connaissance, son esprit lumineux circulait entre les étoiles et la terre, et il habitait l'âme de ceux qui lui restaient fidèles. Grâce à l'efficacité du Verbe contenu dans les hiéroglyphes, Ahotep rendait réelle et efficace la présence invisible de son époux défunt.

— Mère, je voudrais...

— Je sais, Kamès. Tu voudrais demeurer dans ce temple et prolonger cette paix ineffable. Mais elle n'est pas encore acquise, et il te faudra lutter sans relâche pour la conquérir et l'offrir à notre peuple.

Dans le regard du jeune monarque, toute hésitation fut effacée.

Le pharaon Kamès sortit du sanctuaire de Karnak, cette contrée de lumière où les conflits, le mal et l'injustice n'existaient pas. Après avoir connu un bonheur inimaginable, il devait à présent affronter Apophis et tenter de rétablir le règne de Maât.

Militaires et civils s'étaient massés devant le temple de Karnak afin d'acclamer leur nouveau pharaon.

Quand il apparut, la couronne blanche brilla d'un tel éclat qu'elle les éblouit.

La reine Ahotep présenta à son fils le glaive recourbé en bronze, recouvert d'argent et incrusté d'électrum, dont la poignée était décorée d'un lotus d'or, symbole de la renaissance du soleil divin au terme des épreuves nocturnes.

— Comme ton père l'avait reçue avant toi, reçois l'épée d'Amon avec laquelle tu pourfendras les ténèbres. Puisses-tu, pharaon Kamès, renverser leur empire et remporter la guerre des couronnes.

15

À la lueur d'une très belle lampe datant du Moyen Empire, l'empereur Apophis traçait des signes magiques sur un papyrus neuf afin d'étouffer Thèbes en l'attaquant par les quatre directions de l'espace. À l'est et à l'ouest, le feu de Seth rendait les déserts inhabitables ; au sud, les alliés nubiens seraient trop heureux de massacrer d'éventuels fuyards égyptiens. Et ce qui surgirait du nord serait aussi redoutable qu'une armée. C'est sans coup férir que le génie de l'empereur exterminerait bon nombre d'ennemis.

Ces fous de Thébains avaient osé lui faire parvenir un petit scarabée de calcaire qui lui annonçait le couronnement du pharaon Kamès ! Derrière ce pantin, il y avait toujours la reine Ahotep, à l'obstination sans limites. Cette fois, elle paierait très cher son insolence. Si habile fût-elle, elle n'aurait aucune parade contre le malheur qui allait s'abattre sur Thèbes.

Pris d'un doute soudain, l'empereur emprunta le couloir secret menant au Trésor de la citadelle d'Avaris. Lui seul savait manœuvrer les verrous métalliques qui fermaient la porte de la chambre forte où étaient entassés les objets rituels dérobés aux Égyptiens, dont le plus précieux était la couronne rouge de Basse-Égypte caractérisée par sa spirale, symbole de la croissance harmonieuse des puissances vitales.

Apophis s'était inquiété à tort. La couronne était hors d'atteinte. Sans elle, Ahotep ne parviendrait jamais à reconquérir l'Égypte. Cette aventurière n'était qu'une rebelle perdue dans un rêve qui se transformerait bientôt en cauchemar.

Venteuse se roulait dans un drap d'une incroyable douceur que des marchands asiatiques venaient de livrer au palais. Il s'agissait d'une étoffe inconnue sur la terre des pharaons, la soie. Comme Tany, l'épouse de l'empereur, l'avait jugée grossière et sans intérêt, la belle Eurasienne héritait de tout le lot.

— Viens, dit-elle au palefrenier-chef, un quinquagénaire bourru au visage épais qui sentait l'écurie.

L'homme n'avait rien d'un séducteur, mais sa rusticité attirait la sœur de l'empereur. Dans ces bras-là, elle était persuadée de connaître des sensations nouvelles.

Fasciné par le luxe de la chambre, il n'osait pas avancer.

— C'est moi, ça ? s'étonna-t-il en se découvrant dans un miroir dont le verre était moins opaque qu'à l'ordinaire.

— N'est-ce pas moi que tu devrais regarder ? lui

suggéra Venteuse en s'allongeant sur le côté, après avoir ôté son voile de lin.

Se croyant victime d'un mirage, le palefrenier recula.

— N'aie pas peur, murmura-t-elle, et viens tout près.

La voix était si envoûtante qu'il obéit à l'ensorceleuse qui dénoua lentement son pagne.

— Comme tu es fort, murmura-t-elle avec gourmandise. Laisse-moi te préparer.

Venteuse s'empara d'une corne de taureau qui avait été évidée pour devenir un récipient contenant une huile parfumée qu'elle fit couler goutte à goutte sur la poitrine musclée de son amant avant de l'étaler d'une main si tendre qu'il ne résista pas longtemps à ses caresses et se jeta sur elle.

Ravie de cette fièvre, Venteuse fut néanmoins déçue par le manque de résistance de sa nouvelle conquête. Elle avait espéré davantage de cette brute qui reprenait son souffle avec difficulté.

— Tu as un métier passionnant, n'est-ce pas ?

— C'est vrai, j'aime les chevaux... Mais je déteste ceux qui les maltraitent !

— Quelqu'un te causerait-il des ennuis ?

— Je ne dois pas en parler.

— Je suis la sœur de l'empereur... Et je peux t'aider.

— Tu ferais ça ?

Venteuse eut un sourire convaincant.

— Puisque nous sommes intimes, quoi de plus normal ?

Le palefrenier se redressa et s'assit sur le bord du lit.

— C'est ce monstre de Khamoudi et sa diablesse de femme... Ils sont venus dans mon écurie, avec des gamines, et ils y ont commis les pires horreurs ! Mais il est intouchable. Si l'empereur savait...

— Il le saura.

L'homme contempla sa maîtresse comme si elle était une envoyée du ciel.

— Alors, Khamoudi sera condamné et ne remettra plus les pieds dans mon écurie ?

— C'est certain. L'empereur exige une morale très stricte.

— Je n'aurai donc pas besoin d'agir moi-même !

— Que comptais-tu faire ?

— Attirer Khamoudi et son épouse dans un guet-apens. Puisqu'elle aime tant les étalons, je lui en aurais montré un qui est affligé d'un grave défaut : dès qu'on approche de lui par-derrière, il rue. Cette folle n'en aurait pas réchappé. Et lui, il se serait embroché sur ma fourche.

— La justice de l'empereur résoudra tous tes problèmes, promit Venteuse.

En raison des circonstances, elle sauverait la vie du Grand Trésorier et de sa femme dont Apophis connaissait et approuvait les tares. Le palefrenier-chef finirait ses jours dans le labyrinthe.

Quant à Venteuse, elle disposait d'une information supplémentaire sur ce couple frelaté qu'elle détestait et auquel elle s'attaquerait le moment venu.

— Rhabille-toi et va-t'en, exigea-t-elle.

— Merci, dit le palefrenier d'une voix tremblante. Merci pour tout ce que vous m'accordez.

À peine le palefrenier était-il sorti que le peintre Minos entra dans la chambre de Venteuse. Nue, elle se jeta à son cou et l'embrassa à lui couper le souffle.

L'artiste crétois était son amant de cœur, le seul qu'elle n'avait pas encore envoyé à la mort. Étrangement, Minos ne fomentait pas le moindre complot contre Apophis qui le condamnait pourtant à un exil perpétuel.

Avec une surprenante constance, le Crétois ne se consacrait qu'à son art. Grâce à son talent, le palais d'Avaris était aujourd'hui l'équivalent de celui de Cnossos. De grandes peintures murales représentaient des paysages crétois, des acrobates sautant par-dessus des taureaux de combat et des labyrinthes que seules les âmes des justes pouvaient parcourir.

Malgré les nombreuses infidélités de sa maîtresse, Minos n'émettait aucune plainte. Être aimé de la plus belle femme d'Avaris le comblait, et il ne percevait pas les risques encourus en partageant sa couche.

— Cette brute de palefrenier m'a laissée insatisfaite, déplora-t-elle. Acceptes-tu de me consoler ?

À peine Venteuse effleurait-elle la peau parfumée du peintre que sa virilité se manifestait. Pas une seule fois, leurs ébats ne l'avaient déçue. Minos ne ressemblait à aucun autre homme et savait donner du plaisir avec la spontanéité d'un adolescent.

Après l'amour, elle perçut néanmoins un trouble.

— Quelque chose ne va pas ?

— C'est à propos de la Crète. La rumeur prétend que l'empereur aurait décidé de la détruire.

Venteuse se coucha sur le dos de son amant en épousant ses formes.

— Rassure-toi, amour. L'amiral Jannas n'a pas encore fini de nettoyer les Cyclades et d'anéantir les partisans de l'indépendance de la Crète. Quand il aura terminé, la grande île se retrouvera seule et sans autre choix qu'une obéissance absolue au maître des Hyksos. Bien sûr, il lui faudra augmenter sa quantité de tributs pour n'avoir pas aidé l'amiral de manière plus efficace, mais ce ne sera qu'un moindre mal.

— La Crète sera donc épargnée ?

— L'empereur en fera une province soumise et dévouée.

— Crois-tu que je retournerai un jour chez moi ?

— À deux conditions : que je persuade l'empereur que ton travail est terminé et que je parte avec toi.

Les yeux bleus du peintre étaient ceux d'un enfant.

— Ce ne sont que des rêves, n'est-ce pas ?

Venteuse passa tendrement la main dans les cheveux bouclés du Crétois.

— Il faudra du temps pour les transformer en réalité, mais pourquoi désespérer ?

— Toi et moi, là-bas... Il n'y aurait rien de plus merveilleux.

— Aime-moi encore, Minos. Et ne cesse jamais de m'aimer.

16

En cette fin d'année, la base militaire de Thèbes fêtait à la fois son nouveau pharaon, la fabrication d'une belle quantité d'armes nouvelles et l'achèvement de nouveaux bateaux de guerre. L'armée de libération était prête à partir pour le Nord, avec de nombreux jeunes soldats engagés pendant les derniers mois.

Le prestige d'Ahotep était tel que les habitants des provinces de Thèbes, de Coptos, d'Edfou et de Dendera ne mettaient plus en doute ses convictions. Oui, vaincre était possible. Plusieurs miracles n'avaient-ils pas eu lieu ? Et puisqu'un pharaon régnait, les dieux lui viendraient en aide.

Après tant de mois d'entraînement intensif, les troupes n'avaient plus qu'une envie : partir pour le front et terrasser les Hyksos.

— J'y vais aussi, annonça le jeune Amosé à sa mère.

— Tu n'as que sept ans, lui rappela Ahotep, et ce n'est pas encore l'âge de combattre.

— Mon grand frère est Pharaon, il a forcément

besoin de moi. Si je ne l'aide pas, il perdra la guerre. Moi, je sais manier l'épée en bois.

— Et même tendre le petit arc, j'ai vu... Mais un grand stratège peut-il méconnaître l'importance d'une base arrière ? Pendant que ton frère sera sur le front, toi, tu veilleras sur Thèbes.

Le petit Amosé ne prit pas cette mission à la légère.

— Ça veut dire préparer la seconde vague d'assaut et fabriquer le matériel nécessaire ?

— Exactement.

Le petit garçon arbora une mine des plus sérieuse.

— Et je serais responsable de tout ça ?

— Avec moi, si tu t'en crois capable.

— Je le suis, mère.

Alors que les dockers commençaient à embarquer armes et vêtements, Héray accourut vers la reine.

— Je dois vous parler seul à seule, Majesté.

Ahotep confia Amosé à un officier chargé de son instruction.

La reine espéra que le chef de la sécurité avait arrêté l'espion responsable de la mort de Séqen. Mais ce fut un tout autre sujet qu'Héray aborda.

— Sans doute faudrait-il retarder le départ, Majesté.

— Pour quelle raison ?

— Quelques-uns de nos meilleurs capitaines sont malades, et beaucoup de rameurs indisposés.

— Une épidémie ?

— Je ne crois pas, car les maux sont variés, mais ils semblent sévères.

Un vent violent se leva, décoiffant la reine.

— Quelle horrible odeur, remarqua-t-elle. On jurerait que des charognes pourrissent !

La peur serra la gorge d'Héray.

— C'est la pestilence envoyée par les émissaires de la déesse Sekhmet, furieuse contre l'humanité et décidée à la détruire !

— Elle n'aurait dû se manifester que pendant les cinq derniers jours de l'année, rappela Ahotep, pendant cette période redoutable où le temps ancien est mort sans que le nouveau ait pris forme. Et il reste plus d'une semaine avant ce passage périlleux !

— Ce doit être un maléfice de l'empereur, estima Héray. Impossible de s'élancer vers le nord.

Le vent pestilentiel semait la panique sur la base militaire. Comment se protéger de ces affreuses odeurs, sinon en s'enfermant dans les maisons et les casernes, ou en se terrant dans la cale des bateaux ?

— Rassemble tous les officiers, ordonna Ahotep à Héray. Qu'ils regroupent leurs subordonnés et mettent immédiatement fin à ce désordre. Ensuite, que l'on brûle de l'encens dans chaque demeure.

— Nos stocks seront vite épuisés !

— Qu'un bateau parte pour Edfou et nous rapporte une grande quantité de résine de térébinthe, et que l'infirmerie soit fumigée en permanence.

Descendu du vaisseau amiral, le pharaon Kamès semblait désemparé.

— Ne faudrait-il pas évacuer la base, mère ?

— Ce souffle va s'étendre sur toute la province thébaine. L'empereur tente de nous asphyxier.

Ce fut Téti la Petite qui rappela la première précaution à prendre lorsque la colère de Sekhmet se manifestait ainsi : fermer l'œil gauche afin d'empêcher les germes pathogènes de pénétrer dans l'organisme et bien nettoyer le nombril, leur porte de sortie.

Pour les soldats comme pour la population civile, une seule consigne : appliquer de strictes mesures d'hygiène.

Même Vent du Nord et Rieur le Jeune furent lavés et brossés, de manière à empêcher la puanteur de pénétrer dans leur chair. Le mauvais vent redoubla de violence pendant les cinq derniers jours de l'année et, malgré des soins constants, plusieurs malades moururent.

Si la malédiction de l'empereur triomphait, il n'y aurait plus de naissance de la lumière, plus de procession de prêtres et de prêtresses portant les objets rituels sur le toit du temple afin de célébrer leur union avec le disque solaire, plus de rite de réanimation des statues, et l'armée de libération s'éteindrait avec l'année agonisante.

Kamès et Ahotep étaient partout, exhortant chacun à ne pas céder au désespoir et à lutter contre les miasmes. Le courage du petit Amosé impressionna les Thébains. S'aspergeant d'essence de souchet odorant à intervalles réguliers, il rappelait à la raison ceux qui, à son gré, s'affolaient inutilement.

Le cinquième jour, le souffle morbide devint

plus violent encore, et le nombre des décès augmenta.

D'après les anciens textes, il ne restait plus que deux remèdes. Le premier consistait à inscrire sur une bandelette de lin fin : « Ces maléfices ne nous agresseront pas » ; puis on lui faisait douze nœuds, on lui offrait du pain et de la bière, et on l'appliquait sur son cou. Le second, à allumer autant de flambeaux que possible afin d'illuminer les ténèbres.

Pendant cette redoutable épreuve qui risquait de mettre fin à un règne à peine commencé, Kamès sut maîtriser ses craintes et se comporta avec un calme digne d'un homme mûr. Ce fut le pharaon en personne qui alluma la plupart des flambeaux, sous le regard admiratif de l'Afghan et du Moustachu qui avaient réussi, comme les autres officiers supérieurs, à maintenir la discipline.

— Ce gamin ne manque pas de panache, reconnut l'Afghan. Dans mon pays, il aurait été reconnu digne de combattre.

— Un barbare dans ton genre n'a aucune idée de ce que peut être un pharaon.

— Tu en as connu beaucoup, toi, des pharaons ?

— Avec Séqen et Kamès, ça en fait au moins deux ! Au lieu de critiquer, admire.

— Si ce maudit souffle ne tombe pas, nous n'aurons bientôt plus personne à admirer.

— Tu es trop sceptique, l'Afghan. Comment peux-tu imaginer une seconde qu'un authentique pharaon soit abattu par l'adversité ?

La fumée des torches monta à l'assaut des miasmes. Le ciel se transforma en un immense champ de bataille que les oiseaux avaient déserté. S'y traçaient des spirales torturées que traversaient les immenses flèches rouges tirées par les émissaires de Sekhmet.

Amosé serra très fort la main de sa mère.

— Toi, tu n'as pas peur ?

— Bien sûr que si, Amosé, mais quelle importance ? Nous avons agi selon les rites et utilisé toutes nos armes. À présent, c'est au dieu Lune de décider. Là-haut, il mène une guerre incessante et paraît parfois à l'agonie, mais il réussit toujours à reprendre le dessus.

— Tu crois qu'il va encore réussir ?

— J'en suis certaine.

Jamais Amosé n'avait mis en doute la parole de sa mère.

Et lorsque le disque d'argent de la pleine lune perça les nuées, il sut que cette parole était vérité.

Alors que s'annonçait la première aube de l'année nouvelle, le vent s'apaisa enfin et la pestilence s'évanouit.

Hébétés, les Thébains tombèrent dans les bras les uns des autres, conscients d'avoir échappé à un péril mortel.

Beaucoup plongèrent dans le Nil pour se purifier des derniers miasmes, d'autres préparèrent un repas de fête.

Rieur le Jeune aboya de joie et Vent du Nord secoua ses longues oreilles, tandis qu'Amosé s'endormait dans les bras de la reine.

17

L'empereur dégusta sa cuisse d'oie en sauce avec satisfaction. Le rapport que venait de lui adresser Khamoudi, à partir des indications fournies par l'espion infiltré chez les Thébains, avait de quoi le réjouir. De nombreux soldats ennemis étaient morts de la pestilence, l'élan de l'armée d'Ahotep était brisé net.

Encore fallait-il isoler les troupes massées à Cusae pour les rendre si vulnérables qu'elles ne résisteraient pas à un assaut massif. Apophis avait conçu un nouveau plan plutôt distrayant grâce auquel il accroîtrait encore la richesse d'Avaris.

Convaincu et enthousiaste, Khamoudi avait été chargé de mettre en pratique la pensée de l'empereur, d'une part en émettant des centaines de scarabées en Moyenne-Égypte, d'autre part en y envoyant des fonctionnaires chargés de répandre la bonne nouvelle.

Le nuage malodorant avait tué de nombreuses bêtes et dépeuplé de vastes fermes. Le traumatisme était tel que les paysans se terraient dans leurs cahutes en roseau, en bordure des champs, comme si ce dérisoire abri pouvait les protéger des flèches des émissaires invisibles de Sekhmet.

Rares étaient ceux qui, en ce début d'année, osaient reprendre leurs activités habituelles sans céder au découragement. Grands Pieds faisait partie des éleveurs qui tenaient plus à leurs vaches laitières qu'à eux-mêmes. Miasmes ou pas, il avait continué à les traire, tout en se plaignant de la mauvaise qualité des herbages.

Quand le premier bateau avait accosté, Grands Pieds ne s'était pas enfui. Il devait défendre son troupeau, même contre un régiment hyksos.

Un civil vint vers lui.

— Je suis l'un des responsables des terres inondées et des pâturages du Delta, déclara-t-il avec bonhomie. Là-bas, dans le Nord, grâce aux pouvoirs surnaturels de l'empereur, nous n'avons pas souffert des vents mauvais.

— Tant mieux pour vous, grommela le bouvier.

— Nous bénéficions des largesses d'Apophis qui s'étendent à tous ses sujets, toi compris.

— Ah oui... Et comment ?

— Des dizaines de cargos vont emmener tes bêtes et les autres troupeaux dans la région d'Avaris. Ils y seront bien nourris et s'y referont une santé après cette rude épreuve. Ensuite, tu rentreras chez toi.

Cette ancienne pratique avait été abandonnée depuis le début de l'occupation hyksos. La voir réapparaître était plutôt réjouissant. Mais restait un problème grave.

— Ça va me coûter combien ?

— Rien du tout, l'ami ! Tu n'imagines pas comme les pâturages du Delta sont gras et combien accueillantes ses étables ! L'empereur n'a d'autre souci que le bien-être des travailleurs, et c'est pourquoi il envoie tant de bateaux. Va parler aux habitants de ton village et dis-leur que nos cargos les attendent. Malgré cet énorme effort de la part des Hyksos, il n'y aura peut-être pas de place pour tout le monde.

Au terme de longues et houleuses discussions, la majorité opta pour le départ. La générosité de l'empereur n'était-elle pas une aubaine inespérée ? Ceux qui accusaient les Hyksos de cruauté se trompaient. Certes, l'occupation avait connu des périodes difficiles, mais cette décision ne marquait-elle pas un tournant majeur ? Apophis se comportait comme un véritable pharaon, soucieux du bonheur de son peuple. Il avait compris que seule cette politique-là lui attirerait la confiance des Égyptiens.

On poussa donc vaches et bœufs amaigris vers les cargos remplis de fourrage en oubliant que, non loin de là, des révoltés continuaient à tenir le front de Cusae. Quelques paysans regrettaient de ne plus pouvoir leur fournir de la nourriture, mais ces Thébains n'avaient-ils pas eu tort de se dresser contre leur véritable souverain ? Et puis éleveurs et cultivateurs n'étaient pas des guerriers.

Comme ses compagnons, Grands Pieds trouva le voyage très agréable. Ils ne manquèrent ni de bière, ni de pain, ni de poisson séché et goûtèrent de belles heures de repos auxquelles ils n'étaient pas habitués. Plus ils avançaient vers le nord, plus la campagne était luxuriante. Les zones cultivées s'élargissaient, les bras d'eau se multipliaient. Un véritable paradis pour des bouviers et leurs troupeaux !

Enfin, ce fut l'accostage.

Grands Pieds caressa ses vaches qui n'avaient pas eu trop peur pendant le voyage.

— Venez, mes belles, vous allez prendre du bon temps.

La lourde main d'un officier hyksos, coiffé d'un casque noir, se posa sur l'épaule du paysan.

— Toi, tu viens avec moi.

— Moi, je ne quitte pas mes vaches.

— *Tes* vaches ? Tu divagues, bonhomme ! Ne me dis pas que tu n'avais pas compris... Puisque ces bêtes se trouvent sur un cargo de l'empereur, elles lui appartiennent.

— Qu'est-ce que tu racontes ! Elles vont paître ici quelque temps, puis je les ramène chez moi.

L'officier eut un rire de gorge.

— Jamais rien entendu de plus drôle ! Trêve de bavardages, bonhomme. Maintenant, tu me suis.

— Je suis bouvier et je ne quitte pas mes vaches.

Le Hyksos gifla l'Égyptien.

D'un naturel pacifique, Grands Pieds détestait être bousculé. D'un coup de poing, il assomma l'officier.

D'abord interloqués, ses subordonnés réagirent vite. À un contre dix, le paysan n'opposa qu'une brève résistance. La tête en sang, les bras entravés, il fut enchaîné à un compatriote et contraint d'avancer au cœur d'un interminable cortège de prisonniers.

— Où nous emmène-t-on ? demanda-t-il à son compagnon d'infortune.

— Je n'en sais rien.

— Mes vaches... Que vont-elles devenir ? Et les gens de mon village...

— Les Hyksos ont tué ceux qui tentaient de s'enfuir. Les autres sont enchaînés, comme nous.

Une grande femme aux énormes mains les apostropha.

— Vous êtes de solides gaillards ! s'exclama la dame Abéria. Tant mieux... Le voyage jusqu'au bagne de Sharouhen sera plus amusant. D'habitude, j'ai trop de vieillards, de femelles et de citadins. Habitués à une existence douillette, ils ne tiennent pas la distance. Vous, ni le soleil, ni la poussière, ni l'effort ne vous effraient, j'en suis sûre. Surtout, ne me décevez pas.

Ne cessant de penser à ses vaches qu'il était le seul à savoir bien traire, Grands Pieds avança.

Sur le bord de la piste, des cadavres de femmes âgées et d'enfants.

— J'ai soif, dit son compagnon.

— On va leur demander de l'eau... Ils ne peuvent pas refuser.

Grands Pieds héla les soldats qui occupaient un char tiré par deux chevaux.

— On voudrait de l'eau !

— À l'étape, sauf pour les insolents. Et toi, tu en es un.

Dans un nuage de poussière, le char remonta la colonne.

— Je croyais que l'empereur était un homme juste et bon, avoua Grands Pieds, puisqu'il s'intéressait à mes bêtes. Pourquoi fait-il ça ? Nous ne l'avons même pas injurié !

— Apophis veut vider le pays de sa population pour la remplacer par des Hyksos... uniquement par des Hyksos. Être égyptien sur la terre d'Égypte, c'est un crime.

Grands Pieds ne comprenait toujours pas, mais il continua à avancer, même quand son compagnon mourut de soif.

En vue du bagne de Sharouhen, il se laissa tomber dans des roseaux et but de l'eau boueuse. Quand un policier hyksos le releva en le tirant par les cheveux et en le frappant à coups de gourdin, il n'eut pas la force de réagir.

Le policier ôta les chaînes qui attachaient Grands Pieds au cadavre qu'il avait traîné pendant des heures, puis il le poussa dans une grande cour clôturée et surveillée par des archers qui se tenaient au sommet de tours en bois.

La première personne que vit le bouvier fut une jeune fille nue, les yeux fous, le corps couvert de plaies. Elle se jeta à plusieurs reprises contre un poteau et réussit à se défoncer le front.

Assis sur un monticule d'ordures, un vieillard tenait la main de son épouse sans s'apercevoir qu'elle ne respirait plus. Le regard vide, des hommes épuisés se croisaient sans échanger un mot. D'autres creusaient le sol spongieux à la recherche de n'importe quelle nourriture.

Qui avait pu concevoir et imposer de pareilles atrocités, sinon cet empereur des ténèbres, ce menteur qui n'avait pas hésité à berner de simples paysans ?

Jamais Grands Pieds ne lui pardonnerait d'avoir volé ses vaches.

— Le bouvier, à plat ventre.

Un policier posa son pied sur le cou du prisonnier, un autre lui imprima dans la fesse un numéro avec une marque de bronze rougie au feu.

Les hurlements de Grands Pieds, matricule 1790, ne firent même pas sursauter les survivants du bagne d'extermination de Sharouhen.

18

— Moi aussi, dit le petit Amosé à son grand frère, le pharaon Kamès, je suis capable de toucher le cœur d'une cible.

— J'ai le sentiment que tu te vantes un peu.

— Mets-moi à l'épreuve !

— À ta guise.

Kamès emmena Amosé jusqu'à l'un des pas de tir de la base, réservé aux archers débutants. C'était la raison pour laquelle il était entouré de palissades, de sorte que les flèches perdues ne blessent personne.

— Bandes-tu ton arc toi-même, Amosé ?

— Évidemment !

— Je vais vérifier la cible qui doit être bien stable.

Entre les deux frères régnait une totale complicité. Le roi regrettait qu'Amosé fût trop jeune pour se battre à ses côtés, mais il savait qu'en cas de malheur, son cadet reprendrait l'épée.

À l'instant où Kamès atteignait la cible, un sifflement caractéristique l'alerta.

— Vite, baisse-toi ! hurla Amosé à pleins poumons.

— Rien de grave, conclut Téti la Petite. La flèche n'a fait qu'effleurer le cou. Grâce aux compresses de miel, il n'y aura même pas de cicatrice.

— Tu m'as sauvé la vie, dit Kamès à son petit frère, encore tremblant.

— As-tu vu l'archer qui a tiré ? lui demanda Ahotep.

— Non, déplora le garçonnet. J'ai couru vers mon frère et je n'ai pas pensé à inspecter les environs. Quand j'ai vu du sang sur son cou, j'ai eu peur, si peur !

— Viens te laver, ordonna sa grand-mère. Tu n'as vraiment pas l'air d'un prince.

Téti et son petit-fils quittèrent l'infirmerie.

— Il y a un espion sur cette base, déclara Ahotep, et il a tenté de te supprimer.

— Je ne crois pas, mère. Malgré l'avertissement d'Amosé, je n'ai pas eu le temps de me baisser. Si cet archer avait vraiment voulu me tuer, il ne m'aurait pas manqué. Cette blessure superficielle est un avertissement : ou bien je me contente de régner sur Thèbes, ou bien je disparaîtrai.

Ahotep médita les paroles du roi.

— Autrement dit, ton avenir dépend du conseil de guerre que nous allons tenir aujourd'hui même.

Dans la salle à deux colonnes du palais de la base militaire étaient réunis la reine Ahotep, le pharaon Kamès, Héray, Qaris, les généraux et les principaux scribes de l'administration. Conscients qu'ils participaient à l'élaboration d'une décision capitale, tous avaient les traits tendus.

— La situation actuelle est figée, rappela le souverain. Le petit royaume de Thèbes repose sur une liberté illusoire, puisqu'il est le prisonnier du tyran hyksos au nord et du tyran nubien au sud. Aucun accès aux pistes caravanières et minières, un isolement de plus en plus intolérable, voire dangereux ! Le pharaon d'Égypte ne porte que la couronne blanche et il ne saurait admettre que l'empereur des ténèbres s'arroge le droit de porter la couronne rouge.

— Certes, Majesté, certes, admit le plus âgé des généraux, mais faut-il pour autant se lancer dans une guerre totale dont nous ne sortirons certainement pas vainqueurs ?

— Tant que nous ne l'aurons pas faite, estima le scribe Néshi, comment le savoir ?

Le général eut un haut-le-corps. Il détestait ce lettré trop maigre au crâne chauve et au regard insistant.

— Dans son domaine, la compétence du préposé aux archives Néshi n'est pas contestable, mais je ne pense pas qu'il soit habilité à proposer des initiatives stratégiques. Si je ne m'abuse, sa présence ici ne se justifie que par la nécessité de prendre des notes en vue de la rédaction d'un rapport.

— Si je te comprends bien, général, tu milites pour le statu quo.

— Pour être tout à fait franc, Majesté, ce serait la meilleure solution. Je sais bien que les Hyksos occupent une importante partie de notre pays, mais n'est-ce pas une réalité qu'il faudra bien finir par admettre ? L'armée ennemie est au moins dix fois plus puissante que la nôtre. Folie serait de l'attaquer ! Contentons-nous de ce que le courage de la reine Ahotep nous a permis d'obtenir. Thèbes est libre, nous pouvons y vivre en paix. Pourquoi vouloir davantage et détruire ce fragile équilibre ?

— Si fragile qu'il n'en est pas un, affirma le scribe Néshi. L'immobilisme conduit à la mort : voilà ce que nous a appris la reine Ahotep. En nous croyant à l'abri, nous deviendrions une proie facile pour l'empereur.

Le général se fâcha.

— C'est insupportable, Majesté ! Que Néshi se taise !

— C'est à moi de donner des ordres, général, rappela le pharaon, et j'estime que chacun des membres de ce conseil peut s'exprimer.

Le militaire se tassa un peu mais ne renonça pas à convaincre le monarque.

— Savez-vous, Majesté, que les Hyksos ne sont pas opposés à la paix ? Ils viennent de nous donner une preuve éclatante de leur bonne volonté en laissant les troupeaux des paysans de Moyenne-Égypte paître dans les zones inondables du Delta ! Et ce n'est pas tout : ils ont également offert de l'épeautre à nos éleveurs de porcs. Le temps n'est-il pas venu de déposer les armes et de conclure des accords économiques ?

— Comment croire à de tels mensonges ! s'insurgea Néshi. Les Hyksos sont passés maîtres dans l'art de la propagande, et ceux qui s'y laissent prendre finissent forcément très mal. Jamais Apophis ne consentira à céder un pouce de son empire. Les paysans qui se rendent dans le Delta y deviendront esclaves et leurs troupeaux seront confisqués.

— Cette fois, c'en est trop ! s'exclama le général. Sur la foi de quelles informations ce scribe ose-t-il me contredire ?

— Néshi a raison, confirma l'intendant Qaris. Les Hyksos ont effectivement attiré des paysans égyptiens dans un piège.

Un autre officier supérieur vola au secours de son collègue.

— Si les Hyksos demeurent des adversaires irréductibles, Majesté, c'est une raison supplémentaire pour ne pas les provoquer davantage ! À l'évidence, l'empereur accepte la situation présente, puisqu'il laisse subsister notre frontière nord à Cusae. Profitons de cette mansuétude et préservons ce qui est acquis.

La reine Ahotep se leva et dévisagea les deux généraux.

— Croyez-vous que le pharaon Séqen soit mort pour élargir le réduit thébain et qu'il se serait contenté de cet acquis ? C'est l'Égypte entière qu'il faut libérer, et pas seulement une partie de son territoire. Quiconque oublie ce devoir sacré ne mérite pas de servir sous les ordres du roi Kamès.

— Vous ne faites plus partie de mon conseil, dit ce dernier aux deux gradés. Puissiez-vous vous montrer dignes de votre rang sur le champ de bataille, à la tête de vos régiments respectifs.

Penauds, les généraux sortirent de la salle.

— Toi, annonça le monarque au scribe Néshi, tu es nommé porteur du sceau royal et chancelier chargé de l'intendance de l'armée. Que chaque homme soit correctement équipé et nourri.

— Bien que nos troupes soient prêtes à partir, Majesté, mon premier conseil sera pourtant de patienter.

Kamès fut surpris.

— Estimerais-tu, toi aussi, qu'il vaut mieux négocier avec Apophis ?

— En aucun cas, puisque l'empire des ténèbres ne changera pas de nature. Mais la fonction dont je suis chargé m'incite à penser qu'il faut éviter de guerroyer dans l'immédiat. En effet, nous risquerions de manquer de ressources alimentaires. La fin du printemps serait préférable, car nous bénéficierions des produits de la moisson.

Héray et Qaris approuvèrent.

— Avant de lancer l'offensive, préconisa Néshi, il serait bon de rapatrier une partie des soldats du front et de les remplacer par des hommes frais. Pendant la période qui nous séparera de l'offensive générale, renforcer ce front devrait être notre priorité.

Le plan de son tout nouveau chancelier convainquit le pharaon Kamès.

— Ainsi agirons-nous donc.

— Nous devons envisager une autre initiative, estima Ahotep.

Le roi fut aussi intrigué que les membres du conseil.

— Engager toutes nos forces sur le front du Nord nous ferait courir un risque que nous avons trop tendance à oublier : une attaque des Nubiens, désireux de mettre Thèbes à sac. Apophis nous attend à Cusae, non à Éléphantine ni en Nubie. La véritable priorité, c'est de reconquérir la partie méridionale de notre pays et de faire comprendre aux Nubiens que toute offensive de leur part serait vouée à l'échec. C'est pourquoi, au printemps, le gros de notre armée ne partira pas vers le nord, mais vers le sud.

19

Blonde artificielle et grassouillette, Yima, l'épouse de Khamoudi, se considérait comme une beauté irrésistible. Connaissant la possessivité de son mari, elle évitait de prendre des amants trop voyants et se débarrassait très vite de ses conquêtes fugaces avec l'aide de la dame Abéria, trop heureuse de supprimer des esclaves égyptiens.

Avec Khamoudi, Yima vivait un parfait bonheur. Elle jouissait de sa fortune, martyrisait autant de domestiques qu'elle le désirait et satisfaisait ses pulsions en compagnie d'un époux aussi dépravé qu'elle. Mais il restait quand même une ombre au tableau, une ombre menaçante : la dame Tany, l'« impératrice », continuait à la traiter avec mépris.

Sa confidente pourrait peut-être l'aider. Aussi Yima s'était-elle rendue à la caserne où habitait la sculpturale Abéria, capable d'étrangler un fort gaillard d'une seule main. Chaque jour, la tueuse pratiquait des exercices de musculation et s'amusait à terrasser les soldats hyksos qui osaient la défier.

— Tu veux de la viande rouge et du vin ? demanda Abéria.

— Oh non ! protesta Yima. En ce moment, je surveille mon poids.

— Alors, arrête les pâtisseries ! C'est une nourriture de fillette.

— Je suis inquiète... très inquiète.

— Quelqu'un t'embête, ma pauvre chérie ?

— Oui, mais pas quelqu'un dont tu pourrais me débarrasser.

Intriguée, Abéria cessa de mastiquer.

— Donne-moi la solution de cette énigme !

— C'est Tany... Je crois qu'elle me déteste.

L'étrangleuse éclata de rire.

— Tany est trop laide pour avoir des sentiments !

— Ne plaisante pas, j'en souffre vraiment. Je ne comprends pas pourquoi je lui déplais tant et j'ignore ce qu'elle me reproche. Toi, le sais-tu ?

— Pas la moindre idée, ma pauvre chérie ! Ou plutôt si : ce petit tonneau ne contient que du fiel. L'impératrice déteste tout le monde et n'aime qu'elle-même. Avoir réussi à devenir l'épouse de l'empereur est un exploit dont il lui faut conserver les bénéfices, en commençant par écarter toutes les femelles qui s'approcheraient un peu trop près du maître des Hyksos.

— Ce n'est pas mon cas, je t'assure !

— Ta réputation ne plaide pas en ta faveur, ma chatte. Mais je crois pouvoir arranger ça.

— De quelle manière, Abéria ?

— Moi, je n'ai aucun goût pour les hommes. Ils sont fades et vite épuisés. Les femmes, en revanche, quel délice ! Si l'impératrice apprend que, toi aussi, tu aimes les femmes, tu ne seras plus en danger.

Yima minauda comme une petite fille apeurée.

— Ce que tu me demandes là, avec toi... Je n'oserai jamais, je...

— Perverse comme tu l'es, tu apprécieras ! Ensuite, tu ne pourras plus t'en passer. Allons, viens dans ma chambre. Après un bon repas, c'est encore meilleur.

— Mais les soldats vont savoir et...

— C'est justement ce qu'on cherche, petite chérie : que notre liaison soit de notoriété publique. Qui oserait toucher à ma protégée ?

Khamoudi se faisait masser les doigts de pied, l'une des parties de son corps qu'il jugeait parfaites, par une jeune Égyptienne, fille d'un scribe déporté à Sharouhen. Après qu'il l'aurait essayée, elle finirait soit au harem, soit au bagne, selon son humeur du moment.

Un masque d'argile régénérante sur le visage, Yima était étendue sur une natte confortable, à côté de son mari.

— Tu as bien fait, lui dit-il. L'empereur apprécie beaucoup la dame Abéria. Être en bons termes avec elle nous sera très utile, à toi comme à moi. Plus les déportations s'accentuent, plus Abéria prend de l'importance. Dès son retour de Sharouhen, l'empereur la nommera chef de la police.

— A-t-il décidé d'exterminer tous les Égyptiens ?

— Si nous voulons gouverner ce pays à notre

manière, c'est la seule solution. Nous avons encore besoin d'eux comme esclaves, mais des étrangers éduqués à la manière hyksos les remplaceront progressivement.

— Quel monde merveilleux nous prépare l'empereur ! Une seule pensée, une seule direction, une seule politique, une seule caste dominante qui aura tous les pouvoirs et de fidèles sujets qui obéiront parce que la loi d'Apophis est la loi d'Apophis ! Mais quand l'empereur se débarrassera-t-il enfin des trublions thébains ?

— Il veut laisser ce plaisir à Jannas, et je lui donne raison. Quel superbe massacre en perspective ! Les Thébains sont si terrorisés qu'ils n'osent plus quitter leur base arrière. Sur le front, ils finiront par s'entre-déchirer. Ou bien ils se rendront, et Abéria aura beaucoup de convois à organiser, ou bien Jannas aura beaucoup de têtes à trancher. Voilà ce qui arrive à des incapables qui font confiance à une femelle comme cette reine Ahotep.

Le capitaine des pirates put enfin reprendre son souffle.

Lorsque le navire de l'amiral Jannas avait éperonné son bateau, il s'était cru victime d'une hallucination. Comment le Hyksos avait-il réussi à se montrer plus malin et plus rapide que lui ? Avec une incroyable obstination, l'amiral s'était acharné à poursuivre un par un les pirates égéens, chypriotes et crétois qui s'attaquaient à la flotte marchande de l'empereur. Bénéficiant de l'appui tacite de la Crète, ils espéraient couler suffisamment d'unités hyksos pour contraindre Jannas à rebrousser chemin.

Mais ce dernier était un redoutable navigateur, et il avait éventé les ruses de ses adversaires. Peu à peu, ils étaient devenus des bêtes traquées, certaines de trouver refuge dans les Cyclades.

Nouvelle désillusion ! Même là, Jannas avait continué à les pourchasser sans tomber dans leurs multiples guet-apens. Patient et méticuleux, il isolait chaque bateau adverse avant de le prendre d'assaut avec des marins mieux armés.

Bons nageurs, le capitaine et une dizaine de pirates avaient atteint le rivage de l'île de Thêra, dominée par un volcan dont les convulsions ne les effrayaient pas. C'était là qu'ils dissimulaient leur butin, et ils s'y retireraient, fortune faite.

— Ils nous suivent, capitaine.

Cinq barques remplies d'archers hyksos se dirigeaient vers l'île.

— Grimpons, ils n'oseront pas nous imiter.

De fait, la montagne qui fumait impressionnait les hommes de Jannas.

— Faut-il vraiment s'intéresser à ces misérables fuyards, amiral ? interrogea un lieutenant.

— Tout travail doit être mené à son terme. L'empereur nous a ordonné d'exterminer les pirates, nous les exterminerons. Sinon, cette poignée d'insoumis affréterait un nouveau bateau et recommencerait ses exactions.

— Cette montagne n'est-elle pas... dangereuse ?

— Moins que mon glaive, répondit Jannas, menaçant.

Le lieutenant n'insista pas. Un mot de plus, et il était mort.

Lentement, les Hyksos escaladèrent la pente du volcan.

— Ils grimpent ! s'exclama l'un des pirates. Plus vite... Il faut courir plus vite !

Dès qu'ils furent à portée de tir, les archers hyksos abattirent les pirates. Gênés par les fumerolles, ils ratèrent le capitaine qui courait le long du cratère, avec l'espoir de redescendre à l'opposé et d'échapper ainsi à ses poursuivants.

Mais une flèche lui transperça la cuisse.

Malgré la douleur, il se traîna sur les roches. Le pied d'un Hyksos le cloua au sol.

— Ne le tuez pas tout de suite, ordonna Jannas qui venait de découvrir un lac étrange.

Il ne contenait pas d'eau mais du feu d'un rouge ardent qui ne cessait de bouillonner en produisant de grosses bulles.

— Écoutez-moi, implora le pirate, j'ai un trésor caché dans une grotte !

— L'endroit exact ?

— Je vous le donnerai en échange de la vie sauve.

— Pourquoi pas ?

— J'ai ta parole ?

— Tente ta chance, pirate. Et surtout, ne m'irrite pas davantage.

— C'est au milieu de cette pente, face à un rocher sur lequel est tracé un cercle. Tu verras, c'est un énorme trésor ! Grâce à moi, tu seras un homme riche.

— C'est l'empereur des Hyksos que tu enrichiras. Moi, je ne suis ici que pour détruire les bandits qui osent nous agresser.

— J'ai... j'ai la vie sauve ?

— Chose promise, chose due, admit Jannas. Mais auparavant, je suis sûr qu'un petit bain te fera le plus grand bien. Tu es sale et tu sens mauvais.

— Un bain, mais...

— Ce lac rouge me paraît tout à fait approprié.

— Non, hurla le pirate, non, c'est l'enfer !

— Débarrassez-moi de ça, ordonna l'amiral.

Quatre Hyksos soulevèrent le blessé et le jetèrent dans le lac de lave.

20

La base militaire de Thèbes était en effervescence. Après un hiver clément au cours duquel de nouveaux bateaux avaient été construits, le chancelier Néshi présenta son rapport au pharaon Kamès et à la reine Ahotep.

— Le front a été ravitaillé et renforcé avec de jeunes recrues pleines d'ardeur, précisa-t-il. Les soldats expérimentés n'attendent plus que vos ordres pour embarquer.

— Comment perçois-tu le moral des troupes ? demanda Ahotep.

Le chancelier Néshi hésita.

— Nos hommes sont courageux et déterminés, certes, mais...

— Mais ils ont peur des Nubiens, n'est-ce pas ?

— Exact, Majesté. Leur réputation de férocité en effraye plus d'un. Vos généraux et moi-même avons tenté d'expliquer que nous possédions des armes efficaces et que notre formation au combat était excellente, mais nous sommes loin d'avoir dissipé toutes les craintes.

— Quiconque se rendra coupable de lâcheté

sera exécuté devant ses camarades ! décréta Kamès.

— Il existe peut-être d'autres moyens d'apaiser cette peur ancestrale et légitime, avança la reine.

Foie gras d'oies gavées aux figues, canards rôtis, côtes de bœuf grillées, purées d'oignon, de lentilles et de courgettes, bière de fête corsée à la belle couleur ambrée, mille et une pâtisseries au miel, tels étaient les mets du festin que le palais offrait à l'armée de libération.

S'y ajoutaient deux nattes neuves et confortables par soldat, et des onguents à base de résine de térébinthe qui décontractaient les muscles, entretenaient les bonnes énergies de l'organisme et éloignaient les insectes.

— Cette reine est une mère pour nous, estima le Moustachu en dévorant une tartine de pain frais recouverte de foie gras. De ma vie, je n'ai jamais aussi bien mangé !

— Quand ton pays atteint de tels sommets, reconnut l'Afghan, j'en oublie presque le mien.

Leur voisin de table, un fantassin de carrière, jeta au loin sa carcasse de canard soigneusement dépouillée.

— Au lieu de vous émerveiller comme des enfants stupides, vous feriez mieux de réfléchir ! C'est le dernier bon repas auquel vous avez droit. Après, sur les bateaux, il faudra vous contenter de l'ordinaire. Et ce ne sera pas fameux, juste avant de périr sous les coups des Nubiens.

— Moi, je n'ai nullement l'intention de mourir, objecta l'Afghan.

— Pauvre naïf... On voit que tu ne sais pas où tu vas !

— Parce que toi, tu le sais ?

— Je n'ai jamais mis les pieds en Nubie, d'accord, mais personne ne peut vaincre ces grands Noirs qui sont dix fois plus forts que nous.

— Ils n'osent quand même pas attaquer les Hyksos, rappela le Moustachu.

L'argument troubla le fantassin.

— Ils le feront un jour ou l'autre ! Les Nubiens sont nés pour combattre, pas nous. Pas un soldat égyptien ne rentrera vivant de cette expédition.

— Si tu en es persuadé, démissionne et rentre chez toi, recommanda l'Afghan. Quand on part vaincu d'avance, on est déjà mort.

— Dis donc, l'étranger... Tu m'accuses de couardise ?

— Je t'incite à être lucide, rien de plus.

— Tu te moques de moi, hein ?

Le Moustachu était prêt à s'interposer, lorsque le silence s'établit.

La reine Ahotep prit la parole.

— L'épreuve que nous allons subir tous ensemble s'annonce très dangereuse, déclara-t-elle, car nous nous heurterons à de terribles adversaires. Avant même d'affronter les Nubiens, dont les qualités de guerriers sont justement redoutées, il faut d'abord nous emparer d'une des plus importantes forteresses hyksos : Gebelein. Si elle donnait l'alerte aux Nubiens, nous n'aurions plus aucune chance de les vaincre. C'est pourquoi notre priorité est la prise de cette place forte. Les Hyksos occupent notre pays, exploitent ses richesses et traitent ses habitants comme des esclaves. Le temps est venu de leur faire comprendre que l'Égypte ne se soumettra jamais à la tyrannie. La volonté d'être libre est notre meilleure arme. Mangez et buvez, que votre cœur soit large !

Le fantassin reprit du canard et vida une nouvelle coupe de bière forte. Le discours de la reine l'avait rassuré : s'emparer de Gebelein était impossible. L'armée de libération se contenterait donc d'un très bref voyage vers le sud puis rebrousserait chemin en oubliant la Nubie.

Ahotep embrassa la main de sa mère, alitée depuis plusieurs jours.

— Je ne partirai pas avec Kamès, lui annonça-t-elle, et je resterai auprès de toi.

— Non, ma fille. Ta place est auprès du roi, ton fils. Il est jeune et inexpérimenté. Sans toi, il risque de commettre des erreurs fatales.

— Sans toi, mère chérie, jamais notre aventure n'aurait pu prendre corps. À l'heure où la maladie te touche, mon devoir est de te seconder.

— Une vieille femme ne doit pas t'empêcher de mener nos troupes à la victoire, Ahotep. Laisse-moi affronter seule cette épreuve et ne songe qu'à l'avenir.

— Une fille qui abandonnerait sa mère serait indigne d'être reine.

— Je me demande quelle est la plus têtue de nous deux... Aide-moi à me lever.

— Les médecins exigent que tu te reposes.

— J'ai une tâche à accomplir, une tâche que tu m'as confiée : gouverner Thèbes en ton absence et mobiliser tous les hommes de la province en cas d'attaque hyksos. Donc, ma mort patientera, au moins jusqu'à ton retour.

Fragile à se briser, Téti la Petite sortit de sa chambre. Ahotep était persuadée qu'elle ne tiendrait pas sur ses jambes, mais la reine mère apprécia la chaleur du soleil et convoqua sa maisonnée.

— Être alitée ne me vaut rien. Pars tranquille, Ahotep. Amosé saura me seconder, n'est-ce pas ?

Avec de la résine, le Moustachu fixait solidement les manches des couteaux et des rasoirs. Mélangée à du calcaire réduit en poudre, elle était un excellent adhésif. L'Afghan aiguisait les lames et vérifiait les pointes de flèches.

L'intendant Qaris courait partout, soucieux de ne rien laisser au hasard. Il s'entretenait avec chaque capitaine, visitait chaque navire, inspectait chaque coffre et chaque jarre. En cette veille de départ pour le Sud, aucun détail ne devait être négligé.

Héray, lui, avait d'autres préoccupations.

— Majesté, avoua-t-il à Ahotep, mon enquête n'a rien donné. Personne n'a vu l'archer qui a tiré sur le roi. Bien entendu, j'ai doublé sa garde personnelle et pris des mesures de sécurité encore plus strictes.

— Mon fils suppose que cet attentat n'était rien d'autre qu'une tentative d'intimidation.

— Que notre souverain ait raison ou tort, l'essentiel est d'assurer sa protection. Si l'espion hyksos reste à Thèbes, le roi ne sera plus en danger, du moins dans l'immédiat. En revanche, s'il fait partie de l'expédition, il ne songera qu'à commettre un nouvel attentat.

— Sois tranquille, Héray. Je saurai veiller sur le pharaon.

Vent du Nord fut le premier à monter sur le vaisseau amiral où il disposerait d'une natte neuve, à l'ombre d'un parasol qu'il partagerait avec Rieur le Jeune. Puis débuta une longue procession conduite par le roi Kamès qui portait fièrement l'épée d'Amon.

Sur un rythme régulier et prenant, l'Afghan commença à frapper sur un étrange instrument que le Moustachu ne connaissait pas.

— C'est toi qui as fabriqué ça ?

— Il s'agit d'un tambour. La musique qu'il produit donne du courage, tu verras.

L'Afghan ne se trompait pas. Ces sons inédits apaisèrent bien des angoisses, surtout chez les plus jeunes.

Après avoir embrassé le petit Amosé en lui recommandant d'aider sa grand-mère, Ahotep contemplait tous ces braves prêts à sacrifier leur vie pour libérer l'Égypte. Beaucoup ne reviendraient pas de ce voyage, et c'est elle qui serait responsable de leur disparition.

L'Épouse de Dieu songeait à son mari défunt dont l'absence lui pesait un peu plus chaque jour. En prononçant les « formules de glorification » qui faisaient vivre son nom et son être, la reine créait une énergie nécessaire à la poursuite de sa folle aventure. Séqen était là, près d'elle. Il lui donnait sa force.

Dans le ciel, la lune était visible.

21

— Par tous les dieux, s'exclama le Moustachu, comme mon pays est beau !

— Tu n'as pas tout à fait tort, reconnut l'Afghan. Il manque de grandes montagnes couvertes de neige, mais il a du charme.

— La neige, qu'est-ce que c'est ?

— De l'eau du ciel qui se solidifie plus ou moins en tombant sur le sol et prend une belle couleur blanche.

— De l'eau... froide ?

— Très froide. Mais elle brûle les mains quand tu la touches.

— Quelle horreur ! Oublie cette calamité et contemple plutôt le Nil et ses rives verdoyantes.

À bord du vaisseau amiral qui venait de s'élancer vers le sud, les deux hommes vivaient un moment de bonheur parfait. Il n'y avait plus de guerre, plus de danger, plus de Hyksos, simplement un bateau qui glissait sur le fleuve, survolé par des ibis et des pélicans.

À l'avant, un grand gaillard mince mais musclé sondait le Nil avec une longue canne à l'extrémité fourchue. Le rôle de ce prorète était essentiel. En fonction de la profondeur, il déterminait les manœuvres à effectuer.

— Comment t'appelles-tu ? lui demanda Ahotep.

— Lunaire, Majesté.

— Lunaire ! Toi et moi sommes donc protégés par le même dieu.

— Si vous saviez, Majesté, combien j'ai espéré cet instant ! Je craignais de disparaître avant de pouvoir me lancer à l'attaque des Hyksos et de leurs alliés. Grâce à vous, ma vie prend enfin un sens. Je vous jure que je mènerai ce vaisseau amiral à bon port.

Le franc sourire du jeune prorète réconforta la reine.

— Pour le moment, Lunaire, nous mettons en panne.

Leurs voiles ramenées, les bâtiments de la flotte de guerre accostèrent dans un ordre impeccable.

Pendant que les soldats déjeunaient, Ahotep et Kamès réunissaient les volontaires en vue de l'attaque de Gebelein.

— Nous approchons de la forteresse hyksos, précisa la reine, et il ne fallait pas que leurs guetteurs aperçoivent nos bateaux.

— Devant une attaque aussi massive, estima un officier, ils se seraient peut-être rendus !

— J'ai vu cette forteresse, rappela Ahotep. Elle paraît imprenable. Et les Hyksos ont beaucoup plus peur de l'empereur que d'une flotte égyptienne. Gebelein est le verrou de la Haute-Égypte.

— Et si nous passions aussi vite que possible devant cette maudite bâtisse ?

— Leurs archers tireraient des flèches enflammées, la plupart de nos bateaux seraient incendiés. Les troupes nubiennes et hyksos stationnées à Éléphantine seraient prévenues par signaux optiques et décimeraient nos hommes. Ensuite, elles détruiraient Thèbes. Pour pouvoir utiliser le Nil, il est impératif de prendre Gebelein et de ne pas laisser le temps à sa garnison de demander des secours. N'oubliez pas que du haut des tours, la vue porte à une cinquantaine de kilomètres au sud.

— Autrement dit, conclut le roi, impossible de lancer notre infanterie à l'assaut et plus encore d'assiéger la forteresse ! Quelle solution nous reste-t-il ?

— Avant de prendre une décision, nous devons observer Gebelein.

— J'emmène une dizaine d'hommes et je m'en occupe, avança Kamès.

— Non, mon fils. Tu dois rester à la tête de nos troupes. C'est moi qui remplirai cette mission.

— Mère, c'est beaucoup trop dangereux !

— L'Afghan et moi, déclara le Moustachu, on est habitués à ce genre d'expédition. Si Sa Majesté nous accepte à ses côtés, elle sera en sécurité.

— En route, décida Ahotep.

— C'est quand même un sacré morceau et rudement bien placé, constata le Moustachu avec un certain dépit.

Allongés dans des herbes hautes, la reine et ses deux compagnons contemplaient la forteresse aux murailles épaisses. Tours carrées, chemin de ronde, portail monumental, fossés de protection... La bête paraissait invincible.

C'était à cet endroit-là qu'Ahotep et Séqen avaient découvert ensemble Gebelein, au risque de se faire arrêter par des gardes qui effectuaient une corvée de ravitaillement.

— Toi qui es toujours optimiste, demanda le Moustachu à l'Afghan, tu t'y prendrais comment ?

— Ce coup-là, je ne le sens pas.

Le moral des deux résistants était en berne. Mais Ahotep ne se décourageait pas.

— Observons, il existe forcément une faille.

Trois fois par jour, des Hyksos sortaient de la forteresse et inspectaient les environs. Comme par le passé, Ahotep faillit être surprise. Mais l'Afghan et le Moustachu, familiers des combats de l'ombre, surent l'avertir à temps et se dissimuler.

La patrouille passa tout près du trio sans soupçonner sa présence.

— Supprimer ceux-là ne servirait à rien, estima l'Afghan.

— On pourrait foncer lorsqu'ils entrouvrent la grande porte, suggéra le Moustachu.

— Quelques-uns des nôtres réussiraient à pénétrer dans l'enceinte, jugea la reine, mais ils seraient massacrés.

Un bateau arrivait du sud.

Des Hyksos encadraient des esclaves égyptiens qui portaient avec peine de lourdes charges. L'un d'eux trébucha sur la passerelle et lâcha son fardeau. En se brisant sur le quai, la jarre libéra une trentaine de litres de bière.

Un Hyksos planta sa lance dans la nuque du maladroit qui n'avait songé ni à se défendre ni à s'enfuir. Du pied, l'assassin poussa le cadavre dans le Nil.

Ahotep tenta de bondir, mais le bras puissant de l'Afghan la maintint au sol.

— Avec tout le respect que je vous dois, Majesté, ne tentez rien. Des situations comme celle-là, le Moustachu et moi-même en avons malheureusement vécu beaucoup. Si nous avions cédé à la colère, nous ne serions plus de ce monde.

Le déchargement se poursuivit sans autre incident.

Puis le bateau repartit vers le sud.

— Ne pourrait-on mettre le feu à cette citadelle ? proposa le Moustachu.

— Le temps de disposer une énorme quantité de bois au pied des murs, estima Ahotep, nos soldats seraient abattus par les archers hyksos. Et il n'est même pas certain que les flammes causeraient de grands dommages à de telles murailles.

— Gebelein est vraiment imprenable, murmura l'Afghan, furibond.

— Je ne t'ai jamais vu dans un état pareil, nota le Moustachu.

— Rien ne m'a jamais paru impossible ! Mais cette fois...

La nuit tombait, le dieu Lune commençait à briller de tout son éclat.

— Il nous donnera la solution, promit la reine. Observons encore.

Le lendemain, aucun événement notable. Les mêmes patrouilles, aux mêmes heures.

Le surlendemain, le bateau de ravitaillement se présenta avec un chargement encore plus important et de plus grosses jarres.

Âgé et usé, l'un des esclaves ploya sous le poids et mit un genou à terre. Incapable de continuer, il déposa son fardeau et regarda droit dans les yeux le Hyksos qui lui trancha la gorge avec son poignard.

Un adolescent parvint à porter la jarre jusqu'au portail de la forteresse. Sous la surveillance des soldats de l'empereur, il ne s'ouvrit que le temps de laisser pénétrer dans la forteresse les nourritures liquides et solides.

Puis le bateau repartit, et ce fut l'heure de la dernière patrouille, avant le crépuscule.

Nuit et jour, les archers occupaient le sommet des tours de guet. Les torches étaient si nombreuses qu'elles éclairaient les abords des fortifications, prévenant ainsi toute agression nocturne.

À l'aube, le trio quitta sa cachette. Ni le Moustachu ni l'Afghan n'avaient entrevu la moindre solution, même risquée, pour abattre Gebelein.

C'est sans surprise qu'ils entendirent l'ordre de la reine.

— Nous regagnons le vaisseau amiral.

22

D'origine asiatique, portant toujours une coiffe à rayures en forme de champignon qui épousait sa tête pointue, l'amiral Jannas offrait une apparence trompeuse. De taille moyenne, presque malingre, la parole et le geste lents, il ressemblait à un brave homme auquel on faisait volontiers confiance.

En réalité, Jannas était un chef de guerre impitoyable qui, tout au long de sa brillante carrière, avait exécuté les ordres de l'empereur à la lettre et sans états d'âme. Comme Apophis, il était persuadé que la puissance militaire était l'unique clé du pouvoir et qu'il fallait exterminer tous ceux qui s'opposaient à la domination hyksos.

Anéantir les pirates réfugiés dans les Cyclades lui avait pris plusieurs années, mais l'amiral ignorait l'impatience. Seul comptait le succès final. Et c'était là, justement, que le bât blessait : le commanditaire de ces bandits ne pouvait être que la Crète. Cette Crète que l'empereur, pour des raisons diplomatiques qui échappaient à Jannas, refusait de détruire.

Demain, pensait l'amiral, les Crétois armeraient

d'autres pirates. Et ils s'attaqueraient de nouveau aux bateaux de marchandises hyksos.

Restait une possibilité d'infliger à la grande île un châtiment dont elle ne se remettrait pas, à condition qu'elle fût jugée coupable d'avoir donné refuge à des criminels en fuite. C'est pourquoi les vaisseaux hyksos avaient rabattu vers la Crète le dernier bateau pirate encore en activité. Se gardant bien de l'intercepter, ils l'avaient vu pénétrer dans une crique où l'équipage avait débarqué.

Le devoir de Jannas était donc tout tracé.

Les bâtiments de la flotte de guerre hyksos s'étaient rassemblés en vue d'un assaut massif. Cette fois, la Crète n'échapperait pas à l'amiral. Ses villes et ses villages seraient brûlés, la campagne dévastée, et ses richesses reviendraient à l'empereur.

— Un ambassadeur demande à vous parler, l'avertit son second. Il est venu seul et sans armes, à bord d'une barque.

Âgé d'une cinquantaine d'années, barbu, les cheveux soignés, le diplomate portait sur son visage les stigmates de l'angoisse.

Jannas le reçut sur le pont, face à la grande île.

— Puis-je vous rappeler, amiral, que les Crétois sont les fidèles sujets de l'empereur ?

— Des sujets qui accueillent et soutiennent nos ennemis ! De qui te moques-tu ?

— Si vous évoquez le cas de ces pirates qui ont cru pouvoir s'abriter chez nous, vous vous trompez ! Nous les avons arrêtés et exécutés. Leurs cadavres sont à votre disposition.

Jannas ricana.

— Je n'en crois pas un mot ! Vous n'avez supprimé que quelques paysans afin de m'abuser, alors que les vrais coupables dînent à la table de votre roi. Sans son appui, comment auraient-ils pu m'échapper aussi longtemps ?

— Amiral, je vous jure que vous faites fausse route ! La Crète est une province de l'Empire hyksos, et je me rends chaque année à Avaris pour y présenter à l'empereur des tributs de plus en plus fournis. Apophis est notre souverain bien-aimé dont nul Crétois ne songerait à contester l'autorité.

— Quel beau discours de diplomate, plus menteur qu'un bédouin !

— Amiral, je ne vous permets pas de...

— Eh bien moi, je me permets ! trancha Jannas, furieux. Les pirates, je les ai pourchassés, un par un. Avant de les empaler, je les ai torturés, et ils ont parlé. Tous ont donné la même version des faits : ils attaquaient nos bateaux de marchandises pour le compte de la Crète, laquelle récupérait ainsi les biens offerts à l'empereur. Je dispose de nombreuses dépositions qui ne laissent subsister aucun doute sur la culpabilité de la grande île.

— Ces bandits ont menti pour ne plus souffrir, c'est évident ! Pourquoi mon pays aurait-il agi de manière aussi irresponsable ?

— Je viens de te l'expliquer, ambassadeur. Aurais-tu les oreilles bouchées ?

— L'empereur doit m'écouter. Laissez-moi partir pour Avaris.

— Hors de question. La Crète est un refuge de pirates que je dois détruire.

— Ne faites pas ça, je vous en supplie ! Nous doublerons nos tributs.

— Trop tard, l'ambassadeur ! Aujourd'hui, tes ruses demeurent inopérantes. Regagne ton île et prépare-toi à te défendre aux côtés de tes compatriotes. Je n'aime pas vaincre sans rencontrer un peu de résistance.

— N'existe-t-il aucun argument qui puisse différer votre décision ?

— Aucun.

La destruction de la Crète marquerait le sommet de la carrière de Jannas. L'amiral prouverait ainsi à Apophis que l'Empire hyksos devait continuer à s'étendre avec la même détermination qu'autrefois. Lors de l'invasion de l'Égypte, c'était la force, et la force seule, qui avait primé. Pas question de diplomatie ni de concessions aux vaincus.

En croyant qu'ils pourraient porter des coups à l'empire par pirates interposés et sans subir les conséquences de leur félonie, les Crétois avaient commis une erreur fatale. Une fois leur armée exterminée, la grande île deviendrait une base de départ pour d'autres conquêtes.

Conquérir : l'existence de Jannas n'avait pas d'autre sens. Vaincre exigeait sacrifices, courage et sens de la stratégie. Échouer, ce serait pire que mourir.

De temps à autre, l'amiral s'interrogeait sur l'attitude de l'empereur. Avec l'âge, ne devenait-il pas trop attentiste ? Certes, l'armée demeurait omniprésente à Avaris, mais le palais ne cédait-il pas à un luxe excessif ? L'Égypte était une terre de sortilèges où l'on perdait aisément le goût du combat. À la place d'Apophis, Jannas se serait installé dans un pays beaucoup plus rude, comme la Syrie, afin de ne jamais oublier que tout territoire non intégré à l'empire par la violence restait un ennemi potentiel.

Mais l'amiral se reprochait ce genre de critiques. Apophis voyait plus loin que lui, et il avait certainement de bonnes raisons pour agir ainsi. Le Grand Trésorier Khamoudi, cependant, n'exerçait-il pas une mauvaise influence sur le maître des Hyksos ? Jannas détestait ce vicieux, uniquement préoccupé de son profit personnel. Là encore, comment aller contre la volonté de l'empereur qui avait fait de Khamoudi son bras droit ?

L'amiral était l'autre bras, et il ne le laisserait pas trancher par le Grand Trésorier. De retour à Avaris, il lui faudrait prendre des dispositions qui restreindraient le champ d'influence de Khamoudi, si prompt à éliminer d'éventuels concurrents.

La matinée était superbe, la mer calme.

Un temps idéal pour attaquer la grande île qui vivait ses derniers moments d'indépendance avant de payer son hypocrisie au prix fort.

Le second de l'amiral, chargé de la coordination des troupes d'assaut, se présenta à la porte de la cabine de Jannas.

— Amiral, tous les officiers sont à leur poste de combat.

— Aucun problème particulier ?

— Aucun. Les armes ont été vérifiées, les bateaux disposés selon vos ordres.

Jannas sortit sur le pont et observa le rivage dont la flotte hyksos s'était rapprochée.

— Pas un soldat crétois, constata-t-il. On dirait qu'ils nous laissent le champ libre.

— Ne serait-ce pas un piège, amiral ?

— Bien sûr que si. C'est pourquoi nous allons utiliser nos catapultes pour mettre le feu à la végétation. Un bon nombre de Crétois seront grillés, les autres s'enfuiront. Quant à ceux qui tenteront de résister, ils seront abattus par nos archers. Ensuite, nous ratisserons cette île, avec une seule consigne : pas de survivants.

Les préposés aux catapultes n'attendaient plus que le signal de l'amiral.

Mais un événement imprévu se produisit : léger et rapide, un bateau hyksos progressait dans la direction du vaisseau amiral.

Intrigué, Jannas suspendit l'assaut. Que voulait cet intrus ?

Un officier de liaison monta à son bord.

— Amiral, de nouveaux ordres de l'empereur.

Jannas lut le texte gravé sur un gros scarabée de calcaire.

En raison d'un grave soulèvement en Anatolie, Apophis ordonnait à l'amiral de négliger les derniers pirates, de quitter immédiatement les Cyclades et de mettre le cap à l'est en progressant le plus vite possible afin de fondre sur les rebelles.

— Je ne pensais pas vous trouver si aisément, déclara l'envoyé d'Apophis. C'est une chance que vous ayez mouillé à proximité de la Crète !

Jannas eut un sourire énigmatique.

— La chance... Je ne compte jamais sur elle.

Avant de donner un signal qui fut celui du départ, l'amiral jeta un regard furieux à la grande île.

Elle ne perdait rien pour attendre.

23

Le commandant de la forteresse de Gebelein était un Cananéen d'une soixantaine d'années qui devait tout à l'empereur. Dans sa jeunesse, il avait brûlé de nombreux villages en Palestine et dans le Delta, violé une jolie quantité de femmes et massacré un bon nombre de vieillards. Particulièrement satisfait de ses services, Apophis lui avait offert, pour sa fin de carrière, cette magnifique place forte qui verrouillait le sud de l'Égypte.

L'insurrection des Thébains n'inquiétait guère le commandant. Qu'ils aient réussi à masser des troupes à Cusae les enivrait, mais cet exploit dérisoire resterait sans lendemain. Ne pouvant progresser ni vers le nord ni vers le sud, ils resteraient enfermés dans leur réduit que l'empereur anéantirait au moment voulu.

L'unique danger, c'était la Nubie. Mais le chef qui avait fédéré des tribus pour former le royaume de Kerma était un homme raisonnable. Être l'allié inconditionnel des Hyksos valait beaucoup mieux que de les défier.

Alors, il ne restait plus que la routine. Afin

d'éviter qu'elle n'endormît davantage la garnison, le commandant faisait régner une discipline de fer, avec un strict respect des tâches militaires et domestiques. À tout instant, Gebelein était prête à contenir un assaut, forcément voué à l'échec. Et si un bateau thébain surgissait, un déluge de flèches enflammées l'enverrait par le fond.

Seules opérations délicates : les patrouilles du matin et de l'après-midi qui pouvaient se heurter à un commando. Mais la reine Ahotep n'avait jamais osé en envoyer un, certaine qu'il n'avait aucune chance de réussir. Du haut des tours, des archers hyksos observaient en permanence les alentours et abattraient quiconque tenterait de s'approcher des murailles.

De plus, en cas d'attaque, Gebelein avertirait par signal optique une tour de guet située à trente kilomètres au sud. De signal en signal, les troupes d'Éléphantine seraient rapidement mobilisées et descendraient le Nil à vive allure vers la forteresse. Elles pourraient même s'adjoindre les soldats nubiens résidant en amont de la première cataracte. Massacrer une bande d'Égyptiens révoltés serait une franche distraction.

— Commandant, c'est le ravitaillement, l'avertit son aide de camp.

Eau fraîche, viande et poisson séchés, légumes, fruits, bière de qualité honnête... Les Hyksos ne manquaient de rien.

— C'est le bateau habituel ?

— C'est bien lui.

Du haut des remparts, le commandant assista au déchargement des grandes jarres ovoïdes de type cananéen avec leurs deux poignées. La plupart offraient une contenance d'une trentaine de litres, et il y en avait de plus grandes encore.

— C'est le jour du miel, de l'huile d'olive et du vin, rappela l'aide de camp avec gourmandise. J'avais également commandé des caisses de tissus pour remplacer les vêtements et les draps. Si l'intendance n'a pas fait correctement son travail, elle va m'entendre !

Le commandant prenait un plaisir toujours renouvelé à voir les Égyptiens humiliés par les robustes soldats aux casques noirs. Ils ne perdaient pas une occasion de les frapper et de leur faire bien ressentir leur infériorité. Au moindre signe de révolte, c'était l'exécution sommaire.

La porte de la forteresse s'ouvrit pour laisser le passage au troupeau d'esclaves lourdement chargés. Contraints de se hâter, la plupart étaient au bord de l'asphyxie.

À peine avaient-ils déposé leur fardeau dans les réserves qu'ils devaient courir vers la porte, tête baissée, afin de sortir au plus vite de la forteresse.

Une vingtaine d'archers se tenaient en position sur le chemin de ronde et visaient les esclaves. Une autre escouade pointait ses flèches sur les abords immédiats de l'accès principal, au cas où des insensés auraient cru pouvoir profiter de la livraison pour pénétrer dans la grande cour.

Comme d'habitude, les consignes de sécurité étaient respectées à la lettre.

— Je sens que nous n'allons pas tarder à recevoir un message de l'empereur, prophétisa le commandant. Lorsque le front de Cusae sera enfoncé, il nous ordonnera d'attaquer Thèbes en compagnie des troupes venues d'Éléphantine.

Des marins terminaient de hisser la voile du bateau de marchandises qui repartait vers le sud.

— On boit du vin dès ce soir ? suggéra l'aide de camp.

— Pas question, les hommes doivent se coucher tôt. Demain matin, dès l'aube, corvée de nettoyage. À midi, inspection. Quand cette forteresse me paraîtra vraiment propre, nous organiserons une petite fête.

Déçu, l'aide de camp prendrait son mal en patience. Avec la complicité d'une sentinelle, il aurait volontiers débouché une jarre pour son usage personnel. Mais si le commandant s'en apercevait, ça lui vaudrait trente jours de prison et une mutation dans un endroit beaucoup moins agréable. Au dîner, il se contenterait donc de l'ordinaire.

Gebelein était endormie. Seules veillaient quelques sentinelles dont certaines éprouvaient des difficultés à garder les yeux ouverts. Une nuit paisible de plus dans cette place forte où rien ne pouvait les atteindre.

Le silence de l'entrepôt fut à peine troublé par un petit bruit sec : la paroi d'une jarre venait d'être brisée. Lentement, le Moustachu sortit de son inconfortable moyen de transport. À côté, l'Afghan l'imitait. Et il en alla de même pour les quinze autres membres du commando.

La première partie du plan audacieux de la reine Ahotep avait réussi : s'emparer du bateau qui livrait des marchandises à Gebelein, remplacer les soldats hyksos par des Thébains, demander aux esclaves de jouer le jeu avant leur libération et trouver des volontaires assez fous pour se dissimuler dans les plus grosses jarres.

Un incident pouvait les condamner à périr : que les Hyksos vérifient leur contenu avant de les stocker. Mais l'habitude et le sentiment de sécurité avaient prévalu.

L'Afghan et le Moustachu se regardèrent, surpris d'être encore vivants. Leurs camarades les rejoignirent, poignard en main.

— Moi et l'Afghan, dit le Moustachu, on part en reconnaissance. Dès qu'on aura repéré l'emplacement des sentinelles, on revient vous chercher, puis on élimine les gêneurs. Pendant que l'un d'entre nous ouvrira la grande porte, les autres supprimeront un maximum de Hyksos dans les dortoirs. Il faudra agir vite et sans bruit.

— Et si l'une des sentinelles réussit à donner l'alerte ? s'inquiéta un Thébain.

— En ce cas, on est tous morts. Alors, pas de bévue.

Pieds nus, habitués à se déplacer sans bruit dans un milieu hostile, l'Afghan et le Moustachu s'aventurèrent en territoire ennemi. La peur céda la place à une extrême concentration et à une grande économie de gestes.

Préposées à la cour intérieure, les deux premières sentinelles furent égorgées sans pouvoir pousser un cri, et leurs cadavres traînés dans une remise. Les deux résistants revêtirent leur tunique et leur cuirasse, et se coiffèrent de leur casque noir.

D'un signe, l'Afghan indiqua à son compagnon

qu'il montait au chemin de ronde par le premier escalier et que le Moustachu devait emprunter le second. Ils arriveraient ensemble aux deux postes de guet principaux, chacun tenu par deux archers.

À un contre deux, l'opération s'annonçait délicate.

— Qu'est-ce que tu viens faire ici ? s'étonna l'un des Hyksos en voyant approcher l'Afghan. Tu sais bien que le commandant nous interdit de quitter notre poste !

L'Afghan lui trancha la gorge, avec l'espoir que son compagnon songerait d'abord à se défendre avant d'appeler à l'aide. Et ce fut précisément ce qu'il fit, commettant une erreur fatale.

Ses deux sentinelles éliminées, l'Afghan se retourna pour savoir si le Moustachu avait connu le même succès. Il n'aperçut que la silhouette d'un soldat hyksos, mais fut rassuré lorsqu'il ôta son casque.

Le Moustachu redescendit dans la cour pour aller chercher les Thébains. Il leur indiqua l'emplacement des autres guetteurs et fixa à chacun son objectif.

« Les gamins sont moins maladroits que je ne le croyais », pensa-t-il en les regardant agir.

Vifs et déterminés, ils évitèrent toute bévue. Moins d'une demi-heure après leur sortie des jarres, les membres du commando avaient supprimé la totalité des sentinelles hyksos.

— La grande porte, ordonna le Moustachu.

Deux Thébains l'ouvrirent pendant que l'Afghan incendiait le sommet d'une des tours. À ce signal, le premier régiment d'assaut de Kamès saurait qu'il pouvait progresser sans crainte vers Gebelein.

— Espérons qu'il fera vite, murmura l'Afghan. Sinon, on risque d'avoir des ennuis.

— Aux dortoirs ! Il faut tuer un maximum de Hyksos, rappela le Moustachu.

— Non, un instant... Regarde ce logement, au pied de la tour principale. Et si c'était celui du commandant ?

— Essayons toujours.

La nuit leur était favorable. Ils tombèrent sur un commandant endormi, incapable de leur offrir la moindre résistance.

— Ordonne à tes hommes de se rendre, lui recommanda l'Afghan.

— Un Hyksos ne se rend pas !

— Je te connais, toi, remarqua le Moustachu. Tu étais en poste dans le Delta, il y a quelques années... Et tu as torturé plusieurs de nos camarades !

— Gebelein est imprenable ! Déposez immédiatement les armes.

— Tu nous fatigues, estima l'Afghan. Avec vous, les Hyksos, toute discussion est impossible.

Il poussa le commandant au-dehors, l'obligea à monter sur les remparts et, après l'avoir agrippé par les chevilles, le jeta dans le vide.

— Maintenant, aux dortoirs.

Comme la chance continuait à leur sourire, les Thébains réussirent à condamner la porte de deux dortoirs avec de lourdes poutres. Quant à ceux qui sortirent du troisième, ils les massacrèrent un à un.

Au moment où les membres du commando commençaient à faiblir, l'avant-garde de l'armée de libération s'engouffra dans la forteresse, le pharaon Kamès à sa tête.

À la proue du vaisseau amiral, la reine Ahotep regardait brûler la forteresse imprenable.

24

Ambassadeur hyksos en Nubie et maître espion, le Borgne n'ignorait rien de ce qui se passait dans cette vaste région, peuplée de tribus guerrières que le prince Nedjeh, un meneur d'hommes aux méthodes brutales, venait de fédérer.

Ex-général d'infanterie et tueur patenté, le Borgne avait eu l'œil gauche crevé par une Nubienne qui ne supportait pas d'être brutalisée. Officiellement, il l'avait perdu au cours d'un combat héroïque dont il était sorti vainqueur.

Longtemps, il avait craint que le prince Nedjeh ne fût imbu de son autorité au point d'oser attaquer Éléphantine. Mais le Nubien s'était contenté de son riche domaine de Kerma, et il s'affirmait comme un fidèle vassal d'Apophis auquel il faisait parvenir régulièrement des tributs.

Ce comportement trop sage intriguait le Borgne. Nedjeh ne préparait-il pas en secret la prise de la grande cité de l'extrême sud de l'Égypte, à la hauteur de la première cataracte ? Pourtant, les renseignements fournis par les informateurs du Borgne ne présentaient rien d'inquiétant. Selon diverses sources, Nedjeh engraissait et ne s'occupait plus que d'asseoir sa position locale.

Après avoir de nouveau parcouru en tous sens les territoires nubiens afin de s'assurer qu'aucun foyer ne couvait, le Borgne prenait quelques semaines de repos à Éléphantine où la garnison hyksos coulait des jours tranquilles. L'entente avec les quelques soldats nubiens installés en amont de la cataracte était parfaite, et un certain nombre de gradés, si loin d'Avaris, commençaient à oublier la vocation guerrière de leur peuple.

Il n'était pas nécessaire d'être un expert pour s'apercevoir que la discipline se relâchait jour après jour et que la caserne principale abritait de plus en plus de femmes dont la présence était jadis interdite. La douceur des hivers et la chaleur des étés avaient peu à peu amolli les âmes les plus rudes, et l'on se préoccupait davantage des menus et du confort de l'habitat que de l'entretien des armes.

La garnison d'Éléphantine ne disposait ni de chars ni de chevaux, réservés à l'armée du Nord. Ses bateaux étaient anciens et auraient eu besoin de sérieuses réparations. Quant à la forteresse, aussi impressionnante que celle de Gebelein, elle souffrait de défauts de construction. Sa grande porte restait souvent ouverte, et la vigilance des sentinelles était peu soutenue.

— Qui oserait s'attaquer à Éléphantine ? demanda le gouverneur de la ville au Borgne, séduit par la Nubienne qu'il avait trouvée dans son lit et l'excellent repas que lui offrait le dignitaire.

— Aucun problème avec les Nubiens ?

— Pas le moindre, cher ami ! Ce sont des alliés un peu susceptibles, mais parfaitement loyaux. Le seul nom de l'empereur impose l'obéissance, et c'est bien ainsi. De vous à moi, j'espère ne pas être rappelé à Avaris. Quitter ce petit paradis serait un déchirement.

Un échanson bredouillant s'approcha de la table du gouverneur.

— Un message urgent... Très urgent !

— Qu'est-ce qu'il y a encore ? Je parie que les officiers se plaignent de la médiocre qualité de la bière locale ! Il ne faut tout de même pas trop...

La lecture du texte rédigé par la main malhabile d'un marin sur un morceau de calcaire suffoqua le gouverneur.

— « Gebelein est tombée »... Qu'est-ce que ça veut dire, « Gebelein est tombée » ?

— On s'est emparé de cette forteresse, précisa le Borgne, lui-même stupéfait.

— « On »... Mais qui ça, on ?

Des clameurs montèrent du Nil.

— Nous n'allons peut-être pas tarder à le savoir, gouverneur.

Les deux hommes grimpèrent quatre à quatre jusqu'au sommet de la tour principale de la forteresse.

De ce poste d'observation privilégié, ils découvrirent la flotte de guerre thébaine, les voiles gonflées par un vigoureux vent du nord.

Pris par surprise, les bateaux hyksos étaient déjà en train de couler. Dans quelques minutes, l'armée de Kamès et d'Ahotep débarquerait pour attaquer la citadelle.

— La porte... Les archers... La caserne... Vite, il faut faire vite ! glapit le gouverneur qui se précipita dans l'escalier.

Trop pressé, il manqua une marche. Pendant son interminable chute, sa tête heurta le mur à plusieurs reprises. Au bas de l'escalier, le dignitaire hyksos était mort.

La panique s'emparait de ses soldats, des ordres contradictoires fusaient. Pour le Borgne, un impératif : sortir de cette ville et gagner Kerma afin d'alerter le prince Nedjeh.

Pour la première fois, le Moustachu et l'Afghan n'eurent pas à payer de leur personne lors de l'assaut décisif qui vit la chute d'Éléphantine. Privés de chef, désorganisés, les Hyksos se défendirent pourtant avec acharnement, mais l'enthousiasme des Thébains était tel qu'il balaya l'adversaire en quelques heures.

— Ces petits gars ne se comportent vraiment pas mal, jugea le Moustachu.

— Le travail finit toujours par payer, précisa l'Afghan. Aujourd'hui, ils recueillent le bénéfice de l'entraînement que leur a imposé la reine.

Ahotep venait d'apparaître sur le parvis du temple de Khnoum, le saint patron d'Éléphantine, en compagnie du pharaon Kamès, coiffé de la couronne blanche. Tenant un arc de la main gauche et le signe de vie *ânkh* dans la main droite, elle incarnait Thèbes libératrice.

Le jeune Kamès n'avait jamais éprouvé une telle sensation de bonheur. Grâce au plan d'Ahotep, exécuté avec une rapidité foudroyante, tout le territoire allant de Thèbes à Éléphantine était à présent débarrassé des Hyksos.

Dans les rues et sur les places, la population fêtait les soldats de l'armée de libération, et l'on préparait déjà les banquets qui dureraient tard dans la nuit.

Un très vieux prêtre sortit du temple. Il marchait difficilement en s'appuyant sur une canne.

— J'aurais aimé m'incliner devant Vos Majestés, mais mon dos est trop raide. Quel bonheur de vous accueillir ici ! J'ai bien fait de lutter contre la mort avec l'espoir insensé de voir cette ville libérée.

— Appuie-toi sur mon bras, lui recommanda la reine.

— Majesté, je...

— Je t'en prie. Tu es le gardien du tour de potier, n'est-ce pas ?

Le visage ridé du vieillard s'illumina.

— Malgré leurs recherches, les Hyksos ne l'ont pas trouvé ! C'est dans ce temple qu'a été fabriquée la première rame-gouvernail qui permet de diriger le navire de l'État. Et c'est également dans ce sanctuaire que le dieu Khnoum a façonné sur son tour de potier tous les êtres vivants. Ces mystères, je vais vous les révéler avant de mourir en paix.

Venant du désert, des dizaines de gazelles avaient envahi les jardins d'Éléphantine et jouaient avec les enfants. De nouveau, il était possible de célébrer la fête de leur protectrice, la déesse Anoukis, représentée sous la forme d'une très jolie femme portant une couronne blanche ornée de fines cornes de gazelle.

Pendant que la ville laissait éclater sa joie, le vieux prêtre libérait l'accès des cryptes du grand temple, aménagées sous le dallage du naos. Cent fois les militaires hyksos avaient profané le lieu, sans se douter que les trésors qu'ils convoitaient se trouvaient sous leurs pieds.

La rame-gouvernail en acacia était si lourde que Kamès dut faire appel à plusieurs hommes pour la sortir des profondeurs. Désormais, c'est elle qui orienterait le vaisseau amiral.

Puis le jeune pharaon tint entre ses mains le tour de potier avec lequel le dieu Khnoum avait mis en place la voûte céleste, soulevé le firmament et modelé le cosmos afin que la lumière s'y répande. Un à un, les dieux, les animaux et les hommes étaient sortis de cette matrice.

Le vieillard, la reine et le roi montèrent sur le toit du temple pour exposer le tour au soleil et lui permettre de fonctionner de nouveau.

— La vie reprend, déclara le prêtre, le souffle anime la matière.

Lorsque se dévoila le ciel nocturne, le vieux savant montra à ses hôtes comment utiliser des instruments de visée qui avaient aidé les Anciens à comprendre les mouvements du soleil, de la lune et des étoiles. Capables de déterminer le moment de la culmination supérieure ou inférieure d'un corps céleste, les astronomes d'Assouan savaient que les étoiles dites « fixes » se déplaçaient et que le centre autour duquel elles semblaient tourner changeait lui aussi de position en raison de la précession de l'axe du monde [1].

Émerveillé, le jeune Kamès aurait écouté des nuits durant le vieillard si heureux de transmettre sa science.

— Dès demain, promit le pharaon, tu formeras tes successeurs. De nombreux prêtres, serviteurs et artisans seront nommés pour que ce temple retrouve sa splendeur et son activité passées.

— Ma mort devra donc encore attendre un peu, Majesté.

Ahotep avait les yeux fixés sur la première cataracte, marquant la frontière avec la Nubie.

Comme son fils, elle appréciait pleinement la résurrection d'Éléphantine. Mais il ne s'agissait que d'une étape, et cette victoire, pour éclatante qu'elle fût, demeurait bien fragile.

Au-delà de cette barrière de rochers qu'éclairait le dieu Lune, il y avait l'ennemi. Un ennemi capable d'anéantir l'armée de libération.

1. *Cf.* Z. Žába, *L'Orientation astronomique dans l'ancienne Égypte et la précession de l'axe du monde*, Archiv. Orientalni supplementa II (Prague), 1953.

25

La reine Ahotep et le roi Kamès se recueillirent longuement sur l'île de Biggeh où, selon la tradition, se trouvaient à la fois le corps d'Osiris et les sources du Nil. Jaillissant d'une caverne, la moitié des eaux du fleuve prenait la direction du nord et l'autre, celle du sud. Ces sources étaient si profondes que personne ne pourrait jamais les atteindre.

Sur l'île régnait un silence absolu. Les oiseaux eux-mêmes s'interdisaient d'y chanter pour respecter le repos du dieu ressuscité qu'Isis la magicienne avait arraché à la mort. Par Osiris et en lui renaissaient les âmes des justes, les êtres de lumière dont le pharaon Séqen faisait aujourd'hui partie.

À bord du bateau qui les ramenait à Éléphantine, le jeune monarque ne put cacher à Ahotep sa profonde émotion.

— Cette ville est la tête du pays, la capitale de la première province de Haute-Égypte, et elle préserve les origines sacrées du Nil ! En la contrôlant de nouveau, nous faisons du fleuve notre allié invincible. Comme Osiris, la terre des pharaons renaît. Ne conviendrait-il pas d'oublier les Nubiens et de partir immédiatement pour le Nord ?

— Non, mon fils, car il faut desserrer définitivement l'étau en ôtant au prince de Kerma toute envie de nous attaquer. Et il n'existe qu'une seule manière d'y parvenir : reprendre le fort de Bouhen et verrouiller ainsi la Nubie.

Kamès déroula un papyrus sur lequel était dessinée une carte sommaire.

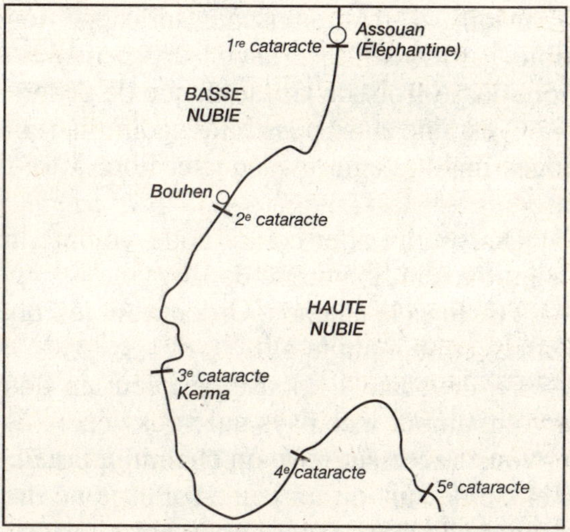

— Nous devrons donc naviguer presque jusqu'à la deuxième cataracte ! Sur un aussi long parcours, ne risquons-nous pas de tomber dans une embuscade tendue par le prince de Kerma, bien avant la forteresse ?

— C'est une possibilité, reconnut Ahotep, mais je mise plutôt sur la confiance aveugle qu'il éprouve dans les capacités de Bouhen à briser n'importe quel assaut. Il s'agit d'une place forte aussi puissante que celles de Gebelein et d'Éléphantine réunies. Si son gouverneur égyptien ne nous avait pas trahis au profit des Hyksos, les Nubiens n'auraient certainement pas réussi à s'en emparer.

— Comptez-vous réutiliser une seconde fois la ruse des jarres ?

— Je crains que ce ne soit impossible, Kamès.

— Alors, il faut envisager un siège long et pénible, à l'issue incertaine ! Et pendant cette période-là, le front de Cusae risque de céder.

— C'est une autre possibilité, admit la reine. Si tu juges ma stratégie inadéquate, libre à toi de la refuser.

— Qui oserait aller contre votre volonté, mère, vous qui êtes la libératrice de l'Égypte ?

— Toi, tu es le pharaon. Ordonne, et je t'obéirai.

Kamès contempla le Nil.

— En devenant l'Épouse de Dieu, en donnant tout votre amour à ce pays qui vous vénère à juste titre, vous tracez sur terre un chemin qui naît dans le ciel. Je ne suis qu'un jeune roi et je ne dispose pas encore de votre regard et de votre vision. Parfois, je me demande si vous êtes complètement de ce monde ou bien si une partie de votre être ne se trouve pas de l'autre côté du visible afin de mener cette armée à bon port. Jamais je ne vous donnerai un ordre, mère, et je vous suivrai là où vous irez.

La fête était finie, la ville silencieuse, et les gazelles avaient regagné le désert. Bien que la plupart des soldats fussent affligés d'une sérieuse migraine, tous ceux qui devaient partir pour la Nubie s'étaient rassemblés sur le quai. Ils enviaient leurs camarades appelés à former la nouvelle garnison d'Éléphantine.

Le chancelier Néshi s'approcha du pharaon.

— Tout est prêt, Majesté. Nous avons embarqué une grande quantité de vivres et d'armes. J'ai vérifié moi-même chaque cargaison.

— Tu sembles contrarié, chancelier.

— Nos hommes ont peur, Majesté. Les habitants d'Éléphantine leur ont parlé des guerriers noirs aussi dangereux que des fauves. Chacun sait que la Nubie est un réservoir de maléfices que nul ne saurait effacer. N'est-ce pas dans ces déserts brûlants que s'est enfui l'œil du créateur avec l'intention de détruire toute forme de vie ? Si vous renonciez à cette expédition dans l'inconnu, tout le monde serait soulagé.

— Toi aussi, Néshi ?

— Moi, je serais déçu et inquiet. Déçu par le manque de constance du commandement, inquiet pour le processus de libération.

— Ce ne sont pas des paroles très diplomatiques !

— Je ne suis pas un diplomate, mais le porteur du sceau royal qui entérine et fait connaître les décisions de Pharaon. Si je les trouve mauvaises, je dois être sincère. Et si cette sincérité vous déplaît, Majesté, démettez-moi de mes fonctions et remplacez-moi par quelqu'un de plus docile.

— Surtout, Néshi, ne change pas.

— La peur de nos troupes est un handicap que je ne sais comment combattre.

— Ma mère a demandé aux artisans d'Éléphantine de fabriquer des armes inédites qui devraient les rassurer.

Éblouissante dans sa longue robe verte, la reine Ahotep, coiffée d'un diadème floral, se présenta devant l'armée de libération, suivie de plusieurs artisans qui portaient de lourds paniers.

— Nous allons affronter de redoutables adversaires, reconnut-elle. Avant même d'atteindre le fort de Bouhen, il nous faudra vaincre des guerriers nubiens qui se battront avec férocité. Mais il existe un moyen magique de les affaiblir : utiliser ces objets couverts de signes efficaces.

D'un des paniers, Ahotep sortit un boomerang sur lequel avaient été gravés un œil complet, un cobra dressé, un griffon et une tête de chacal.

— L'œil nous permettra de voir le danger, précisa-t-elle, et le cobra de le dissiper. Grâce au griffon et au chacal, les forces destructrices du désert seront tenues à l'écart. Officiers et sous-officiers seront équipés de ces boomerangs afin de protéger les hommes placés sous leur commandement. Et c'est un ivoire porteur des mêmes signes qui rendra paisible notre navigation.

Jamais la reine ne leur avait menti. Aussi les soldats furent-ils persuadés que, cette fois encore, Ahotep réussirait à conjurer le mauvais sort.

C'est avec enthousiasme que les marins hissèrent les voiles et leurs vergues à l'aide d'une drisse, en tirant sur cette dernière de toutes leurs forces.

La manœuvre était délicate, même pour des professionnels. Mais aucun incident ne se produisit, et les voiles se déployèrent sous le regard attentif des capitaines.

Sur le vaisseau amiral, sept rudes gaillards hissèrent la haute vergue au moyen de deux drisses tandis qu'un huitième grimpait à la tête du mât afin de les aider. Son manège amusa un jeune singe qui se montra plus rapide que lui et se moqua de l'équipage en poussant de petits cris.

Les aboiements de Rieur le Jeune avertirent l'indiscipliné de ne pas exagérer. Assis au sommet de la grand-voile, le singe se le tint pour dit.

Le pharaon en personne mania la rame-gouvernail lorsque le bateau s'engagea dans un chenal qui lui permettait d'éviter les rochers de la première cataracte et de rejoindre le Nil.

Avec sa longue canne à l'extrémité fourchue, le prorète Lunaire mesurait la profondeur de l'eau, sans avoir droit à l'erreur. Aussi la progression du bateau s'effectuait-elle avec lenteur.

Doté d'une capacité de concentration hors du commun, Lunaire *était* sa perche. De tout son être, avec tous ses sens, il vivait chaque mouvement de l'eau et en percevait les multiples pièges.

Ahotep s'aperçut que le front de Lunaire se creusait de deux rides profondes, comme si les risques ne cessaient d'augmenter. La reine fixa l'eau du chenal qui scintillait sous le soleil et adressa une prière à Hâpy, le dynamisme du fleuve, afin qu'il ne contrarie pas le déplacement de la flotte de guerre.

À la poupe du vaisseau amiral, le Moustachu

remarqua que l'Afghan semblait de plus en plus mal à l'aise. Son visage prenait une étrange teinte verte.

— Tu n'aimes pas beaucoup la navigation, on dirait ?

— Regarde ailleurs, tu me soulageras.

— Vomis en paix, l'Afghan. Il ne nous reste que quelques semaines de voyage entrecoupées de combats meurtriers. Espérons pour toi qu'il y en aura quelques-uns sur la terre ferme.

L'estomac retourné, l'Afghan n'avait plus la force de répliquer.

— Rassure-toi, dit le Moustachu, il paraît que le fleuve est plutôt calme, en Nubie. Pour des petites natures comme la tienne, c'est préférable, non ? Ah, attention... On va franchir une sorte de rapide qui risque de nous secouer un peu ! Surtout, ne regarde pas. Je ne suis pas sûr que notre bateau tienne le coup.

Peu à peu, les rides du front de Lunaire s'effaçaient. Toujours aussi vigilant, le prorète maniait sa perche de façon plus détendue.

La reine Ahotep cessa de fixer l'eau pour s'attacher à des bosquets de palmiers, étincelants sous le soleil.

— Bonne nouvelle, l'Afghan ! s'exclama le Moustachu. On vient de pénétrer en Nubie.

26

Plus étroit qu'en Égypte, le lit du fleuve était bordé de palmiers, les pieds dans l'eau et la tête au soleil. La plupart vivaient centenaires, et les plus vigoureux donnaient jusqu'à trente régimes de dattes. Arrivant à maturation avec la crue, entre juillet et septembre, ils offraient une nourriture salutaire pendant la période chaude. Hauts d'une vingtaine de mètres, les palmiers-doum présentaient une particularité : leur tronc bifurquait, deux fois ou davantage, et chacune de leurs branches se terminait par une sorte de couronne. Outre leurs fruits brun rougeâtre à la chair douce et sucrée, ils accordaient une ombre bienfaisante. Et leur noix contenait un liquide rafraîchissant que le Moustachu appréciait.

— Tu vas mieux, l'Afghan ? On dirait que le bateau tangue un peu moins.

Toujours verdâtre, l'interpellé s'alimentait à peine.

— Un jour, je t'emmènerai dans mes montagnes, en plein hiver. On verra si tu feras le fier, les pieds dans la neige. Tel que je te connais, tu seras victime du vertige et tu ne pourras plus ni monter ni descendre. Et ne compte surtout pas sur moi pour t'aider.

— Pour le moment, on est en Nubie, et tu ferais mieux de regarder devant toi. On a de la visite.

Ils étaient très noirs, très grands, très costauds, armés de lances et d'arcs. Leur vêture se résumait à un simple pagne, leurs visages et leurs torses s'ornaient de peintures guerrières.

Ahotep fit stopper le vaisseau amiral.

— La passerelle, ordonna-t-elle.

— Mère, s'inquiéta aussitôt Kamès, ne descendez pas à terre !

— Ce sont des hommes belliqueux, mais ils ne sont pas dépourvus du sens de l'honneur. Ils n'abattront pas une femme qui vient à leur rencontre, seule et sans arme.

Le Moustachu n'en était pas si sûr. Le bras de l'Afghan se posa sur le sien.

— Ne les menace pas et laisse-la agir. Elle sait où elle va.

— Ces brutes vont la massacrer !

— On ne massacre pas une femme comme elle. Regarde-les... D'ici peu, ils se prosterneront devant la reine d'Égypte.

Surpris par la démarche d'Ahotep, un grand gaillard aux poignets ornés de bracelets d'or fendit les rangs de ses soldats afin d'affronter cet adversaire inattendu.

— Je suis Ahotep, souveraine des Deux Terres, et j'accompagne le pharaon Kamès, à la tête de son armée.

— Moi, je suis le chef de la tribu des Medjaï et

je croyais qu'il n'existait plus d'autre pharaon qu'Apophis. Que venez-vous faire sur mon territoire, reine d'Égypte ?

— Combattre les alliés des Hyksos qui occupent mon pays et reprendre la forteresse de Bouhen livrée à l'ennemi par des traîtres et des collaborateurs.

— Seriez-vous décidée à livrer bataille au prince de Kerma ?

— Puisqu'il est le fidèle ami de l'empereur des ténèbres, je lui briserai les reins.

— Le prince Nedjeh est invincible !

— Pharaon le vaincra.

Le Nubien parut troublé.

— Que désirent les Medjaï ? demanda Ahotep dont la beauté sereine fascinait son interlocuteur.

— Les Medjaï habitaient une grande partie de cette terre, entre la première et la deuxième cataracte. Le prince de Kerma a voulu faire de nous ses esclaves. Nous avons refusé. Alors, il a tué beaucoup d'entre nous et détruit nombre de nos villages, avec l'aide des Hyksos, à la cuirasse et au casque noirs. Nous nous sommes réfugiés dans le désert et n'en sommes sortis que ces derniers jours, lorsque nous avons appris qu'une flotte venue de Thèbes avait libéré Éléphantine et pénétrait en Nubie. Nous avons tué les soudards du prince de Kerma qui s'apprêtaient à vous attaquer. Quelque temps, nous avons cru que ce Nedjeh serait notre libérateur. En réalité, il n'est qu'un tyran. C'est pourquoi nous souhaitons le combattre aux côtés du pharaon d'Égypte.

Sous le regard ébahi de Kamès, du Moustachu

et des soldats égyptiens, les Medjaï se prosternèrent devant la reine Ahotep.

L'Afghan eut le triomphe modeste, car lui-même n'avait pas vraiment cru à sa prédiction.

— Cette femme est un miracle à elle seule, murmura-t-il.

L'Égyptien Soped, commandant de la forteresse de Bouhen, avait écouté le Borgne avec attention. L'ambassadeur hyksos était le contraire d'un affabulateur, et il connaissait la Nubie mieux que personne. Aussi ses mises en garde n'étaient-elles pas à prendre à la légère.

— Entendu, le Borgne, une armée de libération venue de Thèbes s'est emparée d'Éléphantine. Un coup dur pour les Hyksos, d'accord, mais un revers momentané. Comme moi, vous savez que la réaction de l'empereur sera terrifiante. Il rasera Thèbes et Éléphantine afin d'y installer des garnisons qui empêcheront, à l'avenir, toute révolte. Moi, je suis un brave serviteur du prince de Kerma. J'ai lavé mes pieds dans les eaux de mon maître[1] et j'appartiens à sa suite. C'est pourquoi je suis sain et sauf.

— Sans aucun doute, commandant, mais vous devriez quand même renforcer vos défenses.

— Bouhen est imprenable.

— Gebelein l'était aussi !

— La comparaison ne tient pas. Bouhen est une petite ville, et je dispose d'une garnison suffisam-

1. Expression égyptienne pour désigner la fidélité absolue.

ment nombreuse pour repousser n'importe quel assaut. Et puis, n'oubliez pas que les troupes du prince de Kerma et la tribu des Medjaï ont déjà dû couler la plupart des navires de ce ridicule pharaon Kamès. Croyez-moi, mon ami : aucun bateau ennemi ne parviendra jusqu'à Bouhen.

— C'est probable, admit le Borgne, mais je redoute l'efficacité de la reine Ahotep.

— Une femme ! Vous plaisantez ?

— Cette femme-là semble avoir partie liée avec les dieux.

— Les dieux n'ont pas protégé l'Égypte lors de l'invasion hyksos, ils ne la protégeront pas davantage aujourd'hui.

— Je me rends à Kerma pour avertir le prince Nedjeh et lui demander de vous envoyer des renforts.

— Il va vous rire au nez !

— Je préfère que toutes les précautions soient prises.

— Pourquoi être aussi inquiet ? Il ne s'agit que des derniers soubresauts d'une faction thébaine suffisamment folle pour croire encore à l'indépendance de l'Égypte.

— Quand cette Ahotep sera morte, je me sentirai plus tranquille.

— À l'heure où nous parlons, elle l'est sans doute déjà ! Prenez du bon temps à Kerma et saluez le prince Nedjeh de ma part. Il paraît que son palais ne cesse de s'embellir et que sa cour sera bientôt plus brillante que celle des pharaons.

C'est avec soulagement que le commandant regarda l'ambassadeur hyksos partir vers le sud. Le

Borgne commençait à se laisser envahir par des craintes de vieil homme, incapable de faire face à des situations nouvelles. L'empereur ne le laisserait plus très longtemps en fonction et le remplacerait par un dignitaire plus jeune et plus dynamique qui n'aurait pas peur de son ombre.

Soped n'avait pas du tout apprécié les recommandations du Borgne. Qui, mieux que son commandant, connaissait les capacités de résistance de la forteresse ? Le soir même, il rédigerait un rapport très critique sur le comportement du Borgne et l'enverrait en urgence au prince de Kerma pour que ce dernier exige sa démission auprès de l'empereur.

Le commandant Soped pouvait être fier de sa carrière. Simple sous-officier, il avait vite compris que les Hyksos étaient les nouveaux maîtres de l'Égypte et qu'il fallait leur faciliter la tâche au maximum. Aussi avait-il dénoncé tous ses supérieurs comme complices des Thébains.

L'empereur ne s'était pas montré ingrat : en échange de cette collaboration spontanée, il l'avait nommé commandant de la forteresse de Bouhen, avec pour mission d'en faire un bastion inexpugnable et de décapiter quiconque serait soupçonné de s'opposer, même en pensée, aux Hyksos. Soped en avait profité pour éliminer tous ceux qui lui déplaisaient, en plein accord avec son adjoint venu de Kerma pour le surveiller. Parfois, le Nubien était obligé de freiner l'ardeur du collaborateur dont la soif d'exécutions semblait inextinguible.

Aujourd'hui, le commandant Soped régnait sans partage sur cette place forte qui servait d'abri aux caravanes, de poste de contrôle pour les marchandises, d'atelier de lavage de l'or et de centre postal. Obéissant à la fois aux ordres de l'empereur et à ceux du prince de Kerma, Soped réussissait à ne mécontenter ni l'un ni l'autre. Et lorsqu'une période de calme se prolongeait d'une manière excessive, il ne manquait pas de torturer un civil, contraint d'avouer qu'il fomentait un complot.

Détournant de modestes quantités d'or lors de chaque opération de lavage, le commandant amassait peu à peu une petite fortune. Son seul souci était l'émergence d'un rival qui tenterait de l'évincer de façon déloyale ; mais sa vigilance était telle qu'il ne redoutait guère cette éventualité.

— Le dîner est servi, le prévint son échanson.

Encore une soirée tranquille en perspective.

27

Le tout-puissant prince de Kerma, Nedjeh, se faisait masser avec de l'huile de karité, l'« arbre à beurre » dont le fruit contenait une amande oléagineuse. Depuis deux ans, le bel athlète noir avait grossi de vingt kilos et il devenait presque obèse. Mais comment résister aux plats en sauce et aux desserts de ses cuisiniers ?

Quand il avait pris le pouvoir dans la fertile région du Dongola, juste au-dessus de la troisième cataracte, Nedjeh était un guerrier avide de conquêtes. Maître d'un bassin généreux où les céréales poussaient en abondance et où le bétail prospérait, Nedjeh avait cru pouvoir s'emparer d'Éléphantine, puis de Thèbes, et conquérir ainsi la Haute-Égypte. Mais la perspicacité de l'empereur Apophis en avait décidé autrement, et le Nubien jugeait préférable de ne pas se heurter aux Hyksos.

En demeurant leur allié fidèle et en envoyant des tributs à Avaris, le prince Nedjeh s'assurait la tranquillité et pouvait se comporter en despote dans la région qu'il contrôlait d'une poigne impitoyable.

Il avait embelli sa capitale de façon spectaculaire en faisant construire, en plein centre, un château-temple en briques crues haut d'une trentaine de mètres. Un escalier monumental menait à son sommet d'où l'on découvrait la cité. Au sud-ouest, une vaste hutte circulaire servait de salle d'audience ; à l'est, un cimetière dont les tombes principales étaient ornées de têtes de bœufs. Des bastions en terre, des tours de guet et de lourdes portes assuraient la sécurité de Kerma où l'on sacrifiait aussi bien des esclaves que des béliers.

Dernière coquetterie de Nedjeh : des tuiles de faïence et des frises représentant des lions. Grâce aux mines d'or, la richesse du prince ne cessait de croître, et il en profitait pour faire de Kerma une splendeur à son goût. Apophis, avec lequel il communiquait par des scarabées inscrits que transportait la poste impériale, lui avait envoyé des menuisiers au talent indéniable. Aussi son palais était-il rempli de meubles raffinés de style égyptien.

Les habitants de la nouvelle capitale ne manquaient de rien. Grâce aux bonnes relations commerciales avec les Hyksos, des cargaisons de jarres minoennes et chypriotes arrivaient régulièrement à Kerma où les chefs de tribus venaient faire allégeance à Nedjeh.

À l'évidence, le prince s'était empâté, et personne ne s'en plaignait. La bonne chère et le luxe lui faisaient oublier ses ambitions guerrières au profit du confort. Le prix à payer n'était qu'une alliance inconditionnelle avec les Hyksos, mais ces prédateurs sauraient-ils se contenter de l'extermination des Égyptiens ? L'or de Nubie était si tentant...

Nedjeh se rassurait en augmentant, chaque année, les quantités du précieux métal qu'il offrait à l'empereur. Ainsi Apophis ménageait-il la lointaine Kerma qui ne le menaçait d'aucune manière.

Quand le majordome du prince lui annonça la visite du Borgne, Nedjeh fit la moue. L'ambassadeur hyksos était un spécialiste de la ruse et de la manipulation auquel il ne serait pas facile de mentir. Et comme il venait réclamer davantage d'or, le prince de Kerma devrait le persuader que ses mineurs avaient déjà fait le maximum.

— Tu as très bonne mine, le Borgne !

— L'apparence est parfois trompeuse, prince.

— Allons, allons... Tu n'es quand même pas porteur de mauvaises nouvelles ?

— L'armée thébaine s'est emparée de Gebelein et d'Éléphantine.

— Je sais, puisque j'ai reçu tes messages. C'est ennuyeux, bien sûr, mais ces positions ne serontelles pas bientôt reprises par les soldats de l'empereur ?

— C'est certain.

— Alors, pourquoi se faire du souci ?

— Parce que Ahotep et le pharaon Kamès sont entrés en Nubie.

Nedjeh éclata de rire.

— Une femme et un adolescent ! En commettant cette folie, ils se sont condamnés à mort.

Le Borgne semblait déprimé.

— Je n'en suis pas si sûr.

— Et pourquoi en douterais-tu ? Mes troupes

stationnées près de la première cataracte et la tribu des Medjaï ne feront qu'une bouchée de tes Thébains !

— Ces derniers temps, les Medjaï me sont apparus de moins en moins sûrs. Vos hommes les ont rudoyés, et je les sais rancuniers.

— Jamais ils n'oseront me désobéir ! Sois certain que l'armée thébaine a été exterminée.

— À supposer qu'elle ne le soit pas, ne serait-il pas opportun de renforcer les défenses de Bouhen ?

— Bouhen est imprenable ! Si le brave Soped n'avait pas trahi les siens, j'aurais dû mener un siège interminable sans être certain de m'emparer de cette forteresse.

— Je crois que nous commettrions une erreur grave en considérant les Thébains comme inoffensifs. Ahotep est un véritable chef de guerre. Pour une armée jugée négligeable, prendre Gebelein puis Éléphantine ne constitue-t-il pas un véritable exploit ?

— Ne noircis pas la situation, le Borgne ! Ces aventuriers ont profité de circonstances favorables, rien de plus.

— Prince, je vous conseille d'envoyer des renforts à Bouhen.

— Franchement, ça me paraît inutile.

— En tant que représentant de l'empereur des Hyksos, je me vois donc contraint de vous l'ordonner.

Contenant sa fureur, Nedjeh s'inclina.

— À ta guise... Mais je te trouve bien alarmiste.

— Si les Medjaï se sont retournés contre vos

troupes, Ahotep et Kamès ont eu le champ libre. Leur objectif majeur ne saurait être que Bouhen. En reprenant cette place forte, ils vous cloueront à Kerma.

— Voilà beaucoup d'hypothèses non vérifiées !

— Mon instinct m'a rarement trompé. Je sais que cette Ahotep est dangereuse et que vous devez intervenir.

— N'en parlons plus, les ordres de l'empereur seront exécutés, comme d'habitude. Apophis a-t-il eu une seule occasion de se plaindre de moi ?

— Aucune, reconnut le Borgne, satisfait de l'issue de sa démarche. C'est vous, le prince de Kerma, qui aurez le privilège d'écraser la révolte thébaine. Bien entendu, vous en tirerez d'importants bénéfices. Dans le rapport qu'exigera Apophis, je ferai de vous un vibrant éloge.

— Tu seras toujours le bienvenu dans ma ville, le Borgne. Crois-tu que l'empereur sera satisfait si son ambassadeur lui apporte la tête d'Ahotep et celle de Kamès au bout d'une pique ?

— Il appréciera certainement ce genre d'hommage.

— Marché conclu, mon ami ! Si nous allions nous amuser un peu ?

La distraction préférée de Nedjeh, après les banquets plantureux, c'étaient les femmes. Et sur ce terrain, l'ambassadeur hyksos se sentait capable de rivaliser, d'autant plus que Kerma abritait de splendides créatures au tempérament des plus ardent.

L'une des vastes chambres du palais était réservée aux nouvelles conquêtes du prince qui, malgré son embonpoint, demeurait un amant vigoureux.

Elles étaient quatre, jeunes, jolies et souriantes.

— Je te laisse choisir, le Borgne.

— Prince, vous êtes trop généreux !

— Je t'en prie, c'est un cadeau pour célébrer notre parfaite entente.

Ce que le Hyksos préférait en Nubie, c'étaient les Nubiennes. À la fois conquérantes et dociles, panthères inquiétantes et chattes langoureuses, elles le fascinaient. S'il s'était attaché à cette terre rude, brûlée de soleil, il le leur devait.

Et le Borgne savoura pleinement le cadeau somptueux du prince de Kerma.

La nuit tombait quand Nedjeh secoua l'ambassadeur hyksos.

— Tu t'es endormi, mon ami ! Avant le dîner, j'aimerais te montrer ma dernière folie.

Le Borgne s'étira. Deux Nubiennes lui avaient ôté toute sa sève, et il aurait volontiers sombré dans un sommeil réparateur. Mais il lui était impossible de déplaire au prince.

Accompagné de deux gardes du corps, Nedjeh conduisit l'ambassadeur jusqu'au cimetière de l'Est où étaient creusées de vastes sépultures réservées aux dignitaires.

— Je vais t'accorder un nouveau privilège, le Borgne : visiter mon tombeau qui sera digne de celui d'un grand pharaon. Vous, les Hyksos, vous n'attribuez guère d'importance à votre dernière demeure ; ici, c'est différent. J'ai eu un palais de mon vivant, j'en veux un autre pour ma mort.

Les deux hommes empruntèrent un long couloir en pente qui aboutissait à une antichambre précédant un caveau rempli de statues, de vases et de meubles pillés à Éléphantine. Mais le plus impressionnant était le tapis de crânes humains qui recouvrait le sol de terre battue.

— Je n'aime pas qu'on me contrarie, avoua Nedjeh. La colère me prend et m'oblige à supprimer quiconque ose contester mon pouvoir. Et tu m'as beaucoup contrarié, le Borgne.

Le Hyksos recula, écrasant des ossements.

Aucune issue possible.

— Écoutez, prince...

— Qui me contrarie ne mérite pas mon pardon. Mais je te concède pourtant une nouvelle faveur : ton crâne demeurera dans cette tombe avec ceux des esclaves que j'ai tués de mes mains.

Le Borgne tenta de forcer le passage, mais il n'était pas de taille à lutter contre le Nubien qui le plaqua au sol puis, d'un violent coup de talon, lui brisa la nuque.

Officiellement, l'ambassadeur aurait connu une mort paisible dans la bonne cité de Kerma. Et l'empereur ne retrouverait pas aisément un Hyksos qui connaîtrait aussi bien la région que cet insupportable donneur de leçons. Comment ce Borgne vaniteux avait-il pu croire que Nedjeh se laisserait dicter sa conduite ?

28

De violents coups frappés à sa porte réveillèrent le commandant Soped au milieu de la nuit.

Irrité, il se leva et ouvrit au chef de la garde de nuit.

— Que se passe-t-il ?

— Une patrouille vient de découvrir un maléfice non loin de l'entrée principale.

— Un maléfice ?

— Un boomerang en ivoire avec des signes magiques. Deux soldats ont tenté de le ramasser, mais il leur a brûlé les mains. Les hommes sont très inquiets, commandant. Ils attendent votre intervention.

Soped se vêtit à la hâte. Au cœur de la Nubie, il ne fallait pas traiter ce genre d'événement par le mépris, car les sorciers noirs détenaient de véritables pouvoirs. Pour des raisons à élucider, l'un d'eux avait décidé de nuire à la forteresse.

L'urgence consistait à détruire le support du maléfice.

Énervé, Soped traversa la cour à grandes enjambées et sortit de la forteresse par la grande porte.

Des dizaines de soldats nubiens et hyksos étaient rassemblés autour de l'objet du délit.

— Écartez-vous ! ordonna le commandant.

La lumière de la lune éclairait un boomerang en ivoire sur lequel avaient été tracés des signes qui effrayaient les soldats de Bouhen, en particulier l'uræus dressé et le griffon au bec agressif.

— Ce n'est rien, déclara Soped qui tremblait comme une palme battue par le vent.

— Si ce n'est vraiment rien, objecta un Nubien, prenez cet objet et brisez-le.

— Il paraît qu'il brûle ! Ce n'est pas en me blessant que je dissiperai cette magie.

Chacun comprit que le commandant était apeuré. Les sentinelles avaient quitté leur poste et rejoint leurs camarades dont le regard ne pouvait se détacher du mystérieux boomerang.

— Les yeux du cobra... Ils rougissent ! s'exclama l'un d'eux.

— Ceux de la tête d'Anubis aussi ! renchérit son voisin.

— Qu'on m'apporte un maillet, ordonna le commandant. Je dois briser cet ivoire.

Celui qui alla chercher l'outil ne revint pas. Il fut étranglé par l'un des Medjaï qui venaient de pénétrer dans la forteresse par la grande porte laissée entrouverte et sans surveillance. Les guerriers noirs auraient pris le risque d'escalader les murs, mais la magie d'Ahotep leur évitait cette ascension périlleuse. Rapides et agiles, ils massacrèrent les gardes de la cour puis montèrent au sommet des tours de guet où ils se débarrassèrent des archers.

— Il vient, ce maillet ? s'impatienta le commandant qui se tenait à distance respectueuse de l'ivoire magique toujours animé par les rayons du dieu Lune.

Le bruit de la grande porte qui se refermait le fit sursauter.

Les soldats se retournèrent, ébahis.

— L'imbécile qui vient de faire ça ira au cachot ! promit Soped.

Du haut des tours jaillirent des volées de flèches dont la plupart touchèrent leur but. Le commandant vit s'effondrer autour de lui de nombreux soldats de la garnison de Bouhen.

— Les Medjaï ! hurla un Hyksos. Ce sont les Medjaï, ils nous tueront jusqu'au dernier !

— Au fleuve, décida Soped. On s'enfuira avec les barques de secours.

Les survivants coururent jusqu'à la rive où ils furent stoppés net dans leur élan par un détachement de l'armée de libération que commandait Kamès en personne.

Abandonnant ses hommes, Soped n'hésita pas à tuer l'un de ses officiers pour faire croire qu'il combattait avec les Égyptiens. Puis il se faufila jusqu'au Nil. En nageant dans le sens du courant, il atteindrait une barque et s'éloignerait au plus vite de Bouhen.

La manœuvre aurait réussi si le Moustachu ne l'avait pas prévue. Il se jeta à l'eau en même temps que son compatriote et le bloqua de son avant-bras droit.

— Tu es bien pressé, l'ami !

— Je suis le commandant de la forteresse et j'ai

de l'or bien caché... Laisse-moi la vie sauve, et tu seras riche !

— Où est-il caché, cet or ?

— Dans la barque... là-bas !

Suffocant, Soped parvint à tendre la main dans la bonne direction.

— On y va, mais pas d'embrouille ! Sinon, je t'étripe.

Le Moustachu ignorait que le commandant avait toujours un poignard dissimulé dans un repli de son pagne. Cette précaution lui avait déjà permis de se sortir de situations compromises.

Jouant les soumis, Soped nagea lentement jusqu'à la barque, dissimulée dans des roseaux.

— Plusieurs sachets d'or sont fixés à la coque, révéla-t-il. Il suffit de plonger et de les détacher.

— Eh bien, vas-y !

Le commandant s'enfonça dans l'eau mais il resurgit presque aussitôt derrière le Moustachu et tenta de le poignarder dans le dos. Habitué au combat de près et à ce genre de ruse, le résistant saisit le poignet de son agresseur et retourna son arme contre lui.

— Traître et lâche ! Ça me fait vraiment plaisir de te tuer.

Au fur et à mesure que la lame remontait du ventre vers le cœur en tranchant les chairs, les yeux du commandant devenaient vitreux.

Il était déjà mort quand le Moustachu hurla de douleur.

La mâchoire d'un crocodile s'était refermée sur sa cuisse gauche. Alors que le grand reptile l'entraînait vers le fond, l'Afghan lui sauta sur le dos et lui enfonça son poignard dans l'œil. Fou de souffrance, le monstre lâcha sa proie et s'éloigna.

Avec l'aide de deux soldats égyptiens, l'Afghan ramena le blessé vers la berge.

— Heureusement pour toi, c'était un jeune crocodile. Mais la plaie n'est quand même pas jolie, jolie.

Le premier jour, le médecin militaire appliqua de la viande sur la blessure. Le deuxième, un cataplasme de graisse de taureau et de pain d'orge moisi, dont les propriétés antibiotiques étaient bien connues. Grâce à une drogue composée d'extraits de mandragore, de jujubier et d'opium, le Moustachu ne souffrait pas. Miel et myrrhe, utilisés comme antiseptiques, finiraient de le guérir.

— Sois sincère, l'Afghan : pourrai-je remarcher ?

— Sans problème, et tu ne garderas qu'une médiocre cicatrice qui ne te permettra même pas de frimer auprès des filles. Se faire pincer par un crocodile... Ce n'est pas brillant.

— Sans moi, cette pourriture de commandant se serait échappée !

— Le pharaon Kamès a décidé de te décorer pour ça. Et il me décore, moi aussi, pour t'avoir sauvé. En plus, on monte en grade. Nous voici à la tête de deux régiments d'assaut. À cause de tes exploits, on est voués à la première ligne.

— C'est la seule qui t'intéresse, non ?

— Arrête de penser pour moi, ça me fatigue.

— Dire que ce collabo de commandant croyait

pouvoir m'attirer dans un piège avec son histoire d'or caché sous la barque !

— Mais ce n'était pas une histoire, précisa l'Afghan. Il y en avait même une belle quantité dont une part te reviendra, quand la guerre sera finie.

— Si elle finit un jour...

Une jeune Nubienne au corps délié pénétra dans la chambre de la forteresse de Bouhen où le Moustachu était soigné.

— C'est ton infirmière, révéla l'Afghan. Elle appartient à la tribu des Medjaï et connaît des herbes miraculeuses qui hâteront ta guérison. Bon, je vous abandonne. La vision des éclopés me déprime.

Se croyant victime d'une mauvaise fièvre, le Moustachu vit la jeune Nubienne ôter son minuscule pagne avant de lui préparer une potion.

— Il fait chaud, ici, murmura-t-elle d'une voix fruitée, et j'adore vivre nue. Surtout, brave officier, laisse-moi faire : tu ne seras pas déçu.

Du haut de la principale tour de guet, la reine Ahotep et le pharaon Kamès contemplaient la Nubie. Grâce à la reconquête de Bouhen, la route fluviale était barrée au prince de Kerma. De plus, les produits transportés par les caravanes qui faisaient halte à proximité de la forteresse revenaient dans le giron des Thébains, sans oublier une partie de la production de l'or, lavé sur place.

— En convainquant les Medjaï de devenir nos alliés et en utilisant cet ivoire magique, dit Kamès à sa mère, vous nous avez permis de remporter une grande victoire, et sans la moindre perte parmi nos hommes !

— Il n'en sera pas toujours ainsi, mon fils. Il te faut nommer un nouveau commandant de la forteresse, des administrateurs qui géreront les richesses de la région, puis désigner un gouverneur de Nubie.

— Cela signifie-t-il que nous rebroussons chemin et que nous rejoignons le front du Nord ?

— Pas encore, Kamès. Même lorsqu'il apprendra que nous avons reconquis Bouhen, le prince de Kerma se croira en parfaite sécurité parce qu'il nous estime incapables de franchir la deuxième cataracte. Il se trompe.

29

Même les Medjaï ne s'aventuraient pas dans la région de Miou, entre la deuxième et la troisième cataracte. Fiers d'appartenir désormais à l'armée de libération, ils étaient placés sous l'autorité directe du nouveau gouverneur de Nubie et assumeraient toutes les tâches de police sur le territoire reconquis.

De l'avis général, mieux aurait valu se contenter de l'acquis et ne pas provoquer la colère du prince de Kerma, jusqu'alors silencieux. En violant son sanctuaire, les Thébains provoqueraient fatalement une réaction terrifiante.

Pourtant, lors d'un nouveau conseil de guerre, le chancelier Néshi s'opposa fermement aux officiers supérieurs qui prônaient un repli stratégique.

— Quand cesserez-vous de vous comporter comme des peureux et combien de victoires vous faudra-t-il pour croire enfin aux qualités de nos troupes ? La magie de nos ennemis n'a-t-elle pas été inopérante face à celle de la reine Ahotep ? Faire de Bouhen notre nouvelle frontière du sud serait une erreur grave. Tôt ou tard, le prince de

Kerma l'attaquerait. Donc, comme le préconisent le pharaon et la reine, créons un glacis dans le domaine privilégié de l'adversaire et isolons-le.

— Et si presque toutes nos forces sont éliminées ? s'inquiéta le plus âgé des généraux.

— Nous sommes en guerre, rappela le roi Kamès, et notre progression ne pourra toujours s'effectuer sans pertes. Le plan de la reine Ahotep est le seul valable. Demain, nous franchirons la deuxième cataracte.

Arborant fièrement leur décoration, un petit griffon d'or accroché à leur tunique de lin, les deux nouveaux commandants des régiments d'assaut s'apostrophaient au pied du vaisseau amiral.

— Les blessés, insistait l'Afghan, on les laisse à l'infirmerie.

— Je suis guéri, répliqua le Moustachu. Par mesure de précaution, j'emmène mon infirmière avec moi. Dès que ma cicatrice me fera souffrir, elle saura m'apaiser.

C'était la première fois que le Moustachu passait autant de temps auprès d'une femme. Au début, il avait craint de sombrer dans une atmosphère lénifiante, trop éloignée des exigences du combat ; mais il avait mésestimé les capacités de lutteuse de sa jeune maîtresse qui pratiquait les jeux de l'amour comme une véritable joute. Avec elle, pas question de se disperser dans d'interminables préliminaires ou d'inutiles bavardages. Aussi le blessé n'avait-il eu droit qu'à un repos limité, d'autant plus que les plantes prescrites par cette sorcière augmentaient sa vitalité.

Par moments, le Moustachu frissonnait. Si le crocodile avait été un peu plus gros et l'intervention de l'Afghan un peu plus tardive, il n'aurait aujourd'hui qu'une seule jambe. Incapable de combattre, il se serait suicidé.

— Évite les idées sombres, lui recommanda l'Afghan.

— Quand cesseras-tu de lire dans ma pensée ? Vous, les gens de la montagne, vous êtes vraiment insupportables ! À propos, à quoi occupais-tu tes journées, pendant ma convalescence ?

— Tu crois être le seul à pouvoir séduire les jeunes Nubiennes ?

Sur la proue des bateaux avaient été peints de grands yeux qui permettaient aux navires de guerre égyptiens de voir à la fois le visible et l'invisible. Le prorète Lunaire appréciait cette aide magique, lui qui devait rester vigilant des heures durant afin de bien régler la progression de la flotte.

Souvent à ses côtés, Ahotep avait fait fixer aux bastingages les boomerangs en ivoire dont les signes de puissance écartaient les mauvais génies.

La présence de la reine intimidait et rassurait en même temps le prorète. Sans elle, l'armée de libération se serait dispersée depuis longtemps, tant la peur tenaillait les ventres. Le simple fait de voir la Reine Liberté, de la sentir si proche alors qu'elle demeurait inaccessible, donnait du courage aux plus timorés.

Par surcroît, le jeune pharaon Kamès prenait davantage d'assurance, jour après jour. Comme son père, il avait le sens inné du commandement et, lors des assauts, il se tenait toujours à la tête de ses hommes, refusant de céder aux consignes de prudence de sa mère.

Répondant aux exigences du pharaon, Néshi veillait à l'application de strictes mesures d'hygiène à bord des bateaux. Outre plusieurs lavages quotidiens des ponts, les cabines étaient nettoyées avec soin. Et chacun s'enduisait d'onguent afin d'écarter les insectes. Pour lutter contre les irritations oculaires, on utilisait la mousse d'une bière de qualité, également efficace contre les maux de ventre. Chaque soldat disposait de deux nattes entourées d'un cordon de cuir rouge qu'il assemblait pour former un sac de couchage au confort appréciable. À chaque menu figuraient des oignons à mâcher dont l'odeur éloignait les serpents et les scorpions.

— Majesté, un village ! s'exclama Lunaire. Dois-je faire ralentir l'allure ?

— Pas encore, répondit Ahotep.

La reine voulait observer la première réaction des habitants de la région de Miou placée sous le joug du prince de Kerma.

D'abord stupéfaits, les villageois se précipitèrent sur leurs arcs et leurs frondes. Les premières flèches ne frappèrent que l'eau, mais les pierres ratèrent de peu la proue.

— Mettez-vous à l'abri, Majesté ! supplia Lunaire.

— Stoppons, ordonna Ahotep.

Déjà, plusieurs soldats sautaient sur la berge, au risque de se briser les os. Mais les mois d'entraînement se révélèrent efficaces, et les jeunes Égyptiens surent se mettre en position pour abattre leurs adversaires.

Une passerelle permit à Kamès de les rejoindre et de les entraîner vers le village dont la résistance fut vite brisée.

Un seul Nubien avait réussi à s'enfuir en plongeant dans le Nil, juste devant le vaisseau amiral. Fou de rage, il escalada la proue avec l'intention de tuer la magicienne qui ouvrait la route à l'armée égyptienne.

L'homme surgit sur le pont et se rua sur Ahotep.

Frôlant la reine, Lunaire fracassa le crâne de l'agresseur avec sa longue perche.

Ahotep était restée immobile, confiante dans l'habileté du prorète dont la main n'avait pas tremblé.

Lunaire s'agenouilla.

— Pardonnez-moi, Majesté ! J'aurais pu vous blesser.

— Je te nomme chef de notre marine de guerre. Désormais, amiral Lunaire, tu prendras toutes les décisions concernant notre navigation, et les capitaines des autres bateaux te devront obéissance.

Sur la terre ferme, le bref combat se terminait. Pas un seul guerrier nubien n'avait accepté de se rendre, deux Égyptiens étaient morts. Sur l'ordre de Kamès, les vainqueurs laissèrent partir les femmes et les enfants.

La conquête de la province de Miou venait de débuter.

Après avoir lui-même égorgé un bélier et un esclave dont les ossements rejoindraient ceux de l'ambassadeur hyksos, le prince de Kerma s'apprêtait à festoyer. Pas moins d'une dizaine de plats, dont une énorme perche du Nil et plusieurs volailles. Pendant qu'il mangeait, des servantes l'éventaient. Dès qu'il avait terminé un mets, l'une lui lavait les mains tandis que l'autre le parfumait. Nedjeh détestait avoir les doigts gras et il aimait sentir bon.

Provenant de la grande oasis de Khargeh, dans le désert de l'Ouest, le vin blanc était excellent. Nedjeh n'en buvait pas moins de deux litres par repas.

— Encore, demanda-t-il à son échanson. Tu ne vois pas que ma coupe est vide ?

Comme la vie à Kerma était agréable ! Grâce aux richesses agricoles de la région, on y vivait aussi bien que dans les plus belles provinces d'Égypte.

Le secrétaire particulier du prince se présenta sur le seuil de la salle à manger.

— Seigneur, puis-je interrompre votre repas ?

— Qu'y aurait-il de si grave ?

— Les Thébains ont franchi la deuxième cataracte et envahissent le pays de Miou.

Nedjeh en eut l'appétit coupé.

— Cette information est-elle digne de foi ?

— Malheureusement oui, seigneur. Et ce n'est pas tout.

— Quoi encore ?

— Les Thébains n'ont détruit qu'un seul village, mais...

— Excellente nouvelle ! Les autres ont donc résisté avec succès.

— Non, seigneur. La reine Ahotep a parlé à

chaque chef de village et elle les a tous convaincus de changer de camp. Ils seront désormais placés sous la protection des troupes égyptiennes stationnées à Bouhen et des policiers medjaï. Ces tribus que nous pensions définitivement soumises forment à présent la première ligne de défense contre nous. Et puis...

— Et puis quoi ?

Le secrétaire particulier baissa la tête.

— Et puis il n'y a aucune raison pour que l'armée ennemie s'arrête en si bon chemin.

— Tu veux dire que cette Ahotep et son maudit pharaon oseraient s'attaquer à Kerma ! Une telle erreur leur serait fatale.

Fulminant comme un taureau de combat, Nedjeh abandonna plusieurs plats très tentants pour se rendre dans la vaste hutte circulaire où furent convoqués les dignitaires de la cité, toutes affaires cessantes.

Nedjeh ne leur cacha pas la gravité de la situation. Cette fois, il n'était plus possible de considérer l'armée de libération comme quantité négligeable.

— Ahotep va s'installer dans le pays de Miou, avança le prince de Kerma, et elle consolidera ses positions avec l'espoir que nous sortirons de notre territoire pour l'assaillir. Mais nous ne tomberons pas dans ce piège. Au contraire, c'est nous qui allons lui en tendre un. La meilleure stratégie consiste à renforcer les défenses de notre ville et à masser nos troupes au nord de la troisième cataracte. Les Égyptiens finiront par s'impatienter et ils progresseront vers nous. Grâce à notre connaissance du terrain, nous les exterminerons sans difficulté.

Faire appel aux Hyksos était exclu. S'ils intervenaient, ils en profiteraient pour s'emparer de Kerma. Aussi Nedjeh devait-il se débrouiller seul. Il commençait à comprendre ce qui poussait la reine Ahotep à prendre autant de risques : le goût de la conquête.

En constatant que le prince de Kerma ne réagissait pas, elle le croirait aux abois et foncerait sur sa capitale comme un fauve affamé.

Un fauve qui tomberait dans un traquenard mortel.

30

Le bruit des tambours résonnait dans le pays de Miou, mais ce n'était pas celui de la guerre. Venant de tous les villages de la région, les Nubiens avaient déposé les armes devant le pharaon Kamès et la reine Ahotep.

La réputation de la grande magicienne que rien ne pouvait atteindre s'était vite répandue, et les chefs de clan préféraient la soumission à l'anéantissement, d'autant plus que le pharaon leur avait promis son pardon, à condition qu'ils devinssent de fidèles alliés de l'Égypte. Et qui n'avait pas eu à souffrir de la cruauté du prince de Kerma, prédateur sans scrupule ?

De longues journées de palabres s'étaient révélées nécessaires pour établir une hiérarchie claire et acceptée par tous. À plusieurs reprises, le sens de la diplomatie d'Ahotep avait évité la rupture entre factions rivales, finalement heureuses de se ranger sous la bannière d'un jeune roi qui assurerait leur sécurité.

— La reine est vraiment une femme extraordinaire, dit l'Afghan au Moustachu en contemplant les incroyables scènes de fraternisation entre soldats égyptiens et guerriers nubiens.

Au lieu de s'entre-tuer, ils faisaient la fête en buvant de la bière et de l'alcool de dattes.

— Le seul problème, rappela le Moustachu en enlaçant son infirmière qui prenait si bien soin de lui, c'est que conquérir la Nubie n'est pas notre but. Là-bas, au Nord, on nous attend.

— Tu n'es jamais content de rien ! Prends donc du bon temps, car nul ne sait de quoi demain sera fait. Ou plutôt si : il nous faudra affronter le prince de Kerma.

— Ne parlons pas de ça ce soir, tu as raison. Buvons !

— Où en sommes-nous ? demanda le prince de Kerma au responsable du terrassement.

— Vous devriez être satisfait, seigneur. Nous avons creusé de nombreuses fosses, parfaitement dissimulées. Au fond, nous avons disposé des pieux bien taillés. Des centaines de fantassins égyptiens s'y embrocheront.

Il restait encore beaucoup à faire, mais le travail avançait bien. L'armée égyptienne ne rencontrerait qu'une faible résistance aux abords de Kerma et, aveuglée par ses succès, croirait la grande cité nubienne vaincue d'avance. Nedjeh sacrifierait quelques hommes qui se battraient jusqu'à la mort pour défendre la piste principale.

À la tête de ses troupes, le pharaon Kamès s'élancerait vers un nouveau triomphe.

Et tous les pièges tendus par le prince de Kerma fonctionneraient en même temps.

L'avant-garde égyptienne tomberait dans les fosses, l'arrière-garde serait anéantie par les archers nubiens, embusqués dans les arbres et les cultures. Quant au gros de la troupe, il serait pris en tenaille par l'infanterie de Nedjeh. Affolés par cette attaque brutale, les soldats du pharaon chercheraient leur salut dans la fuite et seraient abattus jusqu'au dernier.

Les crânes de Kamès et d'Ahotep finiraient dans la tombe du prince que l'empereur Apophis ne manquerait pas de féliciter.

Tout à la joie des belles heures qu'il allait connaître, l'obèse se déplaçait avec plus de facilité que d'ordinaire. Ahotep avait eu tort de croire que sa magie serait supérieure à la sienne. S'il avait la chance de la prendre vivante, il lui ferait subir les pires tortures avant de lui accorder la grâce de mourir.

La fête continuait à battre son plein. Coiffés de perruques rouges contrastant avec leur peau noire, les oreilles ornées d'anneaux d'or, vêtus de pagnes décorés de motifs floraux, les Nubiens étaient tous plus beaux les uns que les autres. Avec leurs colliers de perles multicolores et leurs bracelets aux poignets et aux chevilles, les Nubiennes se comportaient comme de redoutables séductrices auxquelles il était impossible de résister.

Seuls l'amiral Lunaire et le chancelier Néshi ne cédaient pas à l'ivresse ambiante. Le premier inspectait bateau après bateau, le second se préoccupait en permanence de l'intendance. Tous deux perfectionnistes, ils ne songeaient qu'au prochain combat qui s'annonçait terrifiant.

Tel n'était pas le cas du Moustachu qui, ébloui par la contrée de Miou, en oubliait presque son Delta natal.

— Tu devrais t'installer ici et y fonder une famille, suggéra l'Afghan.

— Moi, faire des enfants ! Tu n'es pas sérieux ? Moi, me prélasser ici alors que les Hyksos occupent mon pays ! Par moments, tu racontes vraiment n'importe quoi.

— Termine bien la soirée et tâche d'avoir l'esprit clair demain matin. Les officiers supérieurs sont convoqués sur le vaisseau amiral.

Le pharaon Kamès et la reine Ahotep écoutèrent attentivement les rapports détaillés de l'amiral Lunaire et du chancelier Néshi. La nomination du premier avait été appréciée de l'ensemble des troupes qui se félicitait de la compétence du second. Ni l'un ni l'autre n'avait le moindre incident à signaler. La flotte de guerre était prête à repartir pour attaquer Kerma et briser les reins de son prince, allié des Hyksos.

Cette fois, la plupart des soldats ne redoutaient plus l'affrontement. Gebelein, Éléphantine, Bouhen, le pays de Miou... Les victoires commençaient à s'accumuler et à former un solide esprit de corps qu'entretenait la magie de la reine Ahotep.

Kamès lui-même rêvait d'en découdre avec le prince de Kerma et de le terrasser dans son propre palais. Il ne restait plus qu'à obtenir l'assentiment de la souveraine qui avait consulté le dieu Lune une bonne partie de la nuit.

Tous les regards se tournèrent vers l'Épouse de Dieu.

— Nous rebroussons chemin, déclara-t-elle.

— Mère... Pourquoi ne pas porter le dernier coup ? s'étonna le roi.

— Parce que le prince de Kerma nous tend un piège dont nous ne sortirons pas indemnes. Nous aurions tort de penser qu'il reste inactif et qu'il s'est résigné à courber le dos. Au contraire, il ne songe qu'à nous détruire en utilisant la ruse. Notre objectif est atteint : Nedjeh est isolé dans sa ville de Kerma. S'il tente d'en sortir, il se heurtera à nos forces du pays de Miou, aux Medjaï et à Bouhen. Surtout, faisons-lui croire que nous avons bien l'intention de prendre possession de son royaume.

Kamès n'avait aucun argument à opposer. Et s'élancer enfin vers le Nord lui enflammait le cœur.

— Il nous reste cependant une dernière étape nubienne que nous ne pouvons omettre, ajouta Ahotep.

La flotte s'immobilisa près d'Aniba, au nord de Bouhen. Aussitôt fut organisée une caravane qui partit dans le désert de l'Ouest, en direction d'une carrière inaugurée par le pharaon Khephren, bâtisseur de l'une des pyramides du plateau de Guizeh.

La reine avait demandé à son fils de rester sur le vaisseau amiral, et elle n'était accompagnée que d'une cinquantaine d'hommes que guidait Vent du Nord.

Ici et là, des pierres grises et vertes. Puis des stèles et des statues inachevées. Avertis de l'invasion hyksos, les sculpteurs avaient abandonné la carrière qui s'était assoupie sous le soleil ardent du grand Sud.

Constatant que le but de la randonnée était atteint, Vent du Nord s'immobilisa. Ahotep lui donna à boire, de même qu'à Rieur le Jeune. Désaltéré, le molosse parcourut les lieux en tous sens, puis revint vers sa maîtresse.

Comme le dieu Lune le lui avait appris, Ahotep devait venir ici, mais elle ignorait encore pourquoi. Elle admira les chefs-d'œuvre interrompus et se promit de rouvrir cette carrière dès que l'Égypte serait libérée. Un jour, il faudrait couvrir la Nubie de temples splendides afin que les divinités habitent cette terre ardente et fière.

Seule avec son chien au cœur de cet univers minéral surchauffé, la reine contemplait les lits de pierre découpés avec soin. Ils lui évoquèrent les nécessaires étapes qui la séparaient du triomphe final, si lointain, si inaccessible. Ne lui faudrait-il pas la patience et la solidité de la pierre pour user la force terrifiante de l'empereur ?

Rieur le Jeune grogna.

Sortant d'une anfractuosité, un cobra royal se dirigeait vers Ahotep.

Malgré son courage, le molosse se tint à distance. Conscient du danger, il cherchait un angle d'attaque.

— Reste à l'écart, Rieur. C'est le maître de la carrière que je suis venue rencontrer. Je n'ai donc rien à craindre.

À moitié convaincu, le chien demeurait méfiant.

Le cobra ne prit pas une posture agressive. Au contraire, il s'aplatit sur le sol de tout son long.

D'une main ferme, Ahotep le saisit derrière le cou.

— Regarde, Rieur ! La puissance qui traverse la terre accepte de devenir mon arme.

Le serpent s'était transformé en baguette de cornaline, rigide et légère.

Le molosse la flaira longuement. Satisfait de son examen, il précéda la reine jusqu'au campement.

31

Après avoir passé une mauvaise nuit à cause de ses démangeaisons et d'une crise d'hystérie de son épouse qu'il avait calmée en la giflant, le Grand Trésorier Khamoudi s'était levé beaucoup plus tôt que d'habitude.

C'était l'heure où son esclave égyptienne nettoyait la salle de séjour sans faire le moindre bruit pour ne pas déranger le couple.

Ce que vit Khamoudi lui coupa le souffle.

Ne se sachant pas observée, l'esclave venait de glisser dans un sac le dernier miroir offert au Grand Trésorier par la femme de l'empereur.

Oser le voler ainsi, chez lui !

— Qu'est-ce que tu fais là, petite peste ?

La jeune femme eut si peur qu'elle lâcha le sac. En heurtant le pavage, le précieux miroir se brisa.

— Pardon, maître, pardon ! Je voulais le vendre afin de pouvoir soigner mes parents. Comprenez-moi, je vous en supplie !

S'emparant d'un siège bas, Khamoudi frappa la malheureuse à toute volée. Atteinte à la tempe, elle s'effondra. Fou de rage, le Grand Trésorier la piétina en poussant des cris qui réveillèrent la maisonnée.

Les autres domestiques assistèrent, impuissants, au massacre d'une jeune femme issue d'une excellente famille de Saïs. Elle n'avait échappé à la déportation que pour mourir sous les coups d'un bourreau en proie à une véritable transe.

— Arrête, Khamoudi, arrête ! hurla Yima, tentant de le tirer en arrière. Elle est morte !

Dégrisé, le meurtrier cessa enfin de gesticuler.

— Qu'on m'apporte des marques en bronze rougies au feu et que tout mon personnel soit rassemblé ici.

Affolés, les esclaves furent tassés dans un angle de la pièce par des gardes hyksos.

— La voleuse qui a tenté de me dérober un miroir a été justement châtiée, déclara Khamoudi avec emphase. Pour que personne ne songe plus jamais à recommencer, je vais marquer tout ce qui m'appartient, esclaves comme objets. Toi, viens ici.

L'aide-cuisinier que le Grand Trésorier avait interpellé tenta de s'enfuir, mais deux gardes le plaquèrent au sol. Et Khamoudi imprima sa marque sur le dos de l'adolescent qui poussa un déchirant cri de douleur.

Pourtant gros mangeur, Khamoudi n'avait fait que grignoter.

— Tu es malade, mon chéri ? demanda Yima.

— Non, bien sûr que non !

— Mais... tu es tout jaune !

— Ne raconte pas n'importe quoi.

— Regarde-toi dans un miroir, je t'en prie !

Khamoudi dut se rendre à l'évidence : c'était bien la jaunisse.

L'empereur Apophis examinait avec intérêt une jolie découverte faite dans la bibliothèque du temple de Saïs : des papyrus consacrés à la géométrie, aux mathématiques et à la médecine. Rien ne le passionnait davantage que le monde des chiffres et des calculs qui excluait toute dimension humaine. Mille déportés, cent exécutions... C'était si simple et si distrayant d'écrire ces quantités sur un papyrus qui prenait force de loi sans avoir à entendre ni cri ni protestation. Réduire les êtres à des numéros et les manipuler dans la quiétude de son palais, n'était-ce pas le sommet de la puissance ?

La vie en coupe réglée selon un processus géométrique, l'État dirigé par les mathématiques, l'économie soumise à des équations : tel était le but qu'avait atteint l'empereur. Terre des dieux par excellence, l'Égypte était son laboratoire privilégié.

L'abcès de fixation de Cusae l'amusait. Peu à peu, l'armée de libération pourrissait sur pied, se demandant à quel moment les troupes hyksos lanceraient enfin une vaste offensive. Sans l'appui de la reine Ahotep et du pharaon Kamès, les insurgés finiraient par se retourner contre leurs chefs.

Le seul vrai souci d'Apophis, c'était la révolte des Anatoliens, de rudes guerriers que Jannas traquait dans leurs montagnes où ils disposaient de nombreux refuges. Comme toujours, l'amiral hyksos procédait avec méthode et patience : il quadrillait le terrain et progressait mètre par mètre, en évitant de tomber dans les embuscades que tendait l'adversaire. Étant donné la difficulté des opérations, Apophis lui avait envoyé des renforts, prélevés sur les régiments casernés en Palestine. De même que les pirates des Cyclades, les Anatoliens seraient exterminés jusqu'au dernier.

Alors qu'il s'apprêtait à diriger son conseil, l'empereur fut informé que le Grand Trésorier souffrait d'une sévère jaunisse. Il vomissait et ne parvenait plus à s'alimenter.

Était-ce l'occasion de se débarrasser de Khamoudi et de le remplacer ? Une médication bien adaptée l'enverrait discrètement au tombeau avant que sa charmante épouse ne fût confiée aux bons soins de la dame Abéria.

Mais qui trouver de plus servile et de plus compétent ? Nul ne connaissait davantage de secrets que le Grand Trésorier, qui gérait au mieux les intérêts de l'empire, donc de l'empereur. Dépravé et corrompu, il n'avait aucune envie de prendre la place d'Apophis qui l'autorisait à assouvir ses vices sans même l'en blâmer.

Non, l'empereur ne trouverait pas de meilleur bras droit. Aussi consulta-t-il un vieux traité de médecine égyptienne.

De l'eau tiède et de l'huile bien grasse injectées dans l'anus avec une corne en ivoire, c'étaient les seuls remèdes que Yima autorisait, redoutant que l'on n'empoisonnât son mari. Mais ce dernier dépérissait à vue d'œil et se plaignait de multiples douleurs.

— Dame Yima, l'avertit un serviteur affolé, c'est l'empereur !

— Tu ne veux pas dire... L'empereur, ici, chez moi ?

— Oui, dame Yima, il vient d'entrer, il...

Les domestiques s'étaient empressés d'ouvrir toutes les portes devant Apophis dont le pas traînant semblait porteur de lourdes menaces.

Chaque fois qu'elle le voyait, l'épouse du Grand Trésorier ne pouvait empêcher son ventre d'émettre un ridicule gargouillis.

— Majesté, je suis si honorée !

— Ton mari aime le luxe, observa Apophis de sa voix rauque qui glaçait le sang des plus endurcis. Que mon Grand Trésorier soit un homme riche, n'est-ce pas normal ? Khamoudi doit guérir vite, c'est pourquoi je lui apporte un remède préparé au palais. Il se compose de vin, de poudre de zizyphus, de figues, de feuilles de lotus, de baies de genévrier, d'encens frais et de bière douce. Les proportions indiquées par les médecins de l'Ancien Empire égyptien ont été strictement respectées. Fais-le-lui boire immédiatement.

Quand elle reçut la fiole qu'elle serra entre ses mains, Yima fut tétanisée.

Impossible de s'opposer à la volonté de l'empereur, mais comment ne pas comprendre qu'il la contraignait à tuer elle-même son mari ?

Jusqu'à cet instant, elle avait cru que Khamoudi était tellement indispensable à la bonne marche de l'empire qu'Apophis ne tenterait rien contre lui.

Mais un intrigant avait dû pousser dans l'ombre comme une plante vénéneuse, et l'occasion de se débarrasser de l'actuel Grand Trésorier était trop belle.

— Qu'attends-tu, Yima ? Plus vite Khamoudi boira ce remède, plus vite il guérira.

— Doit-il boire... tout le contenu ?

— Bien entendu. D'après le vieux papyrus, quatre jours de traitement sont nécessaires. Les trois autres fioles te seront livrées demain.

Yima avait la chair de poule. Non seulement il n'y aurait pas d'autres fioles, mais encore elle serait accusée de crime et exécutée !

— Maintenant, dépêche-toi et donne-moi le résultat. Tu sais bien que je n'ai pas de temps à perdre.

Se mordant les lèvres, Yima se rendit dans la chambre de Khamoudi, presque comateux.

D'une main tremblante, elle lui ouvrit la bouche pour y verser lentement un liquide rougeâtre et sans odeur.

S'appuyant sur l'épaule d'un serviteur, Khamoudi fit son entrée dans la vaste salle de séjour. Redoutant la lumière, l'empereur se tenait dans l'angle le plus obscur.

Marchant derrière son mari, Yima ne croyait pas encore à son bonheur. Khamoudi avait bu la potion, il n'était pas mort, il s'était immédiatement senti mieux et avait tenu à se lever pour saluer son hôte illustre.

— Je ne suis pas encore très présentable, avoua-t-il, mais j'ai de nouveau faim... Majesté, vous m'avez sauvé la vie !

Le sourire satisfait d'Apophis ne rassura pas la dame Yima.

32

Le prince de Kerma ne cessait de perfectionner ses pièges. Bientôt, l'armée thébaine approcherait de sa capitale en croyant à une conquête facile, sans se douter qu'elle aurait à peine le temps de combattre.

Après avoir tué Ahotep et Kamès, Nedjeh récupérerait le pays de Miou et la forteresse de Bouhen. Faudrait-il continuer vers le nord et reprendre Éléphantine ? Oui, mais pour la restituer aussitôt à l'empereur afin de s'attirer ses bonnes grâces et lui prouver que le prince de Kerma, allié fidèle, se contentait de son royaume.

Toute la cité était sur le pied de guerre, certaine de porter un coup fatal à l'ennemi grâce à l'intelligence stratégique de Nedjeh.

— L'éclaireur-chef au rapport, Majesté. Je reviens du pays de Miou où j'ai failli être intercepté à plusieurs reprises par des patrouilles égyptiennes. Toutes les tribus de la région sont soumises à Ahotep.

— J'aurais dû les massacrer ! s'emporta l'obèse. Grâce à moi, elles mangeaient à leur faim. Et voilà qu'elles me trahissent au profit de ces maudits Thébains ! Quand vont-ils attaquer ?

— À l'évidence, cela ne saurait tarder. Ils consolident leurs positions et fortifient les villages tout en préparant leur assaut. Avoir des informations plus précises ne sera pas facile, mais Kerma est forcément leur prochain objectif.

— Qu'ils viennent, murmura Nedjeh avec gourmandise. Qu'ils viennent, nous saurons les recevoir comme ils le méritent.

Né à Cusae, le jeune homme était fier de s'être engagé dans l'armée de libération qui, bien que clouée sur place, réussissait à tenir tête aux Hyksos. Malgré quelques assauts violents, ils ne réussissaient pas à enfoncer le front.

Fils de paysans et paysan lui-même, le garçon avait appris à se battre sur le terrain, au côté d'Ahmès fils d'Abana qui lui avait montré comment esquiver avant de fracasser le crâne de l'adversaire avec un lourd maillet en bois. Certes, les casques hyksos étaient solides, mais le bras du jeune paysan l'était plus encore ; et il pouvait se vanter, avec ses camarades du même village, d'avoir stoppé une percée meurtrière.

— Baisse-toi, lui recommanda Ahmès fils d'Abana, allongé au pied de la dernière levée de terre qu'il venait d'ériger.

— Je ne crains rien !

— Les Hyksos ont d'excellents archers. De plus, ils manient très bien la fronde.

— Pas mieux que nous ! protesta le jeune

homme en expédiant une pierre de belle taille vers le camp adverse.

— Baisse-toi, bon sang !

Ce fut le dernier ordre que donna l'officier à la jeune recrue. Atteint en pleine tempe par un silex pointu, le paysan mourut sur le coup.

Un déluge de projectiles s'abattit sur les levées de terre protégeant l'accès au principal campement égyptien. Parfois, les Hyksos se déchaînaient ainsi, poursuivant une guerre de positions qui s'éternisait. Mais savaient-ils à quel point les forces de la petite armée de libération s'amenuisaient ? Qu'elle ait tenu aussi longtemps relevait du miracle.

Quand les frondes se turent, Ahmès fils d'Abana se rendit au quartier général où le gouverneur Emheb se remettait lentement d'une blessure à la cuisse.

— Leur pression s'accentue, gouverneur. Il nous faudrait des renforts.

— Toute la jeunesse de Cusae et des campagnes environnantes s'est déjà jointe à nous. Nous n'avons plus de réserves.

— Ne conviendrait-il pas de regagner Thèbes avec les survivants avant qu'il ne soit trop tard ?

— Abandonner Cusae... Ce serait le début de la défaite.

— Une simple retraite, gouverneur, rien de plus.

— Tu sais bien que non.

Ahmès fils d'Abana s'aspergea le front avec de l'eau tiède.

— Je sais bien que non, vous avez raison. Mais

les victoires remportées en Nubie ne nous servent à rien. C'est ici qu'il faut se battre.

Les messages transmis par les pigeons voyageurs étaient le principal réconfort de la résistance, mais ils ne remplaçaient pas des troupes fraîches.

— Tu es très jeune, mon garçon, et ton regard manque de profondeur. Les décisions de la reine Ahotep étaient vitales pour notre avenir, mais tu ne les comprendras que plus tard.

— Plus tard... quand nous serons morts ? Nos hommes sont épuisés, ils ont tout donné. Laissez-moi ici avec les plus vaillants, gouverneur, et partez. Nous retarderons les Hyksos au maximum.

Emheb se leva avec difficulté.

— Ma vieille jambe sera bientôt guérie, et je tiendrai moi-même cette position.

— La reine Ahotep ne souhaite pas que nous soyons tous massacrés, n'est-ce pas ? Alors, faites le nécessaire !

— Cette reine est beaucoup plus extraordinaire que tu ne saurais l'imaginer, déclara Emheb avec émotion. Depuis qu'elle a entrepris la libération de l'Égypte, elle n'a pas commis une seule erreur. Bientôt, j'en suis sûr, un nouveau message viendra du ciel.

Ahmès fils d'Abana se demanda si le gouverneur n'avait pas également été blessé à la tête. Qu'il le veuille ou non, Cusae était sur le point de s'effondrer.

— Essayons tous les deux de donner le change, recommanda-t-il, et de remonter le moral de nos hommes.

À l'instant où ils sortaient de la tente du gouverneur, le bruit d'un battement d'ailes leur fit lever les yeux.

— Filou ! s'exclama Emheb. Viens, viens vite ici !

Le chef des pigeons voyageurs se posa doucement sur l'épaule du gouverneur. À sa patte droite était attaché un minuscule papyrus, porteur du sceau royal.

Le message était des plus bref :

« *Tenez bon. Nous arrivons.* »

Le grand conseil hyksos se tenait à l'intérieur du temple de Seth où l'empereur était entré le dernier. Sur son passage, chacun s'était incliné profondément, y compris le Grand Trésorier Khamoudi, parfaitement rétabli, à la surprise générale. Fallait-il qu'il fût un homme important pour qu'Apophis l'ait soigné au lieu de le supprimer !

Enveloppé dans un manteau brun, l'empereur était encore plus sinistre qu'à l'ordinaire. Si son regard se posait trop longuement sur un dignitaire, c'était la mort assurée.

Le maître des Hyksos se contenta d'écouter les rapports financiers de Khamoudi sans fixer personne en particulier.

Les richesses de l'empire ne cessaient d'augmenter, et ce n'était pas la perte momentanée des tributs anatoliens qui risquait d'inverser la tendance. À la tête d'une puissante armée, l'amiral Jannas était en train d'écraser cette révolte qui serait sans doute la dernière.

— Nous venons de recevoir un long message du prince de Kerma par la voie habituelle, déclara

Khamoudi, qui n'avait pas à révéler le secret du mode de communication utilisé. Il rend hommage à l'empereur Apophis, le remercie pour ses bontés et se félicite du calme qui règne en Nubie. Les tribus lui obéissent, l'économie est prospère et l'or continuera d'être livré à Avaris.

L'empereur daigna esquisser un vague sourire. Cette manifestation de sérénité incita l'un des dignitaires à poser la question qui courait sur toutes les lèvres.

— Majesté, quand les révoltés de Cusae seront-ils enfin anéantis ? Leur existence même est une insulte à la grandeur hyksos !

Le visage d'Apophis se durcit.

— Pauvre imbécile, ne comprends-tu pas que seule ma volonté autorise l'existence du front de Cusae ? Les fantoches thébains s'y épuisent en vain. Bientôt, les survivants seront contraints de fuir en direction de Thèbes. Nous les poursuivrons et nous réduirons en cendres cette cité rebelle.

— Ne craignez-vous pas, Majesté, que la reine Ahotep se décide enfin à leur prêter main-forte ?

Les yeux d'Apophis flamboyèrent d'une lueur mauvaise.

— L'empereur des Hyksos ne craint personne. Cette Ahotep n'est qu'une exaltée dont la mort atroce servira d'exemple à quiconque tenterait de l'imiter.

Comme Apophis n'avait reçu aucun message alarmant de son espion qu'Ahotep elle-même ne pouvait identifier, il savait que les derniers rebelles du front n'obtiendraient plus aucun secours.

— J'ajoute, précisa Khamoudi, que Cusae n'a

aucune importance économique. Le trafic commercial continue de s'écouler normalement par la grande douane d'Hermopolis, hors d'atteinte des révoltés.

L'empereur se leva, signifiant ainsi la fin du conseil. D'un geste irrité, il fit comprendre à Khamoudi que l'insolent qui avait osé mettre en doute sa toute-puissance devait être supprimé. Le dignitaire un peu trop gras ne serait sans doute pas un excellent candidat pour le labyrinthe, mais il amuserait Apophis quelques minutes.

En sortant du temple de Seth, l'empereur sentit ses jambes si lourdes qu'il s'assit volontiers dans la chaise à porteurs qu'avaient utilisée avant lui les pharaons du Moyen Empire.

Apophis s'enferma dans la pièce secrète, au cœur de la citadelle. Puis il mania délicatement sa gourde en faïence bleue sur laquelle était dessinée une carte de l'Égypte. Quand il appuya de l'index sur Avaris, puis sur Memphis et Hermopolis, d'intenses lueurs rouges apparurent.

Rassuré, l'empereur posa le doigt sur la ville d'Éléphantine.

D'abord, la jolie lueur rouge. Mais très vite, elle vacilla. À sa place apparurent d'étranges figures, un œil complet, un cobra dressé, un griffon au bec pointu et une tête de chacal.

Il fallut à l'empereur toute la magie dont il était porteur pour faire disparaître ces insupportables menaces. Mais Éléphantine demeura un point bleu sur la carte.

Autrement dit, Apophis ne parvenait plus à en

reprendre le contrôle. Cela signifiait que les Thébains s'étaient emparés de la grande cité du Sud. Ni le prince de Kerma ni l'espion hyksos n'avaient été capables de l'avertir.

Le prince de Kerma jouait son propre jeu, l'espion avait été identifié et supprimé, Ahotep avait reconquis tout le territoire entre Thèbes et Éléphantine... Telle était la nouvelle réalité.

Plus question d'attendre le retour de l'amiral Jannas pour enfoncer le front de Cusae.

33

Sur l'un des créneaux de la plus haute tour de la forteresse d'Éléphantine, Ahotep avait fixé le boomerang d'ivoire porteur des signes de puissance. L'œil complet aveuglerait l'empereur, le cobra atténuerait son feu destructeur, le griffon égarerait ses perceptions et la tête de chacal répandrait l'inquiétude dans son esprit. Du moins la reine l'espérait-elle, persuadée qu'Apophis avait jeté de multiples sorts sur l'Égypte afin de l'enfermer dans une prison de maléfices dont il fallait briser un à un tous les barreaux.

Plusieurs bateaux étaient restés dans le pays de Miou, d'autres à Bouhen, d'autres encore à Éléphantine avec leurs équipages. De l'armée initiale partie pour conquérir le Sud, il ne restait qu'une petite moitié.

— Ne commettons-nous pas une imprudence en nous privant d'autant de soldats ? s'inquiéta le pharaon Kamès.

— Tenir le Sud est essentiel, estima Ahotep. Mais il est vrai que nous manquerons d'hommes pour attaquer le Nord.

— Autrement dit, mère, toute offensive est vouée à l'échec !

— Certainement pas, mon fils. Depuis le début de cette guerre, c'est toujours la même situation : nous sommes en infériorité numérique, notre armement est plus faible, mais nous sommes animés par l'énergie du cobra royal qui orne la couronne de Pharaon. Tu devras te multiplier, insuffler du courage à qui en manque, agir avec la force d'Horus mais aussi avec celle de Seth.

— Vous pouvez compter sur moi, Majesté.

Ce n'était pas sans nostalgie que le Moustachu songeait à la jolie Nubienne à laquelle il avait dû faire ses adieux. Sa peau d'un noir de jais à la douceur envoûtante, ses seins fermes si doux à caresser, ses longues jambes de gazelle... Il n'en finissait pas de se remémorer les charmes de cette sorcière dont il était presque tombé amoureux. Mais il était un homme de guerre qui n'avait pas le droit de s'attacher à une femme.

Déprimé, il se dirigea vers l'arrière du bateau pour y prendre une jarre de bière.

Soudain, il stoppa net.

L'amoncellement de paniers, entassés près des jarres, venait de bouger. Le poignard à la main, le Moustachu s'approcha. Sans nul doute, un passager clandestin avait osé monter à bord !

— Sors de là ! exigea-t-il.

Les paniers bougèrent de nouveau.

Apparut le visage souriant de la jeune Nubienne.

— Toi, ici !

— Je ne voulais pas te quitter. Alors, je me suis cachée pour aller avec toi jusqu'où tu iras.

Elle se dégagea avec une jolie souplesse et se suspendit au cou de son amant.

— Tu es plus féline qu'une panthère !

— Féline... Ça me plaît beaucoup, comme nom ! Désormais, tu m'appelleras ainsi.

— Écoute, tu n'as pas le droit de voyager sur un bateau de guerre et...

— Toi, tu es un héros. Et moi, je sais me battre ! Tu n'as qu'à dire que je suis ton soldat nubien.

Le Moustachu sentit qu'il ne sortirait pas vainqueur de cette nouvelle joute. Et comme il était vraiment tombé amoureux, il se rendit auprès de l'amiral Lunaire qui, avec sa sûreté habituelle, guidait la flotte en direction de Thèbes.

À l'approche de sa ville, le cœur d'Ahotep se serra. C'était ici qu'elle était née, qu'elle avait aimé et que le désir de liberté avait illuminé sa vie. Aucun autre paysage ne pourrait jamais remplacer la splendeur du Nil, la grandeur de la cime et la paix des cultures, scandées par des palmeraies. Voué à la sérénité, cet endroit enchanteur s'était pourtant transformé en foyer de guerre puisque c'était l'unique langage à utiliser avec les Hyksos.

Alors que le vaisseau amiral s'approchait de la base secrète, la reine revécut par la pensée l'expédition en Nubie. Force lui fut de constater que l'espion hyksos ne lui avait nui d'aucune manière. La conclusion s'imposait d'elle-même : il était resté à Thèbes. Mais les noms auxquels elle s'obligea à penser étaient ceux d'êtres insoupçonnables.

Pourtant, le pharaon Séqen était bel et bien tombé dans un piège !

Sous les acclamations, le bateau accostait. Conformément à la tradition, la reine présenta à la déesse Hathor, patronne de la navigation, une offrande d'encens pour la remercier de sa protection.

Le premier à s'élancer sur la passerelle fut le petit Amosé qui sauta dans les bras de sa mère.

— As-tu bien travaillé ? lui demanda-t-elle.

— Avec grand-mère, on n'a pas arrêté ! Tu vas voir comme les maisons sont belles et propres. On a tout nettoyé, même les armes.

Téti la Petite semblait rajeunie de dix ans. Ceux qui avaient oublié que la si fragile vieille dame était la reine mère, chargée de veiller sur Thèbes en l'absence du pharaon et d'Ahotep, s'en étaient brutalement souvenus. Irritée par le laisser-aller de ses compatriotes, Téti la Petite avait rétabli de strictes règles d'hygiène et, en compagnie de l'intendant Qaris et du Supérieur des greniers Héray, veillé à leur application. Pas un local d'habitation, pas un entrepôt n'avaient échappé à une série de fumigations et de désinfections. Chaque maison était désormais équipée de vases à bec et de cuvettes, destinés à la grande toilette du matin dont l'indispensable auxiliaire était le natron, le meilleur des rince-bouche. Les ateliers de tissage avaient produit de nombreuses tuniques, pour les hommes comme pour les femmes, ravis de renouveler leur garde-robe.

Installés à l'abri de toiles tendues entre quatre piquets, des coiffeurs rasaient chaque matin les soldats et leur lavaient les cheveux, tandis que des spécialistes pour dames s'évertuaient à les rendre aussi jolies que possible, sans oublier de les parfumer avec des produits encore rudimentaires, certes, mais qui annonçaient des jours meilleurs. Avec leurs pinces à onduler et leurs spatules indispensables pour étaler la cire, des perruquiers s'étaient remis au travail. Ils étaient encore loin des chefs-d'œuvre d'antan, mais ils fabriquaient de nouveau des modèles de têtes en bois et retrouvaient peu à peu l'habileté perdue.

Chaque demeure, même très modeste, était à présent riche de nattes, de coffres de rangement, de marmites, d'écuelles, de huches à blé, de jarres à huile et à bière, et d'une amulette représentant le dieu Bès dont le rire tonitruant écartait les mauvais esprits. De solides balais, formés de longues fibres de palmier rigides, permettaient aux maîtresses de maison de traquer la poussière, pendant que les équipes de blanchisseurs assuraient la propreté du linge.

La base militaire était devenue un village coquet où, chaque matin, flottait l'odeur du pain frais. Le jeune Amosé n'exagérait pas : Téti la Petite n'avait vraiment pas chômé !

La plus surprise fut Féline qui découvrait avec émerveillement les jolies maisons blanches et leurs jardinets bien entretenus.

— Ce n'est pas un endroit pour faire la guerre, jugea-t-elle. On va habiter ici ?

— Toi, oui. Moi, je dois repartir.

— Je t'ai dit que je ne te quitterais plus et je suis très têtue.

— Féline, je...

— Emmène-moi dans l'une de ces maisons et donne-moi une belle tunique. Après, nous ferons l'amour.

Le conseil restreint se tenait sur la terrasse du palais royal que baignait le soleil couchant. Le moment était d'une telle douceur qu'Ahotep elle-même eut envie d'oublier les batailles passées et à venir, tout en se persuadant que le but était atteint et qu'il ne serait pas nécessaire d'aller plus loin.

Mais céder à cette illusion eût été la pire des désertions. Et il fallut bien écouter le rapport de l'intendant Qaris.

— Majestés, Filou est revenu de Cusae. Le gouverneur Emheb a bien reçu votre message et vous attend avec impatience. Malheureusement, un autre front risque de s'ouvrir à Coptos. Nos guetteurs redoutent une contre-attaque des derniers partisans des Hyksos dans la région, aidés des garnisons qui occupent encore les fortins, sur la piste du désert.

— Il faut garantir la sécurité de Thèbes, estima le pharaon Kamès. Avant de partir pour le Nord, réglons le problème de Coptos.

— Le gouverneur Emheb et ses hommes doivent être à bout de forces, objecta Ahotep. Impossible de les faire patienter plus longtemps. Toi, le porteur de la couronne blanche, vole sans tarder à leur secours. Moi et deux régiments d'assaut, nous nous occuperons de Coptos.

— Mère, c'est une folie !

— Sauf votre respect, Majesté, renchérit Héray, je partage l'avis du pharaon.

— N'en sommes-nous pas réduits à commettre des folies ?

34

C'est un Kamès angoissé qui s'était élancé vers Cusae à la tête d'une flotte réduite, après avoir longuement étreint sa mère qu'il redoutait de ne jamais revoir.

Ahotep avait dû consoler le petit Amosé, furieux de ne pouvoir accompagner son frère. Cessant de bouder, il avait accepté de continuer à s'entraîner, d'autant plus que Téti la Petite s'était engagée à ne le faire bénéficier d'aucun traitement de faveur.

— Mère, demanda Ahotep, n'as-tu rien remarqué d'anormal à Thèbes, pendant mon absence ?

Téti la Petite réfléchit en vain.

— Dans le comportement de Qaris et de Héray, rien ne t'a intrigué ?

— Non, Ahotep. Est-ce que tu les soupçonnerais de...

— Sois très vigilante, je t'en prie.

— Tu ne vas quand même pas t'aventurer sur la piste de Coptos ! Tu as pris cette position pour rassurer Kamès tout en décidant de rester à Thèbes, n'est-ce pas ?

Ahotep sourit.

— Toi qui me connais si bien, pourquoi me poses-tu une telle question ?

La reine avait choisi les deux régiments commandés par le Moustachu et par l'Afghan pour une raison précise : leur expérience de la guérilla. Elle ne disposait pas de suffisamment d'hommes pour un choc frontal avec l'ennemi, mais elle misait sur une série d'interventions ponctuelles et rapides. La petite troupe n'aurait guère le temps de se reposer et devrait puiser au fond d'elle-même ses ultimes ressources, surtout si elle subissait de lourdes pertes.

Aux soldats, Ahotep n'avait rien caché des épreuves qu'ils allaient subir. Pas un seul n'avait renoncé.

— Ce n'est pas du courage mais de la peur, expliqua le Moustachu. Ils savent que l'Afghan et moi, on brise les reins des déserteurs. Accordez-moi une faveur, Majesté... Féline tient à porter mes outres d'eau.

— Sait-elle à quoi elle s'expose ?

— Une Nubienne ne craint ni les serpents ni les fauves. Et celle-là est plus têtue que toutes les femmes réunies ! Oh pardon, Majesté, je ne voulais pas dire que...

— Nous partons dans une heure.

Quand Ahotep s'avança sur le parvis du temple de Coptos, les notables de la ville y discutaient précisément de leur avenir. Affolés par la menace hyksos, ils envisageaient de leur faire de nouveau allégeance en tournant le dos au jeune pharaon Kamès, incapable d'affirmer son pouvoir. Certes, Thèbes avait redressé la tête, mais pour combien de temps ? À bien y réfléchir, cette révolte ne saurait être que passagère. Seuls ceux qui auraient collaboré avec l'empereur échapperaient à sa colère. Les propositions en faveur d'un ralliement officiel aux Hyksos commençaient à fuser lorsque la reine d'Égypte était apparue.

Coiffée d'un diadème d'or et vêtue d'une simple robe blanche, Ahotep était plus belle que jamais.

Les notables se turent et s'inclinèrent.

— Les plaies de l'occupation sont encore loin d'être effacées, constata-t-elle, et Coptos a besoin de nombreuses réfections. Au lieu de discourir dans le vide, vous devriez être au travail.

— Majesté, affirma le grand prêtre de Min, nous sommes vos fidèles serviteurs et...

— Je sais que vous vous apprêtiez à me trahir parce que vous ne croyez pas en la victoire finale de Thèbes. Vous vous trompez.

— Il faut nous comprendre, les Hyksos nous menacent !

— Je suis ici pour libérer définitivement la piste du désert et garantir la sécurité de Coptos. Si vous faites encore preuve de lâcheté, c'est moi que vous aurez comme ennemie.

L'intervention de la reine remit la ville à flot. Ahotep détermina un programme de travaux d'urgence et nomma de nouveaux administrateurs qui seraient directement responsables devant elle. La population put l'approcher et lui parler, et ce simple contact fit renaître l'espoir, sous le regard toujours aussi admiratif de l'Afghan et du Moustachu.

— Elle est vraiment extraordinaire, constata l'Afghan, une fois de plus.

— Contente-toi de lui obéir, recommanda le Moustachu, et ne te perds pas dans des rêves insensés. Tous les Égyptiens sont amoureux d'elle, sauf moi, depuis que j'ai ma petite Nubienne. Et encore, ce n'est pas certain !

— Aucune femme ne saurait lui être comparée. Même un chef de guerre endurci se serait découragé depuis longtemps, mais pas elle... Le feu qui l'habite n'est pas de ce monde.

— Mais nous, nous y sommes bien ! C'est peut-être notre dernière soirée sur cette terre, l'Afghan. Alors, profitons-en.

La reine avait accordé quartier libre à ses hommes que les tavernes de Coptos accueillaient avec chaleur. Tous préféraient oublier le lendemain.

C'est en bavardant avec un caravanier que l'Afghan, pourtant éméché, eut une idée susceptible d'épargner la vie de nombreux Thébains.

— Viens, le Moustachu, on doit parler tout de suite à la reine.

— Elle doit dormir.

— Tant pis, on la réveillera.

D'un pas lourd, les deux hommes se rendirent au palais du gouverneur où résidait Ahotep. Non seulement elle ne dormait pas, mais encore elle s'occupait de mettre en œuvre le plan que l'Afghan avait conçu bien après elle.

Le premier fortin hyksos se dressait à une dizaine de kilomètres à l'est de Coptos et tenait solidement la piste. Aucune caravane ne pouvait parvenir à la cité. Les soldats de l'empereur interceptaient les marchands et les dépouillaient de leurs biens.

Grâce à ces rapines, ils supportaient les difficiles conditions d'existence dans le désert, mais ils n'avaient pas renoncé à reprendre Coptos. Aussi les garnisons des cinq fortins échelonnés entre la ville et la mer Rouge ne tarderaient-elles plus à se réunir afin d'attaquer la cité du dieu Min à laquelle un ultimatum avait été adressé. Ou bien elle reconnaissait la suprématie de l'empereur, ou bien la population serait massacrée.

— Caravane en vue ! cria un guetteur.

L'officier hyksos responsable du fortin le rejoignit à son poste d'observation.

C'était bien une caravane, et de belle taille, mais elle ne venait pas du désert.

— Les notables de Coptos... Ils se rendent ! Regarde-les, tous ces peureux, avec les richesses qu'ils viennent déposer à nos pieds ! On empalera le maire et on décapitera les autres.

— Moi, dit le guetteur, je me garderais bien l'âne ! Jamais vu une bête aussi puissante.

— L'officier, c'est moi. Et c'est moi qui partagerai le butin. Oublie cet âne et pense aux filles de Coptos qui te lécheront les orteils en implorant ta clémence.

Hilares, les Hyksos laissèrent s'approcher les ânes, les notables et leurs serviteurs. Le maire et ses adjoints tremblaient, redoutant d'être abattus par les archers avant d'avoir atteint la porte du fortin. Mais ils étaient si pitoyables que pas un des sbires de l'empereur n'avait envie de gâcher une flèche. La torture serait beaucoup plus distrayante.

— Prosternez-vous et flairez la poussière ! ordonna l'officier.

Les notables s'exécutèrent, de plus en plus affolés.

Ce fut Vent du Nord qui donna le signal de l'attaque en fonçant sur l'officier qu'il percuta d'un coup de tête. Les soldats thébains cessèrent de jouer les serviteurs et lancèrent leurs poignards à double lame avec une belle précision.

Profitant du manque de vigilance de l'ennemi, le Moustachu, l'Afghan et une dizaine d'hommes, arrivant par une piste secondaire indiquée sur la carte du traître Titi qu'Ahotep s'était bien gardée d'oublier, avaient escaladé la tour de guet et s'étaient débarrassés des archers.

En moins d'un quart d'heure, la garnison hyksos était exterminée. Les Égyptiens n'avaient à déplorer que deux blessés légers que soignait déjà Féline.

— Vous avez bien rempli votre rôle, dit Ahotep aux notables qui ne cessaient pas de trembler.

— Majesté, implora le gouverneur, pouvons-nous rentrer à Coptos ?

— Il nous reste encore quatre fortins à prendre, répondit la reine avec un beau sourire.

35

La dernière attaque hyksos avait été meurtrière. Avec un courage frisant l'inconscience, Ahmès fils d'Abana s'était évertué à ranimer l'énergie d'une centaine de gamins terrorisés pour repousser un commando de fantassins aux casques noirs dont la seule vue les épouvantait.

L'assaut brisé, il ne restait que dix survivants épuisés. Couvert du sang ennemi, Ahmès fils d'Abana n'avait pas pris le temps de se laver avant de parler au gouverneur Emheb.

— C'est fini, gouverneur, on ne peut plus tenir.

— Le message de Filou était des plus clair, rappela Emheb.

— Les Thébains ont été retardés... ou décimés. En tout cas, ils ne viendront pas. Si nous ne nous replions pas, nous serons tous massacrés.

Le gouverneur ne protesta pas. Le jeune héros avait raison.

— Accorde-moi encore une journée.

— Si les Hyksos lancent un nouvel assaut, nous serons incapables de le repousser. Ce serait trop jouer avec le feu.

— En règle générale, ils prennent du temps, parfois beaucoup de temps, avant de recommencer.

— En règle générale, oui. Mais cette fois, ils se sont aperçus que le front n'était pas plus épais qu'une feuille de sycomore. À leur place, j'attaquerais dans les prochaines heures.

— Organisons au mieux notre défense et préparons-nous à partir.

Emheb avait passé la nuit à enterrer les cadavres dans de simples fosses creusées à la hâte. Il n'avait ni sarcophages, ni papyrus porteurs des formules de résurrection, ni même une banale amulette protectrice. Le gouverneur ne put que prononcer une très ancienne invocation à Osiris en le priant d'accueillir dans son paradis ces jeunes gens qui n'avaient pas hésité à donner leur vie pour tenter de vaincre l'empire des ténèbres.

Et puis l'aube s'était levée sur un campement égyptien à bout de forces. Deux blessés graves moururent avec les premiers rayons du soleil. Ceux-là aussi, Emheb les enterra.

— Vous devriez dormir un peu, recommanda Ahmès fils d'Abana.

— Tu t'es reposé, toi ?

— Pas eu le temps. On a renforcé une levée de terre, planté des pieux défensifs et rebâti des murets en briques derrière lesquels s'abriteront nos derniers archers. Mais tout ça est si dérisoire...

— Les bateaux sont prêts à partir. Occupe-toi de faire embarquer les blessés.

C'était plus qu'un rêve qui s'écroulait, beaucoup plus. Le front de Cusae enfoncé, les Hyksos déferleraient vers le Sud et mettraient Thèbes à feu et à sang. Après Ahotep, personne ne reprendrait le flambeau. La barbarie des envahisseurs deviendrait la loi commune, et l'empire des ténèbres ne cesserait de s'étendre.

Côté hyksos, tout semblait calme.

Ce n'en était que plus inquiétant. Sans doute l'ennemi attendait-il l'ordre d'Avaris pour lancer l'offensive finale qui balaierait les résistants.

Emheb ordonna à la plupart des soldats de quitter leur poste et de monter à bord des bateaux. Seule demeura en place la première ligne, uniquement composée de volontaires.

— Votre cabine a été nettoyée, gouverneur, l'avertit Ahmès fils d'Abana. Vous pouvez embarquer.

— Non, je reste ici. Prends le commandement jusqu'à Thèbes.

— Là-bas, on aura besoin de vous.

— Notre monde est sur le point de s'éteindre, mon garçon, et il n'y a plus de là-bas. Je préfère me battre jusqu'au bout avec ces gamins qui meurent de peur mais refusent de céder.

— Alors, je reste aussi. En tant que meilleur archer de l'armée égyptienne, je retarderai la progression des Hyksos.

Les deux hommes se donnèrent l'accolade.

— Prends le flanc gauche, ordonna Emheb, je m'occupe du droit. Quand ça sera intenable, que les survivants se regroupent sur la colline.

Ahmès fils d'Abana savait fort bien qu'ils n'en auraient pas le temps.

Emheb avait une ultime crainte : que l'attaque

hyksos se déclenchât avant le départ des bateaux et qu'ils fussent coulés avant de pouvoir s'éloigner. Aussi les manœuvres furent-elles accomplies à la hâte, au risque de provoquer un accident.

Par chance, nul incident ne se produisit. Le vent du nord gonfla les voiles, et le voyage vers Thèbes débuta.

Sans dire un mot, Emheb et Ahmès fils d'Abana gagnèrent leur poste de combat.

— Gouverneur, ils reviennent.

Le jeune soldat se dressa de toute sa hauteur. D'une poigne ferme, Emheb l'obligea à reprendre la position couchée.

— Les bateaux... Je vous assure qu'ils reviennent !

Le gouverneur rampa jusqu'à un monticule d'où il pouvait observer le Nil sans être atteint par les projectiles hyksos.

Le gamin avait une excellente vue.

Pourquoi ceux qui pouvaient échapper à la mort retournaient-ils à Cusae ? Une seule explication : des vaisseaux ennemis les contraignaient à rebrousser chemin !

Rien.

Le gouverneur Emheb ne pouvait plus rien faire pour les sauver. Lui-même et la ligne de front étaient pris entre deux feux.

Il décida d'ordonner à ses fantassins de se disperser.

Mais un détail intrigua le gouverneur : sur le pont des bateaux, pas le moindre signe d'agitation. Il crut même voir des marins danser de joie !

Du puissant navire de guerre qui semblait les pourchasser jaillit une lueur.

D'abord ébloui, Emheb comprit que les rayons du soleil jouaient sur « la resplendissante de clarté », la couronne blanche du pharaon Kamès.

Dans son dernier rapport, le général hyksos chargé du front de Cusae avait pleinement rassuré l'empereur : la guerre d'usure s'était révélée efficace, puisque les Égyptiens étaient à bout de souffle. Inutile, par conséquent, de déplacer une armée du Delta. Un dernier assaut suffirait à détruire un front exsangue.

— Tout est prêt ? demanda-t-il à son aide de camp.

— Oui, mon général. Vos consignes ont été distribuées aux officiers.

« Ce sera presque trop facile », pensa l'officier supérieur.

Mais après ce pénible conflit, si longtemps figé, les Hyksos étriperaient avec plaisir les derniers résistants. Et le général serait célébré en vainqueur à Avaris où il recevrait certainement une promotion. Son bateau s'avancerait fièrement dans le canal principal, la tête coupée du gouverneur Emheb à sa proue.

Soudain, des sons curieux le firent sursauter.

— Qu'est-ce que c'est ?

— Jamais entendu ça, dit l'aide de camp dont le ventre se contractait.

Nul Hyksos, en effet, n'avait encore entendu la mélopée entêtante des tambours. Fabriqués en

Nubie, ils émettaient d'intenses vibrations qui semèrent le trouble chez les soldats de l'empereur.

— Un nouveau maléfice de la reine Ahotep ! s'exclama l'aide de camp.

— Ce n'est pas cette musique qui fera reculer des Hyksos ! s'emporta le général. Préparons-nous à l'assaut.

Le corps ruisselant de sueur, un guetteur accourut.

— Mon général, la ligne de front vient de se renforcer ! Il y a au moins le triple de soldats, et d'autres ne cessent d'arriver.

— D'où viennent-ils ?

— De bateaux en provenance du sud. J'ai même vu les Égyptiens se congratuler, comme s'ils ne craignaient plus rien.

Ébranlé, le général voulut vérifier par lui-même. Suivant le guetteur, il grimpa jusqu'à un promontoire d'où il pouvait voir la première ligne ennemie.

Ce qu'il découvrit le laissa sans voix.

Sur la plus haute butte flottait un étendard portant l'emblème de Thèbes, un arc et des flèches. Et celui qui le tenait fermement de la main droite était un jeune homme vigoureux, coiffé de la couronne blanche de Haute-Égypte qui semblait émettre de puissants rayons lumineux.

36

Accompagnées des tambours tout au long de la nuit, les clameurs de la fête célébrée par les Thébains avaient fini de plonger les Hyksos dans l'expectative.

Agneau rôti, purée de fèves, fromages frais... Ventres et cœurs réjouis d'un tel festin, les libérateurs voulaient de nouveau croire à la victoire. Grâce au cargo de ravitaillement, ils reprenaient les forces nécessaires pour lutter contre les troupes de l'empereur.

Le pharaon Kamès était moins optimiste. Au gouverneur Emheb, il ne dissimula pas la réalité.

— Les messages transmis par les pigeons voyageurs m'ont appris que ma mère s'était emparée des fortins hyksos, sur la piste qui va de Coptos à la mer Rouge. Mais elle a dû y installer des soldats égyptiens, et nous en avons laissé beaucoup d'autres en Nubie et à Éléphantine, afin de tenir nos positions. J'espère que la reine Ahotep sera bientôt à nos côtés, mais avec quelle armée ?

— Autrement dit, Majesté, nous manquons d'hommes.

— Masser la totalité de nos forces à Cusae est impossible. Les Nubiens contre-attaqueraient par le sud, Thèbes serait en péril.

— Nous reprendrons donc cette guerre de tranchées et d'usure. Si les Hyksos répètent de violents assauts, combien de temps parviendrons-nous à les repousser ?

— Je l'ignore, avoua le pharaon, mais nous ne reculerons pas.

— Tout est prêt, Majesté, déclara le grand prêtre du temple de Seth lorsque l'empereur descendit de sa chaise à porteurs.

Contrairement aux pharaons, Apophis ne commençait pas sa journée par la célébration d'un rituel. D'ordinaire, il ne venait au sanctuaire que pour y diriger un grand conseil qui se terminait souvent par l'élimination d'un dignitaire devenu trop fade à son goût.

Cette fois, le maître des Hyksos était seul.

— Toi et tes acolytes, éloignez-vous.

Il y avait tant de violence dans le regard de l'empereur que le grand prêtre détala.

Apophis pénétra dans le sanctuaire où les lampes à huile avaient été éteintes. C'est avec aisance qu'il avança dans les ténèbres.

Au fond du temple, les prêtres avaient couché sur un autel une admirable statuette de la déesse Hathor. Le visage était sculpté avec tant de finesse qu'il vibrait de vie. Les formes du corps exprimaient à la fois amour, noblesse et tendresse.

Sur un autre autel étaient disposés cinq poignards.

— Obéis-moi, Seth, exigea l'empereur, aide-moi à détruire ceux qui s'opposent à ma volonté !

L'orage gronda.

D'épais nuages noirs se massèrent au-dessus du temple d'Avaris, des chiens hurlèrent à la mort.

Il n'y eut qu'un seul éclair, mais si violent qu'il déchira le ciel entier. La foudre tomba sur les poignards dont les lames devinrent incandescentes.

Avec le premier, Apophis décapita la statuette et lui coupa les pieds. Il en planta deux dans ses seins et deux autres dans son ventre.

— Meurs, maudite Ahotep !

Après avoir fait halte sous un caroubier au feuillage dense dont elle avait apprécié les fruits au goût de miel, la reine se dirigeait vers le temple de Dendera, environné de hauts sycomores. Grâce aux raids organisés par le Moustachu et l'Afghan, les Thébains avaient délivré un à un les villages encore aux mains de la police hyksos. N'hésitant pas à prêter main-forte aux libérateurs, les paysans s'étaient enfin délivrés d'un joug insupportable.

Soudain, Ahotep ressentit une violente douleur à la poitrine. Décidant de l'ignorer, elle continua à marcher vers le sanctuaire de la déesse Hathor qu'elle craignait de trouver dévasté. Mais du feu coula dans ses pieds, et elle dut s'arrêter.

— Vous vous sentez mal, Majesté ? s'inquiéta l'Afghan.

— Un peu de fatigue, rien de grave.

La nouvelle douleur qui perça le ventre de la reine lui coupa le souffle, et elle fut contrainte de s'asseoir. Quand ses pensées commencèrent à se brouiller, elle comprit.

— Un maléfice... C'est l'empereur, ce ne peut être que lui ! Emmenez-moi dans le temple.

Le Moustachu et l'Afghan sortirent une barque du canal où elle était amarrée et y installèrent la reine. Douze hommes la soulevèrent et coururent jusqu'au grand portail, à moitié effondré, qu'ils franchirent à pas pressés.

Dans la grande cour gisaient des débris de stèles et de statues. Les effigies d'Hathor encadrant l'entrée du temple couvert avaient été décapitées et mutilées.

Trois femmes affolées, deux jeunes et une très âgée, se présentèrent sur le seuil.

— Ne violez pas ce lieu sacré, implora la supérieure. Pour pénétrer ici, il faudra d'abord nous tuer.

— Armée de libération, déclara le Moustachu. La reine Ahotep est souffrante et a besoin de vos services.

La barque fut posée sur le pavement.

La reine Ahotep ! La vieille prêtresse se souvenait de sa visite à Dendera en compagnie de son mari, le pharaon Séqen. Elle leur avait donné le *heka*, cette puissance magique qui permettait d'infléchir le cours du destin. Mais aujourd'hui, cette force semblait épuisée.

— L'empereur des ténèbres tente de s'emparer de mon âme, indiqua la reine. Seule la déesse d'or peut m'arracher à son emprise.

La supérieure posa la main sur le front d'Ahotep.

— Il n'y a plus une seconde à perdre, Majesté. Le feu de Seth a déjà envahi la plupart de vos canaux. Que quelqu'un aide la reine à se déplacer.

Avec l'accord du Moustachu, ce fut l'Afghan qui prit la jeune femme dans ses bras. Le solide barbu aux cheveux couverts d'un turban porta avec angoisse et respect son précieux fardeau. Par bonheur, la supérieure avançait d'un pas lent, et l'Afghan la suivit en évitant tout faux pas.

Malgré les menaces des Hyksos, la grande prêtresse de Dendera n'avait pas révélé l'emplacement des cryptes où étaient conservés les objets sacrés d'Hathor. Même sous la torture, elle s'était tue. Aujourd'hui, elle trouvait la récompense de son courage en ouvrant la porte coulissante de la petite pièce où avaient été cachés la couronne, les sistres, les colliers et l'horloge à eau de la déesse d'or. Sur les murs étaient gravées des scènes qu'Elle seule devait voir.

— Allonge Sa Majesté sur le sol, ordonna la supérieure, et retire-toi.

Quand la porte se referma, une lueur jaillit d'une étrange figure représentant une enveloppe ovale parcourue d'une ligne brisée, l'onde première de la création qui avait traversé la matière pour l'animer. La vibration fit trembler le mur et le corps d'Ahotep.

— L'âme de la reine est immergée dans la *douat*, la matrice stellaire où naissent à chaque instant les multiples formes de vie, révéla la supérieure. Elle doit y demeurer soixante-dix heures, avec l'espoir que l'énergie d'Hathor sera plus puissante que celle de l'empereur des ténèbres.

— Vous n'en êtes pas certaine ? s'inquiéta le Moustachu.

— J'ignore la nature des forces qu'Apophis a utilisées. S'il a fait appel à Seth, le perturbateur du cosmos, tout l'amour d'Hathor ne sera pas de trop.

— La reine ne risque quand même pas de mourir ? murmura l'Afghan.

— Puisse la déesse d'or l'accueillir dans sa barque qui perce l'obscurité.

La soixante-dixième heure écoulée, la grande prêtresse de Dendera ouvrit la porte de la crypte.

Pendant d'interminables secondes, il n'y eut que le silence. Le Moustachu se mordait les lèvres, l'Afghan se transformait en pierre.

Ahotep sortit de la petite pièce qui aurait pu être son tombeau. Très pâle, la démarche hésitante, elle quitta la nuit de la *douat*.

Voyant qu'elle vacillait, l'Afghan lui offrit son bras.

— Il faut manger, Majesté, suggéra le Moustachu.

— Auparavant, je dois assurer la protection de la reine, décréta la supérieure. Grâce au collier de la déesse, elle sera à l'abri d'une nouvelle attaque.

La grande prêtresse entra dans la crypte et en ressortit avec un étrange objet, la *menat*, formée d'un collier de perles d'or et de turquoises relié par deux cordonnets à un contrepoids en or se terminant par un disque et venant se placer sur la nuque.

— C'est avec ce symbole que la déesse transmet le fluide magique de la vie. Grâce à lui, les mères peuvent enfanter et les marins arriver à bon port. Lorsqu'on le brandit devant la statue d'Hathor, tristesse et troubles sont dissipés. Sur lui se briseront les ondes nocives.

La supérieure passa le collier-*menat* autour du cou d'Ahotep.

— Grâce à vous, Majesté, la province de Dendera est libérée. Mais comment l'Égypte pourrait-elle renaître tant que le temple d'Abydos sera sous la menace hyksos ?

37

Le discours enflammé de Kamès avait rassuré les soldats égyptiens. Apophis n'était-il pas « un faible de bras dont le cœur étroit se vantait de fausses victoires » ? Avec un pharaon à leur tête, les Thébains ne reculeraient pas. Et lorsque la reine Ahotep se joindrait à eux, ils progresseraient enfin vers le Nord.

Autre motif d'espérance : le nouvel armement dont disposaient à présent les troupes du front. Renforcés par des lamelles de bronze, les boucliers de bois les protégeraient mieux des flèches et des lances hyksos. Dotées de pointes de bronze plus longues et plus pénétrantes, leurs propres lances causeraient davantage de dégâts chez l'ennemi, de même que des épées plus tranchantes et des haches plus maniables. Quant aux casques et aux cuirasses recouverts d'écailles de bronze, ils seraient des plus utiles lors des corps à corps.

Ainsi équipés, les soldats de Kamès et d'Ahotep se sentaient presque invulnérables. Certes, la peur provoquée par la vision des guerriers aux casques noirs était loin d'avoir disparu, mais chacun se croyait capable de les affronter.

Pourtant, hors de la vue de ses hommes, le jeune roi affichait une mine bien sombre.

— Les nouvelles sont bonnes, Majesté, lui annonça le gouverneur Emheb. Filou vient de nous apprendre que la reine Ahotep a libéré la province de Dendera. Elle se dirige vers Abydos.

— Même si elle parvient à nous rejoindre, ce sera sans renforts ! Et si nous restons inactifs, les Hyksos finiront par nous écraser.

Comment se serait comportée Ahotep dans de telles circonstances ? Kamès devait se montrer digne d'elle et ne pas se contenter de tenir les positions acquises.

— Puisque nous manquons de volontaires, il faut convaincre les tièdes de lutter à nos côtés.

— Songez-vous aux mariniers, aux caravaniers ou aux mercenaires employés par les Hyksos dans la région ?

— Nous devons les persuader.

— Ce sont des gens sans foi ni loi, Majesté.

— Pourquoi ne pas leur en donner ?

Les caravaniers déchargeaient les ânes sous la protection de mercenaires payés par les Hyksos. Si près du front, ce genre de précaution n'était pas superflu. D'après les dernières rumeurs, un jeune pharaon portant la couronne blanche serait même arrivé à Cusae. Certes, on annonçait une prochaine offensive qui briserait les reins des Thébains, mais les résistants ne se risqueraient-ils pas à attaquer des convois de marchandises ? Seule la présence des miliciens d'Apophis les dissuaderait de tenter l'aventure.

Comme d'habitude, le déchargement se déroula sans incident.

Au moment où les Hyksos s'éloignaient, Ahmès fils d'Abana tira sa première flèche qui tua net leur commandant. Avec son calme et sa précision habituels, il décima les rangs de l'adversaire, assisté d'autres archers d'élite.

Figés devant leurs marchandises, les commerçants assistèrent au massacre de leurs protecteurs sans oser s'enfuir. Et ce ne fut pas l'apparition de Kamès, coiffé de l'étincelante couronne blanche, qui les rassura.

— Vous êtes des collaborateurs d'Apophis, déclara-t-il, donc des ennemis de l'Égypte.

Le porte-parole des commerçants s'agenouilla.

— Majesté, on nous a opprimés ! Comprenez-nous et pardonnez-nous. Dans notre cœur, c'est l'Égypte qui règne !

Kamès sourit.

— Ces paroles me réjouissent. Par chance pour vous, l'heure est venue de prouver votre engagement.

Le porte-parole changea de visage.

— Majesté, nous sommes des gens pacifiques et...

— Nous sommes en guerre, rappela le pharaon, et chacun doit choisir son camp. Ou bien vous vous rangez du côté des Hyksos et vous serez exécutés pour trahison ; ou bien vous vous battez avec nous.

— Nous n'avons aucune expérience des armes !

— Mes instructeurs vous confieront des tâches à votre mesure.

Puisqu'il n'existait pas d'échappatoire, le marchand tenta d'obtenir un avantage important pour sa corporation.

— La douane d'Hermopolis nous étrangle, Majesté. Les douaniers sont des Asiatiques et des Bédouins qui prélèvent d'énormes quantités de marchandises. Comptez-vous modifier cette situation ?

— Cette douane n'existe qu'en raison de l'occupation.

— Si vous êtes vainqueur, elle sera donc supprimée ?

— Si *nous* sommes vainqueurs, elle le sera.

Un large sourire illumina le visage du porte-parole.

— Nous sommes vos fidèles serviteurs, Majesté, et nous nous battrons du mieux que nous pourrons.

Quand ils virent arriver le détachement commandé par Kamès, les habitants du village, affolés, se réfugièrent dans leurs maisons en pisé. Comme beaucoup de hameaux à l'est de Cusae, celui-là était sous la coupe d'un mercenaire assisté d'une vingtaine de rudes gaillards qui faisaient régner la terreur en appliquant les consignes de la police hyksos. Chacun y trouvait son compte, et Gros Genoux n'avait jamais mieux vécu qu'en devenant milicien de l'empereur. Il rançonnait la population, s'offrait des femmes inaccessibles et battait quiconque osait lui manquer de respect.

— Chef, hurla son lieutenant, on nous attaque !

Le cerveau embrumé par la bière, Gros Genoux mit quelques instants à comprendre que l'incroyable venait d'advenir. Bien sûr, il y avait le front de Cusae, et certains évoquaient la détermination de l'armée de libération. Lui n'y avait jamais cru. Et voici que des Thébains osaient s'en prendre à son domaine !

Quoique sceptique sur leur capacité à progresser, Gros Genoux avait néanmoins prévu la parade. Ceux qui croyaient lui faire courber la tête allaient avoir une mauvaise surprise.

— Tu as fait le nécessaire ?

— Soyez tranquille, chef !

Gros Genoux eut un choc en sortant de chez lui.

Le provocateur n'était autre qu'un homme jeune et vigoureux, porteur d'une couronne si blanche que son rayonnement l'éblouit.

— Dépose les armes, ordonna Kamès. Mes hommes sont plus nombreux que les tiens, tu n'as aucune chance de vaincre.

— Le roi de Thèbes est indésirable sur mon territoire, rétorqua Gros Genoux avec morgue.

— Tu as trahi Pharaon en te vendant aux Hyksos. Incline-toi ou tu mourras.

— Mon seul maître, c'est Apophis ! Si tu ne décampes pas immédiatement, tu seras responsable de la mort de tous les enfants du hameau. Tu vois la grange, là-bas... Ils y sont rassemblés, et mes hommes n'hésiteront pas à leur trancher la gorge dès que je leur en donnerai l'ordre.

— Quel être humain oserait commettre une pareille abomination ?

Gros Genoux ricana.

— Avec les Hyksos, j'ai été à bonne école ! Toi, tu n'es qu'un faible, parce que tu crois encore à l'existence de Maât.

— Rends-toi, il en est temps encore.

— Quitte mon territoire, ou bien les enfants seront exécutés.

— Amon m'est témoin qu'il n'y aura qu'un seul mort dans ce village, déclara Kamès en se tournant vers Ahmès fils d'Abana.

La flèche de l'archer d'élite se ficha dans l'œil gauche de Gros Genoux qui s'effondra sur le dos.

Privés de leur chef, effrayés par la détermination de Kamès, les hommes du milicien jetèrent leurs épées et leurs arcs. Eux n'avaient pas envie de mourir.

— Les otages sont indemnes, assura le lieutenant de Gros Genoux.

— Pour réparer vos fautes, une seule voie possible : m'obéir et vous engager par serment à combattre les Hyksos. Si vous trahissez votre parole, c'est l'Avaleuse de l'autre monde qui vous anéantira.

Les soudards prêtèrent serment. Trop heureux de s'en tirer sans dommage, ils n'étaient pas mécontents de se placer sous les ordres d'un véritable chef.

— Tu vas te rendre au hameau voisin avec une partie de mon escouade, ordonna Kamès à son nouvel officier. Là, tu proposeras au chef de la milice locale de t'imiter et de rejoindre nos rangs. Sinon, il connaîtra le sort du bandit qui vous asservissait.

38

Au nord de Dendera et au sud de Cusae, le site sacré d'Abydos était consacré au dieu Osiris, le maître de la vie en éternité. Dépourvue d'importance économique, la cité sainte accueillait les stèles des « justes de voix » qui avaient comparu avec succès devant les deux tribunaux, le terrestre et le céleste.

La reine et ses soldats bivouaquaient à bonne distance du temple, plongé dans le silence. Aucune trace de présence hyksos aux environs. Après plusieurs raids qui leur avaient permis de libérer les villages entre Dendera et Abydos, les Thébains appréciaient quelques heures de repos.

— Il n'y a plus personne ici, estima le Moustachu. Dès que nos hommes auront récupéré, ne faudrait-il pas gagner le front au plus vite ?

— Les Hyksos ont remplacé la vie par la mort, rappela Ahotep. À Abydos, Osiris transforme la mort en vie, et nous devons d'abord nous assurer que seuls y règnent les esprits lumineux. Quand l'Égypte sera libérée, Abydos redeviendra un sanctuaire magnifique et prospère. Les stèles des justes y seront de nouveau érigées, et un collège de prêtres et de prêtresses célébrera le culte et les mystères du dieu, comme par le passé.

À écouter Ahotep, le bonheur n'était pas qu'une illusion. Et sa voix continuait à réveiller l'espoir, même chez ceux qui croyaient l'avoir définitivement perdu.

Comme les autres combattants, Vent du Nord et Rieur oublièrent la guerre pendant une journée entière. L'âne se régalait de délicieux chardons, le chien se prélassait à l'ombre d'un sycomore en mastiquant un os.

Au milieu de la matinée suivante, la troupe s'approcha du temple dont la façade était en partie masquée par des herbes folles.

— On croirait entendre des lamentations, observa le Moustachu.

— Ton oreille n'est pas mauvaise, approuva l'Afghan.

Sur l'ancien chemin des processions qui allait du sanctuaire à un petit bois, apparurent une dizaine de prêtres dont les chants funèbres évoquaient l'assassinat d'Osiris par son frère Seth. Semblant profondément affectés par le drame qu'ils faisaient revivre, ils avançaient avec une extrême lenteur. À leur tête, un grand gaillard, la tête couverte d'un capuchon. Quant aux deux ritualistes qui fermaient la marche, ils tenaient un gourdin pour frapper les suivants de Seth, les ennemis d'Osiris.

Ainsi, les anciens cultes étaient toujours célébrés, même de manière sommaire !

Au moment où Ahotep s'approchait du ritualiste en chef, Vent du Nord s'élança de toute sa vitesse et percuta le gaillard encapuchonné qui chuta lourdement.

Se relevant avec hargne, il sortit un poignard d'une poche de sa tunique et tenta de le planter dans le poitrail de l'âne. C'était compter sans l'intervention de Rieur le Jeune qui bondit sur l'agresseur et lui broya le bras entre ses crocs.

Les prêtres armés de gourdins encadrèrent Ahotep avec l'intention de lui fracasser le crâne. La reine esquiva le premier coup, mais elle n'aurait pas échappé au second si la main puissante de l'Afghan n'avait bloqué le poignet de l'agresseur avant de le lui casser. Son acolyte n'évita pas la charge du Moustachu dont le coup de tête lui brisa le nez.

— Ce sont des Hyksos ! déclara l'un des véritables prêtres en se prosternant devant la reine, aussitôt imité par ses collègues. Ils nous ont forcés à vous tendre ce guet-apens.

Avant de leur faire confiance, les Thébains les soumirent à un interrogatoire serré. Il en ressortit qu'ils avaient bien été pris en otages par trois miliciens hyksos, décidés à supprimer la reine, même en perdant la vie dans l'aventure.

Les larmes aux yeux, Ahotep parcourut un temple souillé et délabré. Des splendeurs du Moyen Empire, il ne subsistait presque rien. Après s'être recueillie devant les scènes mutilées qui retraçaient les épisodes de la résurrection d'Osiris, Ahotep s'aventura dans le désert où avaient été creusées les demeures d'éternité de la première dynastie, loin des terres cultivées. Ces simples chambres en longueur aux murs de briques étaient les témoignages d'une période majeure au cours de laquelle la Haute et la Basse-Égypte avaient, pour la première fois, formé un seul pays.

Les barbares hyksos ne s'étaient pas intéressés à ces modestes sépultures. Bien que les lieux ne fussent pas empreints de tristesse, Ahotep se sentit si seule que sa volonté en fut ébranlée.

Certes, les succès obtenus avaient dépassé les espérances les plus folles. Mais était-il possible d'aller plus loin ? À la réflexion, les blessures infligées au monstre n'étaient que superficielles. Sans doute l'empereur avait-il laissé la reine s'agiter à la manière d'un insecte facile à écraser le moment venu.

Dépasser Cusae... Une utopie ! Au-delà débutait le véritable territoire des Hyksos dont l'armement était bien supérieur à celui de l'armée de libération. Jamais le tyran n'accepterait que le pharaon Kamès empiétât sur son domaine.

Ne pas progresser vers le Nord, ne pas réunifier les Deux Terres, c'était perdre la guerre et accepter définitivement une occupation qui ne cesserait de s'aggraver.

Ahotep s'immobilisa devant une tombe.

Sur la table d'offrande servant de seuil avait été déposée une petite jarre à vin, dédiée au pharaon Aha.

Aha, « le Combattant ».

N'était-ce pas un message qu'adressaient à la reine les monarques de la première dynastie ? Combattre, il n'existait pas d'autre voie.

Combattre jusqu'à la mort s'il le fallait, et ne jamais renoncer au but suprême : la réunification.

Quand Ahotep parcourut une nouvelle fois le temple d'Osiris, toute trace de doute avait disparu. L'esprit des anciens rois avait pénétré en elle, exigeant que son regard ne se limitât point à l'horizon de Thèbes.

Surveillé par le Moustachu et l'Afghan, un prêtre présenta sa requête.

— Majesté, notre supérieur est toujours vivant. Il connaît les formules qui nous permettront de célébrer de nouveau les rites et de faire revivre les noms des justes reconnus comme tels par Osiris. Pour que sa sagesse ne fût pas perdue, nous l'avons caché dans un village des environs. Puisque vous nous avez libérés des Hyksos, pourriez-vous le ramener ici ?

Le Moustachu fit la moue.

— Ça ressemble à un piège, Majesté.

— Un piège ! protesta le prêtre. Mais qu'allez-vous supposer ? Nous souhaitons seulement ramener chez lui notre supérieur !

— Ça ressemble de plus en plus à un piège.

— Allons-y, décida Ahotep.

— Prenez au moins une précaution, recommanda l'Afghan : que ce prêtre marche devant et nous serve de bouclier.

Le village était niché sur une butte dominant un canal. Établi en contrebas, le poste des miliciens hyksos n'avait posé aucun problème au Moustachu qui n'avait eu besoin que de deux hommes pour l'anéantir.

Une dizaine de bambins accoururent en poussant des cris de joie. Un petit garçon sauta dans les bras de la reine et l'embrassa sur les deux joues. Des mères inquiètes les rejoignirent, sous l'œil suspicieux du Moustachu. Puis les hommes osèrent sortir de leurs maisons, en levant haut les bras afin de montrer qu'ils n'avaient pas d'armes.

— Notre supérieur est-il toujours parmi vous ? demanda le prêtre, inquiet.

— Il se porte bien, répondit le maire du village.

En dépit de son âge avancé, le ritualiste en chef possédait une belle vigueur. C'est avec une profonde émotion qu'il s'inclina devant la reine.

— Je ne peux y croire, Majesté ! Abydos est-elle vraiment libérée ?

— Tu peux regagner le temple. Que soit érigée une stèle en l'honneur du pharaon Séqen, juste de voix, et que son nom soit glorifié chaque jour.

— Ainsi sera-t-il fait, Majesté. Pardonnez ma curiosité, mais... avez-vous décidé de consolider la frontière de Cusae ou de reconquérir le Nord ?

— L'Égypte ne survivra qu'à la condition d'être réunifiée.

— Vous parlez d'or, Majesté ! Mais pour espérer réussir, il vous faut connaître le contenu de la jarre aux prédictions qui révèle les bons et les mauvais jours. Sans cette liste, vous commettrez des erreurs et subirez de lourdes pertes.

— Où se trouve-t-elle ?

— À Hermopolis.

39

Lorsque les dockers débarquèrent les caisses en provenance d'Asie, la police établit un cordon de sécurité sur le quai. Khamoudi avait ordonné que personne ne fût autorisé à s'approcher du bateau de marchandises et que sa cargaison fût immédiatement apportée au palais.

Dès son arrivée, le Grand Trésorier abandonna ses dossiers pour contempler les nombreux vases en céramique, certes grossiers, mais au contenu si précieux !

Seul dans la vaste cave, Khamoudi ouvrit l'un des vases.

Il contenait bien de l'opium, qui serait vendu très cher aux officiers supérieurs et aux notables hyksos d'Avaris et des grandes villes du Delta. Avec l'accord de l'empereur, Khamoudi avait entrepris de développer ce nouveau commerce dont la rentabilité s'annonçait exceptionnelle. À la suite de quelques tests effectués sur son entourage, le Grand Trésorier s'était aperçu que les consommateurs s'habituaient vite à ce produit et en redemandaient. Puisqu'il revenait à l'État d'assurer le bien-être de ses administrés, autant en tirer le maximum de bénéfices dont la majeure partie irait, comme il se devait, grossir la fortune de l'empereur.

Autre avantage non négligeable : quantité de dignitaires deviendraient dépendants des fournitures procurées par le Grand Trésorier, et les prix ne cesseraient donc d'augmenter. Dans quelques mois, la drogue inonderait toutes les provinces de l'empire, et les commissions touchées par Khamoudi seraient colossales. Encore fallait-il s'assurer de la qualité de la marchandise.

S'emparant d'un joli vase rouge à la forme allongée, il regagna sa demeure de fonction où son épouse, Yima, se faisait épiler à la cire.

— Déjà rentré, chéri ?

— J'ai une bonne surprise.

— Dès que ma servante aura terminé, je...

— Qu'elle s'en aille.

Redoutant d'être frappée, la servante s'éclipsa.

Khamoudi alluma un brûle-parfum et fit chauffer des boulettes d'opium.

— Tu vas me goûter ça, ma douce.

— Qu'est-ce que c'est ?

— Une gourmandise.

Yima apprécia le cadeau. À constater son délire, formé de phases d'excitation et de moments d'apathie, la clientèle ne pourrait être que ravie.

Le peintre Minos ajouta du bleu pâle sur la colonne de la salle de réception du palais crétois, l'un des éléments de la grande fresque à laquelle il travaillait en soignant le moindre détail. Perfectionniste, il reprenait plusieurs fois la même figure avant d'en être satisfait.

Quand une main caressante s'appuya sur son épaule, il posa lentement son pinceau.

— Venteuse... Tu devrais me laisser travailler !

— Voilà des heures que tu t'épuises à rendre plus gaie cette salle sinistre ! Il est l'heure de t'amuser, ne crois-tu pas ?

La belle Eurasienne plaqua son corps nu contre celui du Crétois. Leurs formes s'épousaient à la perfection, comme s'ils avaient été créés l'un pour l'autre.

— Tu es folle ! On pourrait nous surprendre.

— Comme c'est excitant, murmura-t-elle en dénouant le pagne de son amant dont la virilité était déjà éclatante.

— Venteuse, non...

— Je suis amoureuse de toi, Minos, vraiment amoureuse. Rien ne saurait nous être interdit.

Bien qu'elle demeurât une redoutable carnassière qui continuait à dévorer les ennemis de l'empereur en arrachant leurs aveux sur l'oreiller, Venteuse était sincèrement éprise du peintre dont la naïveté la touchait au cœur. Autant elle s'ennuyait dans les bras de ses amants de passage, autant elle éprouvait un plaisir intense chaque fois qu'elle s'offrait au Crétois.

Venteuse ne pouvait plus se passer de Minos. Jamais elle ne le laisserait repartir pour la Crète, même si elle lui laissait croire le contraire.

— Tes peintures sont de plus en plus belles, jugea-t-elle en s'allongeant sur lui.

— J'ai fabriqué un nouveau bleu qui donne

davantage de chaleur et je compte améliorer mes autres couleurs.

— Reprendras-tu tes anciennes peintures ?

— Il le faudra bien.

— Grâce à toi, la beauté rend cette forteresse presque aimable.

— Ne parlons plus de travail, je t'en prie. Je préfère m'occuper du chef-d'œuvre que je caresse.

Une vague de plaisir envahit Venteuse. Seul Minos parvenait à lui faire oublier ses turpitudes.

La soirée de gala offerte par le Grand Trésorier et son épouse était des plus réussies. Y assistaient la plupart des officiers supérieurs hyksos qui appréciaient leur première consommation de drogue et deviendraient de fidèles clients.

Venteuse avait jeté son dévolu sur un responsable de l'armement dont quelques remarques acides à propos du front de Cusae ressemblaient à des critiques contre la politique de l'empereur. Si tel était bien le cas, elle saurait attirer ses confidences, et il y aurait un nouveau candidat pour le labyrinthe.

Yima n'avait pas manqué de féliciter Minos pour la splendeur de ses sculptures, et Venteuse voyait d'un mauvais œil cette gourgandine s'approcher trop près de son amant. Si elle continuait ainsi, la maîtresse du Crétois trouverait le moyen de se débarrasser de sa rivale.

— Tu ne goûtes pas notre dernière friandise ? demanda Khamoudi à Minos.

— D'après le comportement de ceux qui en consomment, elle nuirait à la sûreté de ma main.

— Ne te procurerait-elle pas de nouvelles idées ?

— Pour le moment, je n'en manque pas.

— Tu viendras à la drogue, j'en suis sûr ! Comment un artiste pourrait-il s'en passer ? Compte sur moi pour te faire les meilleurs prix.

— Votre sollicitude me touche, Grand Trésorier.

— Rien de plus normal, mon jeune ami ! J'apprécie beaucoup l'art moderne.

Les réjouissances touchant à leur fin, Minos parvint à s'éclipser.

Après avoir fait semblant de regagner ses appartements, il s'éloigna de la citadelle en se retournant à plusieurs reprises, comme s'il redoutait d'être suivi.

Alors que Minos se dirigeait vers le quartier où logeaient la plupart des officiers supérieurs, il faillit se heurter à une patrouille. Le cœur battant, il se dissimula à l'angle d'une ruelle avec l'espoir qu'aucun des policiers ne l'avait remarqué.

Il lui fallut un long moment pour reprendre son souffle et continuer son chemin. Dix fois, le peintre s'arrêta et regarda autour de lui.

Rassuré, il parcourut en courant la dernière centaine de mètres qui le séparait de la demeure de l'homme qu'il devait rencontrer dans le plus grand secret.

Comme convenu, la maison et ses dépendances étaient plongées dans l'obscurité. Minos se faufila jusqu'à l'entrée, la porte s'ouvrit.

— Es-tu certain que personne ne t'a suivi ? demanda une voix angoissée.

— Certain.

— Entre vite.

Les deux hommes s'assirent et parlèrent bas.

— As-tu contacté d'autres dignitaires ? interrogea Minos.

— Seulement deux, et en prenant le maximum de précautions. Mais je ne peux affirmer qu'ils sont vraiment sûrs. À mon avis, mieux vaudrait renoncer à tes projets. Comploter contre l'empereur est beaucoup trop dangereux. Ceux qui ont essayé sont morts dans d'atroces souffrances.

— Si je ne parviens pas à me débarrasser d'Apophis, je ne retournerai jamais en Crète et je me consumerai, moi aussi, dans d'atroces souffrances. Renverser ce tyran est l'unique solution.

— L'empereur dispose de multiples réseaux de renseignements, sans parler de ceux de Khamoudi. Préparer une action contre lui est presque impossible.

— « Presque »... C'est dans ce mot que réside l'espoir ! Et nous avons déjà deux alliés ! N'est-ce pas un début ?

— Franchement, je crains que non.

— N'es-tu pas décidé, toi aussi, à lutter contre Apophis ?

— Je l'étais, mais son pouvoir s'est tellement renforcé que nul ne peut plus le contester. Si tu persistes, tu finiras dans le labyrinthe.

— L'empereur a besoin de mes services, rappela Minos. Qui d'autre pourrait décorer sa citadelle à la mode crétoise ? Il me croit soumis et résigné. Je suis le dernier qu'il soupçonnerait. N'est-ce pas un avantage capital qu'il faut exploiter ?

L'hôte du Crétois fut ébranlé.

— Ce n'est pas faux, mais as-tu réellement conscience du danger ?

— Je suis prêt à tout pour recouvrer ma liberté et regagner mon pays. Continue à nouer des contacts avec d'éventuels adversaires de l'empereur.

Venteuse aurait aimé passer la nuit avec Minos, mais le peintre semblait pressé de quitter la réception offerte par Khamoudi et de rentrer dormir dans ses appartements de la citadelle. Elle fut d'autant plus surprise de l'en voir ressortir en prenant mille précautions.

Intriguée, l'Eurasienne suivit son amant dont le comportement lui paraissait étrange. En le voyant pénétrer dans la demeure du responsable de l'armement, soupçonné de comploter contre l'empereur, Venteuse ressentit une violente douleur dans le bas-ventre.

Minos, le seul homme qu'elle aimait d'amour... Minos était-il le complice d'un traître ?

40

Chaque matin, Téti la Petite convoquait les officiers responsables de la sécurité de la base militaire et de la ville de Thèbes. Tant au sud qu'au nord de la cité avaient été installés des postes de guet chargés de signaler, à tout instant, une attaque hyksos. Grâce au travail acharné d'Héray, le Supérieur des greniers, l'agriculture thébaine était de nouveau florissante. Les éleveurs venaient de célébrer la naissance de nombreux veaux, agneaux et porcelets, comme si les troupeaux, rassurés par le maintien d'une paix durable, retrouvaient une fécondité normale.

Quant à l'intendant Qaris, il se comportait en véritable ministre de l'Économie. Après avoir mis fin au marché noir, il appliquait les règles anciennes voulant que le puissant ne vive pas aux dépens du faible. Il rendait compte à la reine mère de l'ampleur et de la qualité des échanges commerciaux dont le temple de Karnak était le principal régulateur.

Malgré ses journées chargées, la vieille dame prenait le temps de veiller sur l'éducation du prince

Amosé, devenu un excellent archer et un bon manieur d'épée, mais aussi un lettré capable d'écrire en hiéroglyphes ou en langue administrative. Téti la Petite lui faisait lire des contes, des romans et les enseignements des sages comme Ptah-hotep. Le sérieux du garçonnet surprenait ses instructeurs militaires : obéissant, persévérant, ne rechignant jamais devant un effort supplémentaire, il allait jusqu'aux limites de ses forces. Doté d'une remarquable mémoire et d'une intelligence vive, il avait soif de savoir et le désir de connaître.

D'ordinaire, Amosé se levait avec le soleil et prenait le petit déjeuner avec sa grand-mère. Ne le voyant pas apparaître, Téti la Petite demanda à sa femme de chambre de le réveiller.

La domestique ne tarda pas à revenir.

— Majesté, le prince est très fiévreux ! Son front est brûlant, il tremble de tous ses membres.

La reine mère se rendit aussitôt auprès d'Amosé. Elle se sentait responsable du fils cadet d'Ahotep qui était peut-être promis à un grand destin. Sans nul doute, sa disparition prématurée porterait un coup fatal à la reine.

Au même âge, Ahotep avait souffert de maux comparables. Aussi Téti la Petite décida-t-elle d'utiliser des remèdes similaires afin de soulager le cœur en dégageant les conduits qui en partaient et y menaient. Elle rétablirait ainsi une bonne circulation de l'énergie. Négligeant la fièvre, simple symptôme, elle s'occupa de trois organes essentiels, le foie, la rate et les poumons, en administrant une potion dont les ingrédients — viande de taureau, résine de térébinthe, mélilot, baies de genévrier, bière douce et pain frais — avaient été soigneusement dosés.

Le petit garçon serra très fort la main de sa grand-mère.

— Tu penses que je vais mourir ?

— Certainement pas. Tu as encore beaucoup trop à apprendre.

— Bateaux en vue, Majesté ! annonça le gouverneur Emheb.

— Provenance ? demanda le pharaon Kamès.

— Le sud.

— Fais les signaux de reconnaissance.

S'il s'agissait de la reine Ahotep, elle répondrait en hissant une voile sur laquelle serait peinte une barque contenant le disque lunaire. Dans le cas contraire, il faudrait engager la lutte sur le fleuve.

Les nerfs des Thébains étaient tendus à l'extrême.

La voile se déploya lentement, trop lentement. À cause de l'intensité du soleil de midi, il était impossible de discerner le moindre signe.

— La lune, je la vois ! s'exclama Emheb. C'est bien la flottille de la reine.

Le symbole d'Ahotep et de la résistance brillait au sommet du mât de son navire. Sur un rythme joyeux, les tambours se mirent à battre pour célébrer la jonction de l'ensemble des forces égyptiennes.

Pendant que le jeune roi embrassait sa mère, les soldats se congratulaient.

Ahotep ne cacha pas sa surprise.

— Je ne t'amène que de maigres renforts, mon

fils, mais tu sembles avoir recruté de nombreux partisans.

Kamès ne dissimula pas sa fierté.

— Des bateliers, des marchands, d'ex-miliciens... Il a fallu les convaincre qu'ils avaient choisi le mauvais camp. Ce ne fut pas toujours facile, mais ils ont fini par comprendre où se trouvait leur intérêt. Notre victoire leur assurera une existence bien plus agréable que sous le joug hyksos.

Ahotep eut un large sourire.

— Tu commences vraiment à régner, Kamès.

La présence de la reine Ahotep avait eu une conséquence inespérée : souder les éléments disparates de l'armée de libération. Grâce à elle, la peur ne hantait plus les esprits que nourrissait à présent le rêve le plus fou : vaincre l'empire des ténèbres.

Un silence pesant régnait sur le front de Cusae. Chacun attendait les décisions du conseil de guerre, beaucoup pariaient sur une issue raisonnable : faire de Cusae la nouvelle frontière septentrionale du royaume thébain en la hérissant de fortifications.

— Je me suis engagé à briser le verrou d'Hermopolis, rappela le pharaon Kamès. La douane hyksos doit être démantelée.

— Là devrait être cachée la jarre aux prédictions, révéla Ahotep. Elle nous est indispensable pour établir notre stratégie et sauver de nombreuses vies.

— Fonçons sur Hermopolis, trancha Kamès.

Calme et solide, le gouverneur Emheb jugea

nécessaire de rappeler le jeune monarque à la réalité.

— Majesté, Hermopolis est hors d'atteinte.

— Pour quelle raison, gouverneur ?

— Depuis que nous tenons le front de Cusae, nous avons eu le temps d'étudier le dispositif hyksos. Au péril de leur vie, deux éclaireurs ont réussi à contourner la première ligne ennemie et à découvrir leur base arrière. Il s'agit de la ville de Néfrousy, la capitale de la seizième province de Haute-Égypte que gouverne le collaborateur Tita fils de Pépi.

— Existe-t-il une forteresse comparable à celle de Gebelein ? demanda Ahotep.

— Non, mais Néfrousy est quand même défendue par de solides remparts. Et je ne crois pas que notre armée soit capable de s'en emparer.

— Ce Tita est-il vendu à l'empereur ? s'enquit Kamès.

— Malheureusement oui, Majesté. Ce n'était qu'un simple batelier qui a fait fortune en transportant les envahisseurs. Il a dénoncé les résistants et s'est vu offrir la ville par Apophis. Pour lui, seul compte l'empire qui lui assure richesse et pouvoir.

— Le parfait exemple du lâche et du traître ! rugit Kamès.

— La plupart des gouverneurs actuels des provinces du Nord lui ressemblent, déplora Emheb. Ils sont persuadés que l'empereur est invincible et que notre armée ne dépassera pas Cusae. Vous n'en convaincrez aucun de changer de camp.

— Alors, ils périront !

— Nul, plus que moi, ne souhaite l'extermination de cette vermine. Mais les Hyksos la protègent et la font prospérer.

— Quelle serait, d'après toi, la meilleure stratégie ?

— Rendre la frontière de Cusae infranchissable en érigeant des fortifications et en obturant le Nil par une muraille de bateaux de charge.

— Renoncerais-tu à réunifier les Deux Terres ? s'inquiéta Ahotep.

— Certes pas, Majesté, mais ne faut-il pas s'adapter à une situation donnée ? À Edfou, à Thèbes et à Cusae, nous avons analysé correctement la situation, et le succès nous a souri. Ne gâchons pas notre avancée par une action précipitée.

Le chancelier Néshi avait toujours été opposé à toute forme de frilosité. Mais cette fois, l'exposé d'Emheb lui paraissait sensé. Personne ne pouvait accuser le gouverneur de manquer de courage. Sans lui, le front de Cusae n'aurait pas tenu longtemps.

Six jours de forte fièvre.

Six jours au cours desquels le petit Amosé avait souvent déliré, implorant son père défunt et sa mère absente de ne pas l'abandonner dans la gueule des démons de la nuit.

Pessimiste, le médecin du palais n'avait rien ajouté à la thérapeutique prescrite par Téti la Petite qui ne quittait presque plus le chevet du fils cadet d'Ahotep, laissant le soin à l'intendant Qaris de traiter les affaires courantes.

Pendant ses moments de lucidité, le malade

regrettait d'être si chétif et de ne pouvoir continuer à s'entraîner sous la direction de ses instructeurs. Sa grand-mère le rassurait et lui lisait l'enseignement du sage Imhotep, le génie qui avait conçu la première pyramide en pierre, érigée sur le site de Saqqara, près de la ville de Memphis aujourd'hui occupée par les Hyksos.

À deux reprises, la reine mère avait cru perdre son petit-fils dont la respiration s'éteignait. Mais le regard refusait de sombrer dans la nuit, puisant ses ultimes forces dans la confiance inébranlable de Téti la Petite. Pas un instant, Amosé n'avait ressenti le doute chez celle qui l'amarrait fermement à la vie.

Autant que les remèdes, cette attitude favorisa la guérison du prince.

Le septième jour, il se leva et déjeuna d'un bon appétit sur la terrasse du palais, en compagnie d'une grand-mère soulagée et joyeuse.

41

Pour ceux qui, tels les Syriens, avaient vu ce genre de monstre, Tita fils de Pépi ressemblait à un ours. Avec son énorme tête, ses sourcils broussailleux et son nez en forme de museau, il terrorisait ses subordonnés auxquels il ne pardonnait pas la moindre incartade. Excellent élève des Hyksos, il fondait son pouvoir sur la violence et la cruauté.

À l'image de l'empereur, Tita fils de Pépi exécutait lui-même, chaque mois, l'un de ses concitoyens pris au hasard. La population de Néfrousy était contrainte d'assister à la cérémonie qui se terminait par un hymne à la grandeur d'Apophis.

L'ours aimait bien sa province et sa capitale, et il n'avait d'autre ambition que d'y régner en maître absolu. Pour le remercier de sa fidélité, l'empereur l'avait autorisé à dresser des remparts qui donnaient belle allure à Néfrousy.

Une belle allure que possédait aussi son épouse, Anat, une Syrienne aux yeux bleus. Dotée d'un tempérament de feu, elle ne cessait de le contrarier en s'opposant à chacune de ses décisions qu'elle jugeait aussi stupides qu'injustes. Par chance pour elle, Tita fils de Pépi appréciait cette contestation-là, et uniquement celle-là. Et puis les joutes se terminaient toujours dans le vaste lit en sycomore, le plus beau fleuron de son palais.

La journée s'annonçait agréable, puisque le maître de Néfrousy allait égorger un adolescent coupable de rébellion contre l'empereur. Ensuite, des jeunes filles défileraient en chantant un poème guerrier composé par l'ours en personne. Une ridicule horreur, d'après Anat, mais dont les paroles vantaient le génie de l'empereur.

— Pas encore prêt ? s'étonna la jeune femme.

— Je tiens à être particulièrement beau, ma chérie. Mes apparitions publiques doivent ravir la population.

— Est-il nécessaire de tuer un gamin innocent afin d'asseoir ton abominable réputation ?

— Bien sûr ! Le moindre signe de clémence ferait pousser les résistants comme de mauvaises herbes.

— En existe-t-il encore ?

— Méfiance, méfiance ! Toi, tu es superbe. Comment me va cette nouvelle tunique ?

— Trop voyante.

— Tu es vraiment insupportable, ma chérie !

Peu après l'aube, la reine Ahotep avait de nouveau réuni le suprême conseil qui venait de statuer sur l'avenir de l'Égypte. Ses membres espéraient à présent des directives précises et une répartition des forces armées entre Thèbes et Cusae.

— Cette nuit, révéla la souveraine, le dieu

Amon m'est apparu, son épée à la main. Il s'était incarné dans la personne du pharaon Kamès et son regard avait l'intensité du soleil de midi. « Ne t'ai-je pas ordonné de détruire les Hyksos et d'accomplir cette mission, quels que soient les obstacles ? » m'a-t-il rappelé. Certes, vous êtes raisonnables et sensés. Certes, les Hyksos nous sont supérieurs. La ligne de front est solide, Néfrousy imprenable, Hermopolis plus encore. Certes, l'impossible a déjà été accompli, et nous avons sans doute épuisé nos réserves de *heka*, la seule force capable de modifier le destin cruel qui s'est abattu sur notre pays. Je connais la réalité mais j'ai le devoir de la refuser et de ne pas la subir, parce que telle est la volonté d'Amon. L'heure est venue d'aller au-delà de Cusae, de franchir cette frontière et de nous élancer vers le Nord. Seule cette stratégie contribuera à la réunification des Deux Terres. Si nous sommes vaincus, Thèbes sera détruite et plus rien ne s'opposera à la barbarie. Et si nous nous replions, il en sera de même. Sans doute estimerez-vous aberrante ma détermination et préférerez-vous vous réfugier dans une fausse sécurité. C'est pourquoi je ne partirai au combat qu'avec des volontaires.

Kamès éleva les mains, paumes dirigées vers le ciel, en signe de vénération.

— Le pharaon désigné par Amon a entendu la voix de l'Épouse de Dieu. Son armée la suivra. Que les conseillers en désaccord avec notre décision regagnent Thèbes immédiatement.

Personne ne sortit de la tente.

— Quelle femme incroyable, murmura l'Afghan en regardant Ahotep s'adresser à chaque soldat afin de lui insuffler le courage nécessaire.

— Ça vaut le coup de mourir pour elle et pour l'Égypte, ajouta le Moustachu. Au moins, quand nous comparaîtrons devant le tribunal de l'autre monde, nous n'aurons pas la tête basse et les yeux honteux.

Lorsque Kamès, coiffé de la couronne blanche, apparut à la proue du vaisseau amiral, les guerriers de l'armée de libération levèrent leurs armes vers le ciel tandis que les tambours se mettaient à battre sur un rythme frénétique.

Pour briser la ligne de défense hyksos, le pharaon lança un triple assaut : par le fleuve et sur chaque rive, engageant ainsi la totalité de ses forces.

Kamès bénéficia d'un excellent concours de circonstances. D'une part, c'était l'heure de la relève qui se déroulait de façon routinière ; d'autre part, le général chargé du front de Cusae était alité, souffrant de coliques néphrétiques.

Surpris par l'ampleur de l'offensive, les Hyksos perdirent de précieuses minutes à s'organiser tant bien que mal. Déjà, plusieurs de leurs bateaux brûlaient tandis que leur camp était attaqué à l'est et à l'ouest. Dès qu'Ahmès fils d'Abana eut abattu les officiers supérieurs qui se croyaient à l'abri sur la butte d'où ils observaient la bataille, la chaîne de commandement fut rompue et l'affolement gagna l'ensemble des défenseurs.

Semblable à une flamme dévorante dont Kamès entretenait l'ardeur en donnant des ordres précis et efficaces, l'armée de libération s'engouffra dans les multiples brèches.

Le gouverneur Emheb était abasourdi. Comment des troupes hétéroclites et peu expérimentées avaient-elles réussi à terrasser des fantassins hyksos plus nombreux et mieux armés ? L'enthousiasme des assaillants avait été déterminant, certes, mais il fallait reconnaître au jeune roi Kamès des qualités exceptionnelles de chef de guerre. Ne se fiant qu'à son instinct, il avait frappé aux bons endroits et aux bons moments. La magie de la reine Ahotep ne guidait-elle pas son bras ?

— Nos pertes ? demanda-t-elle.

— Légères, Majesté.

— Qu'un bateau rapatrie les blessés graves à Thèbes. Des prisonniers ?

— Aucun.

La flamme des libérateurs ne s'était apaisée qu'avec la mort du dernier Hyksos, brûlé dans l'incendie de son camp.

Quand il était sorti de la fumée, son épée maculée de sang, le pharaon avait effrayé ses propres soldats. Toute expression de jeunesse s'était effacée de son visage, désormais marqué par le nombre de morts brutales qu'il avait infligées.

— Tu t'es trop exposé, lui reprocha Ahotep.

— Si je ne montre pas l'exemple, qui osera défier les ténèbres ?

Épuisé, le monarque s'assit sur un modeste trône en sycomore. Rieur le Jeune lui lécha les mains, comme si le chien voulait effacer les traces du terrible combat.

— Vous aviez raison, mère : nous étions capables de percer le front hyksos. Grâce à cette victoire, notre *heka* est renforcé et nous avons mis au jour des qualités que nous ignorions. Ce fut comme un accouchement... Nous avons donné naissance à des forces redoutables que le dieu Seth lui-même ne renierait pas. Est-ce bien le chemin que nous devons suivre ?

— Répondre à la violence par la douceur, à la cruauté par la diplomatie et le pardon... C'est ce que tu souhaiterais, mon fils ? De telles attitudes conduiraient au triomphe de la barbarie. En face de nous, sur notre terre, il n'y a pas de simples adversaires avec lesquels on peut négocier, mais des Hyksos. Des envahisseurs qui veulent anéantir nos corps et nos âmes. Seth ne se tient-il pas à la proue de la barque du soleil, puisqu'il est seul capable d'affronter le dragon des ténèbres ?

Kamès ferma les yeux.

— Je m'étais préparé au combat, pas à cette guerre.

— Ce n'est que son début, mon fils. Aujourd'hui, tu as renoué avec la vaillance de ton père et tu as ressenti ce qu'il avait éprouvé en mourant pour la liberté.

Kamès se releva.

— Comme lui, j'irai jusqu'au bout. Quelques jours de repos, et nous prendrons Néfrousy.

— Ces quelques jours, je ne te les accorde pas. Nous devons profiter de cette victoire pour pousser notre avantage et fondre sur l'ennemi tel le faucon.

L'Afghan et le Moustachu avalèrent un repas plutôt frugal, ramassèrent leur paquetage et remontèrent à bord de leur bateau. Malgré leur grade et leurs décorations, ils continuaient à se comporter comme de simples résistants.

— On aurait bien soufflé un peu, déplora un fantassin.

— Tu veux vraiment mourir ? lui demanda l'Afghan.

— Bien sûr que non !

— Alors, réjouis-toi des ordres. Plus vite nous atteindrons notre prochain objectif, plus nous aurons une chance de vaincre, donc de survivre.

— On va encore se battre ?

— Tu es ici pour ça, non ?

La question plongea le fantassin dans un abîme de perplexité.

— Il y a du vrai, commandant.

— Allons-y, mon gars. Nous n'avons pas fini d'exterminer du Hyksos.

— Ça, ça me plaît !

Le fantassin grimpa la passerelle avec allégresse.

Avec un sens de la discipline exemplaire, les soldats de l'armée de libération embarquèrent en un temps record.

Et ce fut au tour des rameurs de prouver leurs capacités.

42

La cérémonie battait son plein. Des dizaines d'enfants entonnaient l'hymne à l'empereur composé par le maître de la cité de Néfrousy.

Soudain, des hurlements brisèrent cette fausse harmonie.

Furieux, Tita fils de Pépi fit signe à ses policiers d'interpeller les auteurs de ce désordre qui seraient exécutés sur l'heure.

Mais les cris redoublèrent, provenant de l'extérieur de la ville.

— Ce sont nos paysans, seigneur ! déclara un policier. Ils nous supplient d'ouvrir la grande porte.

Mettant fin à la fête, le tyran monta sur les remparts d'où il découvrit un spectacle révoltant : des dizaines d'agriculteurs avaient quitté leur travail pour tenter de se réfugier dans la cité !

Dans la vaste plaine aux riches cultures avançaient les soldats de l'armée de libération.

À leur tête, le pharaon Kamès.

— Mettons vite les paysans à l'abri, recommanda le chef des archers.

— Ne prenons pas le moindre risque. Qu'ils soient abattus.

— Abattus... Vous voulez dire... Nos paysans, nos propres paysans ?

— Hors de question d'ouvrir la grande porte. Exécute mes ordres, puis fais tirer sur l'ennemi, de sorte qu'il ne puisse pas approcher de nos murs.

Sous les yeux effarés des Égyptiens, les paysans désarmés furent massacrés par la police de Tita fils de Pépi.

Révoltés, un jeune capitaine et quelques fantassins s'élancèrent pour leur porter secours, mais aucun d'eux n'échappa aux flèches des archers de Néfrousy.

— Que ce genre d'initiative soit bannie, exigea le roi. Vous voyez où elle conduit.

— Il faut ramener les corps de nos hommes, avança Emheb.

— Pas en sacrifiant d'autres vies. Encerclons d'abord la ville.

Les Égyptiens se déployèrent en restant hors de portée des archers hyksos. Des tentes furent dressées, le chancelier Néshi fit servir des repas.

Sur l'ordre d'Ahotep, les régiments d'élite commandés par l'Afghan et le Moustachu se postèrent au nord de Néfrousy afin d'empêcher d'éventuels renforts de briser le siège.

Dès que le soleil fut couché, Ahmès fils d'Abana et une dizaine de volontaires rampèrent jusqu'à l'endroit où leurs camarades étaient tombés. Ils réussirent à ramener les cadavres mais aussi trois blessés graves auxquels Féline administra les premiers soins avant leur transport sur le bateau-infirmerie.

— Les murailles semblent solides, observa le gouverneur Emheb. Un siège efficace nous prendra beaucoup de temps.

— Je me retire dans ma cabine, décida Kamès.

En dépit de la menace que constituait l'armée thébaine, Tita fils de Pépi avait maintenu le banquet organisé en son honneur et qu'il présidait en compagnie de son épouse.

— Fais au moins semblant de t'amuser, Anat.

— Oublies-tu que nous sommes assiégés ?

L'ours planta ses dents dans une cuisse d'oie.

— Cette bande de révoltés ne nous menacera pas longtemps.

— En es-tu si sûr ?

— Des renforts hyksos les piétineront dès demain matin. Ils prendront ces imbéciles à revers, et j'enverrai les survivants à Avaris où leur supplice distraira l'empereur. En échange de ce cadeau, Apophis m'accordera de nouveaux privilèges. Au fond, la venue de ces insensés est une chance. Grâce à eux, je vais renforcer mon prestige !

Sans le moindre allant, un orchestre composé de flûtistes et d'hautboïstes jouait une mélodie lancinante qui exaspéra le maître de Néfrousy.

— Disparaissez, incapables !

Les musiciens décampèrent.

— As-tu pris toutes les précautions nécessaires ? s'inquiéta Anat.

— Mes archers se relaieront sur les remparts,

personne ne pourra approcher. Sois tranquille, ma douce : nous ne sommes pas en danger.

— Es-tu vraiment persuadé que les Hyksos sont invincibles ?

— Ils le sont, sois-en certaine !

Kamès tournait dans sa cabine comme un fauve en cage. Hésitant sur la stratégie à adopter, il mettait et remettait en balance la vie de ses soldats et la nécessaire conquête de Néfrousy. Ne tirant aucun fruit de ses réflexions, il sortit sur le pont où la reine Ahotep goûtait les derniers rayons du couchant.

— As-tu pris ta décision, mon fils ?

— Je n'y parviens pas. Un trop long siège nous ferait perdre notre élan, un assaut mal mené entraînerait de trop lourdes pertes.

— Tes conclusions sont les miennes.

— Alors, que préconisez-vous ?

— Cette nuit, je m'entretiendrai avec le dieu Lune. Lui, l'interprète du ciel, nous enverra un signe qui guidera notre action. Va te reposer, mon fils.

Suspicieux, l'Afghan et le Moustachu descendaient le Nil à bord d'une barque légère en compagnie d'une dizaine d'hommes aguerris. Tous les sens en éveil, ils progressaient avec une extrême lenteur.

— Les voilà, annonça le Moustachu. On ne s'était pas trompés.

Deux bateaux de guerre hyksos au mouillage.

Les marins bivouaquaient sur la rive, les sentinelles paraissaient très détendues. En terrain conquis, qu'avaient à redouter les renforts qui atteindraient Néfrousy dès le lendemain ?

Un membre du commando rebroussa chemin pour aller chercher les deux régiments d'élite stationnés non loin de là. Moins de deux heures plus tard, ils étaient à pied d'œuvre.

— Emparons-nous d'abord des bateaux, décida l'Afghan. Nos meilleurs nageurs les aborderont par la poupe et grimperont à bord. Élimination rapide et silencieuse des marins de garde. Quand ce sera terminé, qu'un seul nous rejoigne. Les autres prépareront l'appareillage.

Si l'opération échouait, les Hyksos inspecteraient aussitôt les environs. L'affrontement direct serait inévitable.

Les minutes parurent interminables.

Puis une tête émergea de l'eau, et le nageur fit son rapport.

— Marins ennemis éliminés. Les bateaux sont à nous.

— On se répartit en trois groupes, précisa le Moustachu. Dès que les Hyksos sont couchés, on attaque.

Le pharaon Kamès n'avait pas réussi à dormir. Depuis son couronnement, il ne trouvait le sommeil qu'une à deux heures par nuit, sans que son énergie en fût affectée. Il songeait constamment à son père et ressentait parfois de violentes douleurs aux endroits du corps où le pharaon Séqen avait été blessé.

On frappa à sa porte.

— Deux bateaux hyksos foncent sur nous, lui apprit le gouverneur Emheb.

Kamès se rua à la proue du navire amiral, mais il était bien tard pour réagir. Comment prévoir que des navires de guerre prendraient le risque de naviguer en pleine nuit ?

Réveillés en sursaut, les marins égyptiens se précipitaient à leur poste.

— Regardez, au sommet du mât ! s'écria l'un d'eux. C'est le Moustachu !

La tension retomba.

Les deux bateaux accostèrent en douceur, leurs occupants poussèrent des cris de victoire.

— Majesté, déclara l'Afghan, notre flotte compte deux unités supplémentaires. Quant aux renforts qu'espérait le collaborateur Tita, ils ne viendront pas.

— Magnifique travail !

— Nous avons surpris les Hyksos pendant leur sommeil. De notre côté, trois morts et quinze blessés.

— Fais-les soigner et allez vous reposer.

— Si vous comptez attaquer à l'aube, Majesté, nous avons juste le temps de manger un morceau.

Le roi ne répondit pas.

Alors que les premières lueurs perçaient les ténèbres, la reine Ahotep vint vers lui. Malgré une nuit blanche, son visage était d'une surprenante fraîcheur.

— Mère, le dieu Lune a-t-il parlé ?

Jaillissant de l'orient, un faucon aux plumes bigarrées traversa le ciel. Ses ailes semblaient immenses, comme si elles prenaient possession de l'espace entier.

— Il vient de parler, constata le pharaon, et je l'ai entendu !

43

Tel un faucon, le pharaon Kamès fondit sur la ville de Néfrousy à la tête de son armée. Gênés par le soleil levant, les archers hyksos manquèrent de précision, ce qui ne fut pas le cas d'Ahmès fils d'Abana et des tireurs d'élite thébains.

À l'exception de quelques marins assurant la garde de la flotte de guerre, toutes les forces égyptiennes s'engagèrent dans un assaut massif.

Brutalement réveillé, Tita fils de Pépi ne demeura pas longtemps éberlué par ce déferlement inattendu. S'emparant lui-même d'une fronde, il tua un officier marchant à la tête de ses troupes.

— Tirez, défendez-vous ! ordonna-t-il à ses policiers.

L'instinct de survie provoqua un sursaut chez les miliciens qui, malgré la peur, déclenchèrent un tir de barrage pour empêcher les assaillants d'approcher des murailles.

— Il nous faut des béliers, estima le Moustachu.

— Les mâts des navires hyksos feront l'affaire, préconisa le gouverneur Emheb.

— Ils reculent ! s'exclama Tita. On les a repoussés !

Sans trop y croire, il avait gagné.

Ou, du moins, il s'était donné le répit nécessaire pour s'enfuir. Les Égyptiens organiseraient un siège qui finirait par être fatal à sa ville, mais le collaborateur ne compterait pas au nombre des victimes. Il n'emmènerait avec lui que quelques serviteurs chargés de ses biens les plus précieux. Quant à son épouse, elle aurait été une charge inutile. À Avaris, les femelles ne manquaient pas.

L'armée de libération ayant attaqué par l'est, Tita comptait sortir de Néfrousy par la porte de l'ouest.

Mais force lui fut de constater que l'ennemi avait massé des troupes sur les buttes voisines. Et il en allait de même dans les plaines du sud et du nord.

Néfrousy était encerclé.

— Tu ne comptais quand même pas t'enfuir ? lui demanda Anat, ironique.

— Non, bien sûr que non ! J'étudiais le moyen de consolider mes défenses.

— Ne crois-tu pas qu'il serait plus sage de te rendre ?

— Me rendre ? Ce serait une folie !

— De toute manière, tu seras tué. En déposant les armes, tu éviterais à la population de nouvelles souffrances.

— Elle doit lutter à mes côtés et me défendre ! N'ai-je pas été son bienfaiteur ?

— Tu es cruel et lâche. Termine ton existence par un acte généreux, ouvre les portes de la ville et implore le pardon du pharaon.

Tita fils de Pépi considéra son épouse d'un œil mauvais.

— Ne songerais-tu pas à me trahir, ma belle ? Oui, c'est ça... Tu me crois déjà vaincu et tu prends le parti des Thébains !

— Ne sois pas ridicule et accepte la réalité.

— Rends-toi immédiatement dans ta chambre. Deux gardes se tiendront devant ta porte. Quand j'en aurai fini avec ces Thébains, je m'occuperai de toi.

— Seigneur, ils reviennent !

Du haut des remparts, Tita fils de Pépi vit de nouveau déferler l'armée de libération, jaillissant des quatre points cardinaux. Protégés à la fois par les tirs des archers et de solides boucliers que tenaient les auxiliaires, les porteurs des béliers progressaient rapidement vers les portes de Néfrousy.

Le collaborateur repéra la couronne blanche de Kamès qui atteignait la porte d'Orient. Pourtant lancé avec puissance, son javelot manqua le roi. Et la tête du bélier enfonça la porte, provoquant un bruit déchirant qui affola les miliciens. Quelques instants plus tard, les trois autres portes cédèrent.

Pendant que les fantassins s'engouffraient dans la ville, les béliers reculèrent et reprirent leur élan pour foncer sur les murailles de briques.

Tita fils de Pépi courut vers son palais. Ses miliciens ne tiendraient pas longtemps, et il lui fallait se réfugier dans un bâtiment afin d'y attendre le pharaon et le supplier de l'épargner. N'était-il pas, lui aussi, une victime des Hyksos ?

L'arrivée de l'armée de libération était un véritable miracle qu'il avait appelé de tous ses vœux. Désormais, il serait un fidèle serviteur de Kamès. Encore fallait-il supprimer son mauvais génie, la traîtresse Anat, à l'origine des malheurs de Néfrousy. Preuve de sa bonne foi, il l'avait assignée à résidence.

Une trentaine de femmes dont Tita fils de Pépi avait fait exécuter les enfants interdisaient l'accès du palais.

— Écartez-vous !

— Tu as tué mon fils, déclara une grande rousse armée d'une marmite.

— Tu as tué ma fille, ajouta son amie qui serrait un pilon dans la main droite.

Chacune des femmes énonça gravement ses griefs.

— Laissez-moi passer et allez vous battre aux côtés des miliciens.

Toutes ensemble, elles se jetèrent sur Tita fils de Pépi et le massacrèrent avec leurs ustensiles de cuisine pendant que les béliers défonçaient les murailles de Néfrousy.

À lui seul, le pharaon Kamès avait abattu plus de trente miliciens, dont le chef de la garde personnelle du collaborateur qui avait tenté de le frapper dans le dos. Mais le jeune roi, profitant de l'entraînement intensif pratiqué sur la base secrète de Thèbes, semblait avoir des yeux dans la nuque.

Stimulés par la vaillance quasi surnaturelle de leur chef, les soldats de l'armée de libération s'étaient comportés avec autant de vaillance que les miliciens qui, en dépit de l'énergie du désespoir, ne leur avaient infligé que des pertes légères avant de céder sous le nombre.

Croyant à la propagande assenée jour après jour par le tyran et à l'arrivée imminente de renforts hyksos, de nombreux citadins s'étaient battus aux côtés des séides de l'empereur. Aussi, au milieu de l'après-midi, les rues de Néfrousy étaient-elles jonchées de cadavres.

Les mères de famille désignèrent celui de Tita fils de Pépi, méconnaissable.

— Qu'on le brûle et qu'on termine de raser cette ville, ordonna Kamès.

Devant tant de souffrances, la reine Ahotep avait le cœur serré. Et ce n'était que Néfrousy, une petite ville en comparaison d'Hermopolis, elle-même dérisoire face à Avaris ! Combien de morts dévorerait la gueule du monstre avant que puisse être chanté l'hymne au Créateur, « Éveille-toi en paix » ?

Féline se montrait d'une remarquable efficacité. Avec ses onguents nubiens, elle calmait les souffrances des blessés. Nommée par Ahotep responsable du service médical d'intervention rapide, la jeune femme redonnait espoir aux soldats les plus gravement atteints. Chacun enviait le Moustachu d'avoir une pareille maîtresse, devenue l'une des héroïnes de la guerre.

Après avoir confié la couronne blanche à sa mère, Kamès se fit laver à grande eau et changea de vêtements. Les blanchisseurs mettraient du temps à nettoyer sa cuirasse maculée de sang.

Le jeune roi n'était ni exalté ni abattu. Grave, songeant déjà au prochain affrontement, il accomplissait sa mission.

Sous la surveillance du gouverneur Emheb, les vainqueurs emmenaient les survivants, le bétail, les jarres d'huile, de lait et de miel, les armes et tout ce qui servirait aux soldats, avant que les flammes ne consument Néfrousy.

— Reste le palais, Majesté, précisa le gouverneur. Désirez-vous y pénétrer le premier ?

Vêtu d'une tunique blanche, Kamès franchit le porche d'une belle demeure à colonnes.

Dans les pièces, plutôt petites, des meubles de qualité. Au fond des appartements privés, une porte que fermait un verrou en bois.

Kamès le tira et ouvrit.

Assise sur un siège bas aux accoudoirs en bois d'ébène, une belle jeune femme aux yeux bleus.

— Mon mari t'envoie-t-il pour me tuer ?

— Si tu es l'épouse de Tita fils de Pépi, sache que ce tyran ne donnera plus d'ordre à personne.

La Syrienne se leva.

— Ainsi, il est mort... Il existe donc une justice ! Qui que tu sois, tu m'offres une merveilleuse nouvelle. À présent, je peux disparaître en paix.

— Pourquoi as-tu épousé ce collaborateur ?

Le regard d'Anat se voila de tristesse.

— J'ai eu le tort de croire qu'il m'aimait... Mais il me méprisait tant qu'il avait décidé de me supprimer.

— Néfrousy n'existe plus, ceux qui m'ont combattu ont été châtiés. Désires-tu me combattre, toi aussi ?

Anat regarda Kamès avec étonnement.

— Tu serais... le pharaon venu de Thèbes ?

— Ou bien tu deviens ma fidèle servante, ou bien tu partageras le sort de mes ennemis.

44

Être douanier à Hermopolis était un privilège convoité. Seuls des militaires hyksos disposant d'excellents états de service et de relations bien placées à Avaris obtenaient une nomination au plus grand poste de douane de l'Égypte occupée.

Les Hyksos prélevaient un droit de péage sur tout ce qui passait par Hermopolis, hommes, femmes, enfants, animaux, bateaux, marchandises... Seuls les soldats de l'empereur étaient exemptés de taxes et pouvaient circuler librement. Il existait, certes, un tarif officiel qui imposait le taux maximum aux prostituées chargées de distraire les militaires. Mais les douaniers avaient toute liberté pour modifier les conditions de passage selon leur humeur et racketter à leur guise.

Toujours odieux, ils ne supportaient pas la moindre remarque. Le contrevenant était aussitôt dépouillé de ses habits et de ses biens, maltraité et condamné. S'il continuait à protester de sa bonne foi ou, pis encore, de son innocence, c'était la prison où il était oublié tant que l'administration ne se penchait pas sur son cas.

Avec sa petite moustache et son regard fuyant, En-Ilousa régentait la douane d'Hermopolis d'une poigne de fer. Nommé par son ami Khamoudi auquel il reversait une partie de ses bénéfices occultes, le Libyen n'avait pas l'habitude de hausser le ton. Il lui suffisait de faire intervenir ses hommes de main pour imposer ses volontés que nul ne songeait à contester.

Se comportant comme un petit empereur, En-Ilousa rêvait de quitter un jour Hermopolis et d'occuper une fonction plus importante à Avaris. Spécialiste du double jeu, il trahissait sans remords ceux qui avaient le tort de lui faire confiance dès lors qu'ils ne lui étaient plus utiles. Grâce à Khamoudi, son puissant protecteur, il espérait obtenir une promotion dans les prochains mois. Il prouverait alors de quoi il était vraiment capable.

La révolte thébaine ne l'inquiétait guère. Le front resterait fixé à Cusae jusqu'au moment où l'empereur déciderait d'éliminer Ahotep.

Comme chaque matin, En-Ilousa inspectait le bâtiment principal de la douane. Pointilleux, il exigeait que chaque objet fût à sa place et n'en changeât point. Il veillait aussi à la propreté des uniformes. Le fautif était privé de solde pendant plusieurs jours. Et surtout, En-Ilousa entretenait la zizanie parmi les gradés en encourageant délations et ragots.

Un détail l'irritait : ces dernières semaines, le chiffre d'affaires avait légèrement baissé, preuve que certains douaniers relâchaient leurs efforts. Une fois identifiés, les coupables seraient transférés dans une bourgade misérable.

En-Ilousa commençait à lire les rapports de la veille lorsqu'un contrôleur des céréales pénétra dans son bureau.

— Chef, on va avoir du travail ! Trois bateaux de charge en provenance du sud.

Le patron de la douane d'Hermopolis eut un sourire gourmand.

— Ceux-là, ils vont payer cher !

Le plan de la reine Ahotep avait enthousiasmé le pharaon Kamès et son conseil de guerre : la bataille d'Hermopolis se déroulerait en trois phases. D'abord, trois bateaux de ravitaillement à l'allure commerciale se présenteraient à la douane ; ensuite, un commando venant par la berge attaquerait la milice en la prenant à revers ; enfin, la flotte de guerre rejoindrait au plus vite le lieu des hostilités.

Un manque de coordination se traduirait par un désastre dont l'armée de libération ne se relèverait pas.

Les trois lourds bateaux de charge avançaient avec une sage lenteur en direction du barrage flottant de la douane d'Hermopolis. Invisibles, de nombreux soldats étaient allongés sur le pont, prêts à intervenir dès qu'Emheb leur en donnerait l'ordre.

Quand il apparut à la proue du navire de tête, En-Ilousa prit le gouverneur pour ce qu'il semblait être : un brave homme rondouillard à la mine épanouie.

La proie idéale.

Dès la fin des manœuvres d'accostage, Emheb

lâcherait Filou pour que le pigeon messager gagne à tire-d'aile la flotte de guerre commandée par l'amiral Lunaire. Ce dernier saurait alors que le combat s'engageait et qu'il devait appareiller en exigeant de ses rameurs l'effort maximum.

La première vague d'assaut égyptienne connaîtrait forcément de lourdes pertes, et le gouverneur lui-même risquait de laisser sa vie dans l'aventure. Mais que penser de la reine Ahotep, présente à la tête du commando terrestre ? Aucun soldat ne pouvait se montrer moins courageux qu'elle.

Les bateaux de charge accostèrent en douceur sous l'œil goguenard des douaniers qui imaginaient déjà le partage du butin obtenu de la manière la plus légale grâce à l'application d'une multitude de taxes.

Conformément aux instructions de leur chef, ils se disposèrent en ligne le long du quai.

En-Ilousa s'avança pour prononcer la formule rituelle :

— Qu'as-tu à déclarer ?

— Pas grand-chose, répondit Emheb, affable. Avec mon chargement, tu auras vite terminé.

Un sourire avide anima le visage froid du chef douanier.

— Ça m'étonnerait. Je suis très scrupuleux et je crois que tes trois bateaux regorgent de marchandises plus ou moins autorisées.

Emheb se gratta le menton.

— Pour être franc, tu n'as pas tout à fait tort.

— Déjà un aveu ! Tu ne m'as pas l'air trop bête, toi. Tu as compris qu'il valait mieux coopérer.

Le gouverneur hocha la tête.

— Continue sur cette bonne voie, renchérit En-Ilousa. Quelle est ta marchandise la plus illicite ?

— Je veux bien te le dire, mais tu n'en tireras aucun profit.

— Allons, parle !

— Surtout, écoute bien : tu auras à peine le temps d'apprécier cette chanson-là.

Sortant sa dague de son fourreau, le gouverneur Emheb la lança avec force et précision. Après avoir sifflé dans l'air comme une guêpe, elle se planta dans la poitrine d'En-Ilousa.

Les yeux remplis d'étonnement, le chef douanier mourut sans comprendre ce qui se passait.

Répondant au signal d'Emheb, tous les archers égyptiens se relevèrent et tirèrent sur les douaniers bien alignés qui formaient de superbes cibles.

Désorganisés par cette attaque imprévue et la mort de leur chef, les rescapés tentèrent de riposter. Mais ils furent pris entre les tirs des Égyptiens debout sur le pont des trois bateaux et la ruée des fantassins arrivant par la berge, le pharaon Kamès à leur tête.

Le gouverneur Emheb et ses hommes exploitèrent au mieux la situation. Seuls les miliciens auraient pu empêcher la déroute des douaniers, mais ils devaient contenir l'assaut du commando qui les prenait à revers.

Dans ce type de raid, le Moustachu et l'Afghan se montraient particulièrement efficaces. Quand, en plus, ils bénéficiaient de la présence de la reine Ahotep, rien ne pouvait plus les arrêter.

Les miliciens hyksos commirent l'erreur de se diviser, les uns volant au secours des derniers douaniers, les autres se heurtant aux fantassins ennemis.

Il ne fallut pas longtemps aux survivants pour comprendre que la partie était perdue. Aussi se réfugièrent-ils sur les embarcations composant le barrage flottant, avec l'espoir de fuir vers le nord.

Ils virent à ce moment surgir la flotte de guerre commandée par l'amiral Lunaire dont les marins se ruèrent à l'abordage.

Comme lors des précédents affrontements, il n'y eut aucun prisonnier.

Le roi fut surpris de la facilité avec laquelle son armée avait brisé le verrou d'Hermopolis que beaucoup estimaient indestructible. La stratégie de la reine Ahotep avait réussi, comme si l'Épouse de Dieu voyait au-delà de l'apparence.

Sur un signe du gouverneur Emheb, le pharaon et la reine furent acclamés par leurs soldats. Pourtant, Ahotep semblait inquiète.

— Que redoutez-vous, mère ? Rien n'arrête notre progression !

— De Thèbes à Hermopolis [1], l'Égypte est libérée. Mais cette reconquête n'est peut-être que passagère.

Kamès blêmit.

— Que voulez-vous dire ?

— Les Hyksos que nous avons vaincus ne disposaient pas de l'armement lourd qui leur a permis de conquérir notre pays. L'empereur se moque de notre offensive. Il nous attire progressivement dans

1. Environ trois cent soixante-dix kilomètres.

un piège où nous serons confrontés à ses véritables forces.

Une fois encore, la lucidité de la reine convainquit le jeune pharaon.

— Pourtant, mère, nous ne pouvons pas nous contenter d'établir un nouveau front !

— Avant de continuer, il me faut déchiffrer le message d'Hermopolis et découvrir la jarre aux prédictions.

45

D'abord, la population d'Hermopolis refusa d'y croire. Ensuite, la nouvelle se confirma, puisqu'il n'y avait plus aucun milicien dans les rues de la ville et que chacun pouvait clamer sa haine de l'empereur sans crainte de représailles. Enfin, les plus sceptiques laissèrent éclater leur joie quand le pharaon Kamès, coiffé de la couronne blanche, et la reine Ahotep d'un fin diadème d'or apparurent sur le parvis du grand temple de Thot, érigé dans la vallée des tamaris.

— Habitants d'Hermopolis, proclama le jeune roi avec force, vous êtes libres ! Les Hyksos ont été exterminés, la douane anéantie. Pharaon règne de nouveau, comme jadis et pour toujours. Les ténèbres ont été repoussées, la rectitude et l'harmonie de Maât sont notre seule loi. Un grand banquet, auquel vous êtes tous conviés, scellera le bonheur retrouvé.

Le gouverneur Emheb, l'amiral Lunaire, l'Afghan et le Moustachu furent portés en triomphe. Les plus jolies filles de la cité n'avaient d'yeux que pour les archers, Ahmès fils d'Abana en tête. Le seul mécontent était le chancelier Néshi qui, au lieu de faire la fête, avait pour mission de l'organiser et de la réussir.

Pendant que la cité se préparait à célébrer sa libération, la reine se dirigea vers le temple.

Un jeune homme s'agenouilla devant Ahotep.

— Je vous en prie, Majesté, n'allez pas plus loin !

— Relève-toi, mon garçon, et explique-toi.

Il n'osait pas regarder cette femme trop belle que chacun appelait la Reine Liberté. Déjà, des conteurs transmettaient sa légende de village en village. Se retrouver ainsi, si près d'elle... Il n'avait jamais espéré un tel honneur.

— Ne pénétrez pas dans ce temple, Majesté.

— Serait-il peuplé de créatures dangereuses ?

— Les Hyksos ont tué les prêtres, volé les objets précieux et transformé le sanctuaire en entrepôt. Le puits creusé jusqu'à l'océan primordial, ils l'ont rempli de pierres. Les dieux sont partis, il ne reste plus que l'esprit du mal. Ne l'affrontez pas, Majesté, nous avons trop besoin de vous !

Surpris par sa propre audace, le jeune homme se prosterna de nouveau.

— Quel était ton travail, sous l'occupation ?

— J'ai entretenu le jardin du temple, Majesté. Seul, ce n'était pas facile, mais j'ai évité le pire.

— Je te nomme jardinier en chef du temple d'Hermopolis. Engage immédiatement des adjoints pour redonner à ces lieux leur splendeur passée, et commencez par vider le puits.

Ahotep regarda la porte du sanctuaire.

— Majesté, vous... vous n'allez pas entrer dans ce nid de maléfices ?

Ahotep savait qu'Hermopolis n'était pas vraiment libérée. Certes, la victoire militaire était acquise, mais l'empereur se battait aussi avec d'autres armes.

Le puits vidé, l'énergie provenant de l'océan primordial inonderait à nouveau le temple. Mais Apophis ne s'était pas contenté de cette simple mesure ; à l'intérieur devait se trouver un dispositif capable d'empêcher les libérateurs de progresser. Le chef des Hyksos ne pouvait avoir choisi que l'endroit le plus célèbre : la bibliothèque où étaient conservés les écrits du dieu Thot, les paroles divines inspirées par le verbe de la lumière.

En découvrant la grande cour à ciel ouvert, la reine eut le cœur blessé. Les Hyksos y avaient entreposé des épées, des armures et des sacs de blé. La première salle couverte lui réservait une vision encore plus affligeante : les soldats des ténèbres l'avaient transformée en latrines, et l'odeur des excréments était insupportable.

Un grognement sourd alerta la reine.

Elle se dirigea vers l'endroit d'où il provenait et atteignit ainsi la porte de la bibliothèque.

De part et d'autre avaient été gravées des effigies de Thot à tête d'ibis et de Séchat, la souveraine de la Maison des livres, couronnée d'une étoile à sept branches.

Le grognement devint agressif.

Sur le toit du temple se tenait une panthère, incarnation de la déesse Mafdet. Son rôle consistait à déchirer de ses crocs et de ses griffes quiconque tenterait de violer les secrets de Thot.

Sur le sol, des ossements recouverts d'uniformes hyksos ensanglantés. Après avoir vainement tenté de tuer le fauve divin qu'aucune arme ne pouvait atteindre, les envahisseurs s'étaient retirés, abandonnant sur place les victimes de Mafdet. Les livres sacrés n'étaient-ils pas inaccessibles à jamais ?

Avancer encore déclencherait l'attaque de la panthère, mais reculer était exclu. Ahotep devait pénétrer dans la bibliothèque où était conservée la jarre aux prédictions.

Elle n'avait qu'une seule chance d'apaiser le fauve : lui présenter le collier-*menat* de la déesse Hathor, en espérant que ses vibrations transformeraient l'agressivité en douceur.

Sans quitter Mafdet des yeux, Ahotep éleva vers elle le symbole de l'amour.

L'animal émit d'abord un cri rageur, comme si une proie lui échappait, puis un feulement où se mêlaient doute et frustration, et enfin une sorte de miaulement presque incongru. Sa terrifiante voix de basse s'était réduite à l'émission aiguë d'une chatte énervée.

Tenant bien haut le collier magique, Ahotep s'avança jusqu'au seuil de la bibliothèque.

La panthère se retourna et, avec calme et élégance, quitta les lieux. La reine avait le champ libre.

Elle tira le verrou de cuivre et pénétra dans l'antique salle des archives où des rouleaux de papyrus étaient soigneusement rangés sur des étagères et dans des coffres en bois. Grâce à la panthère de Mafdet, les écrits de Thot avaient échappé aux barbares.

Recueillie, la reine examina les trésors de la vénérable bibliothèque mais n'y découvrit aucune jarre. Elle s'attarda sur un texte qui évoquait les puissances créatrices de l'univers : l'invisible, les ténèbres, l'espace infini et les eaux sans limites, chacune d'elles possédant un aspect masculin et un autre féminin. Contenue dans l'œuf primordial, cette ogdoade était le principal secret des prêtres de Thot. À travers elle, il était possible de percevoir l'ultime réalité de la vie.

Pendant plusieurs heures, la reine oublia la guerre en se consacrant à l'étude de ces écrits à la richesse inépuisable. Tout en s'initiant à ces mystères et en s'imprégnant de ces paroles de lumière, Ahotep continuait pourtant la lutte. Vaincre Apophis n'exigeait pas que des qualités guerrières ; il fallait aussi être porteuse d'une spiritualité assez efficace pour dissiper la nuit de la tyrannie et de l'injustice.

Lorsque la reine quitta la bibliothèque de Thot, la ville était en fête, sous la protection de la lune.

Une dizaine de jardiniers travaillaient sous la conduite de leur jeune chef.

— Majesté, vous êtes vivante ! C'est Thot qui a guidé vos pas.

— As-tu entendu parler de la jarre aux prédictions ?

— Avant de mourir, l'un des prêtres m'a confié que les Hyksos l'avaient emportée pour la cacher dans une tombe de Béni Hassan d'où elle ne sortirait plus jamais. Mais des rumeurs prétendent qu'elle a été détruite dès les premiers jours de l'invasion.

— N'as-tu pas envie de participer aux réjouissances ?

— Ma vie, c'est ici. Et je ne me réjouirai pas avant que ce temple ait retrouvé sa beauté d'antan. Il faudra des mois pour tout nettoyer, mais j'ai déjà une bonne équipe et nous ne compterons pas les heures.

— Sais-tu lire ?

— Un prêtre m'a appris. Et je sais un peu écrire.

Ahotep songeait à un autre jardinier, le malingre Séqen qui était devenu son mari et un grand pharaon, mort au nom de la liberté.

— Nomme à ta place l'un de tes adjoints, ordonna-t-elle.

Le jeune homme tressaillit.

— Majesté... Aurais-je failli ?

— Enferme-toi dans la bibliothèque aussi longtemps qu'il le faudra afin d'assimiler le message de Thot. Ensuite, tu assumeras la fonction de Supérieur du temple d'Hermopolis.

46

Dans la falaise étaient creusées les demeures d'éternité des notables de Béni Hassan, à faible distance au nord d'Hermopolis. Du haut de ce site grandiose, le regard découvrait une vaste plaine peuplée de palmeraies et de villages que desservaient des canaux. Majestueux, le Nil dessinait des courbes élégantes.

Malgré ses craintes, l'armée égyptienne n'avait rencontré aucune résistance. D'après les habitants de la région, tout à la joie d'accueillir leurs libérateurs, les soldats de l'empereur avaient évacué leurs positions deux jours auparavant.

Préoccupé, le pharaon Kamès disposait ses troupes comme si elles devaient subir une contre-offensive imminente, tant sur terre que par le fleuve. De l'amiral Lunaire jusqu'au simple soldat, personne ne relâchait sa vigilance.

D'une beauté sereine, le lieu semblait pourtant paisible, à l'écart de tout conflit. La campagne y déployait des charmes tranquilles qui incitaient à la méditation.

— C'est ici que l'empereur a installé une barrière de maléfices, estima Ahotep. Que nul ne tente de la franchir.

— Comment la détruire, mère ?

— Il me faut examiner chaque tombeau et découvrir celui où la jarre aux prédictions a été déposée.

— Et si les Hyksos l'ont détruite ?

— Alors, nous serons aveugles et sourds.

— Laissez-moi vous accompagner !

— Demeure à la tête de l'armée, Kamès. Si l'ennemi nous agresse, tu devras réagir sans tarder.

Observée par les soldats, la reine commença son ascension.

Selon les uns, elle s'apprêtait à affronter un démon du désert ; pour d'autres, des mauvais génies manipulés par l'empereur. Selon les mieux informés, la poursuite de la guerre dépendait de l'affrontement entre la Reine Liberté et une force obscure capable de ronger l'âme des Thébains.

Dès qu'elle atteignit la plate-forme rocheuse le long de laquelle étaient disposées les sépultures, Ahotep sut qu'elle avait trouvé le lieu où était implantée la barrière de maléfices voulue par Apophis.

La tête prise dans un étau, les jambes lourdes et le souffle court, la reine se crut plongée dans un enfer alors qu'un doux soleil faisait resplendir le vert des cultures et la blancheur du calcaire.

C'est en serrant dans ses mains le collier-*menat* qu'Ahotep parvint à respirer presque normalement et à s'approcher des tombes.

Mais une stèle lui barra le passage.

Une stèle sur laquelle étaient inscrites des formules terrifiantes : « Malédiction sur qui passera le seuil de cette demeure, feu dévorant sur le profanateur, damnation à jamais ! »

Ce n'étaient pas des paroles habituelles en un lieu de paix profonde, relié à l'éternité. Sans nul doute, elles avaient été gravées sur l'ordre d'Apophis afin de former un obstacle infranchissable. L'empereur des ténèbres avait détourné un *akh*, un « esprit lumineux », de sa fonction première pour le transformer en fantôme agressif et redoutable.

Aussi Ahotep s'adressa-t-elle à lui en présentant l'offrande du collier.

Un vent violent se leva. La reine crut entendre des cris de douleur, comme si une âme égarée était la proie d'une souffrance insupportable.

Ahotep déchira le haut de sa robe en quatre lambeaux qu'elle étala côte à côte entre la stèle et l'entrée du domaine funéraire.

Le vent redoubla, les gémissements aussi.

Ahotep posa sur le sol sa baguette en forme de serpent. La cornaline frémit, s'anima, et un cobra royal se dressa. En ondulant sur les lambeaux de lin, il les enflamma.

S'emparant de ces torches, la reine en fit un chemin de feu.

— Que les déesses cachées dans les flammes montent la garde le jour et assurent la protection la nuit, implora-t-elle, qu'elles repoussent les ennemis visibles et invisibles, qu'elles fassent pénétrer la lumière dans les ténèbres.

Le vent tomba, le feu diminua peu à peu d'intensité.

La stèle menaçante avait disparu, comme si elle s'était enfoncée dans la falaise.

Sa baguette en main, Ahotep pénétra dans la demeure d'éternité d'un noble nommé Amenemhat. Elle traversa une avant-cour, passa sous un portique à colonnes et se recueillit sur le sol de la vaste chapelle dont la porte était ouverte.

L'empereur y avait-il disposé d'autres pièges ?

Se fiant à son instinct, Ahotep prononça le nom d'« Amenemhat, juste de voix », en le priant de l'accueillir dans son paradis terrestre.

Les peintures étaient d'une extraordinaire fraîcheur. Se laissant prendre par le charme des représentations d'oiseaux, symboles des métamorphoses de l'âme, la reine se sentit brusquement en danger. Son regard se fixa sur des scènes surprenantes, consacrées à des lutteurs qui s'affrontaient à mains nues. Ils se portaient une grande quantité de prises, chaque mouvement étant bien décomposé afin de servir de modèle.

Les visages des lutteurs se tournèrent vers la reine.

Dans leurs yeux, la volonté de l'agresser. Bientôt, les figures apparemment figées allaient s'animer, descendre des murs et malmener l'intruse.

— Je suis la reine d'Égypte et l'Épouse de Dieu. Vous, des soldats au service de Pharaon ! Que les envoûtements de l'empereur sortent de vos corps et que votre science du combat se mette au service de Kamès.

La baguette en forme de serpent dans la main gauche et le collier-*menat* dans la droite, Ahotep défia la cohorte de lutteurs.

— Obéissez-moi, ou bien votre image sera privée de vie. Que chacun de vos gestes favorise la lumière et non les ténèbres.

Pendant quelques instants, les lutteurs semblèrent se concerter. Puis ils reprirent leurs postures initiales.

Toute sensation d'agressivité disparut. Ahotep se dirigea vers la niche contenant les statues du propriétaire de la tombe et de son épouse. À leurs pieds, une jarre.

À l'intérieur de la jarre, un papyrus sur lequel étaient indiqués les bons et les mauvais jours de l'année en cours, conformément aux mythes révélés dans les différents temples d'Égypte. Toute action d'envergure devait respecter ce calendrier sacré.

— Essaie encore, ordonna le Moustachu à un trapu fort mécontent d'avoir déjà mordu deux fois la poussière.

Lors de cette troisième tentative, le trapu feignit de frapper le Moustachu à la tête mais, au dernier moment, il tenta de lui percuter l'estomac.

Sans comprendre ce qui lui arrivait, le trapu perdit l'équilibre, fut soulevé à l'horizontale et retomba lourdement sur le dos.

— Cette prise est vraiment fabuleuse ! s'exclama le Moustachu, ravi de mettre en application les techniques de combat révélées par la tombe d'Amenemhat.

Plusieurs scribes avaient recopié les scènes de lutte avec précision, de manière à les enseigner aux recrues. À ce jeu-là, le Moustachu et l'Afghan s'étaient révélés les meilleurs. Et ils ne manquaient pas d'exiger un entraînement intensif pour augmenter les chances de survie de leurs hommes.

Bien qu'aucune contre-attaque hyksos n'eût été déclenchée, les troupes demeuraient en état d'alerte permanente.

Kamès piaffait d'impatience, mais la jarre aux prédictions avait livré son verdict : les prochains jours étaient impropres à une action militaire. Contraint de respecter les paroles de l'invisible, le pharaon craignait que le temps ne jouât contre l'armée de libération.

— Vous paraissez inquiet, Majesté, remarqua la belle Anat, assignée à résidence dans la tente royale.

— Cela te réjouirait-il ?

— Au contraire. Depuis que vous m'avez libérée de mes chaînes, je ne souhaite que votre succès.

— Tu es très séduisante et tu le sais.

— Est-ce une faute si grave qu'elle mérite un châtiment ?

— J'ai d'autres soucis que la beauté d'une femme.

— Cette guerre vous empêcherait-elle d'aimer ? En ce cas, il vous manquerait une force indispensable pour vaincre. Ce que la violence détruit, seul l'amour parvient à le reconstruire.

— Toi, Anat, as-tu vraiment envie d'être aimée ?

— Par vous, oui, à condition que vous soyez sincère.

Kamès prit dans ses bras la Syrienne aux yeux bleus et l'embrassa avec fougue.

47

L'amiral Jannas avait écrasé la révolte des Anatoliens, mais à quel prix ! La moitié de la flotte hyksos avait été anéantie, de nombreux soldats d'élite étaient morts et une énorme quantité de blessés ne serait pas réincorporée avant longtemps, voire jamais. Et les hostilités reprendraient un jour ou l'autre, car les montagnards d'Anatolie n'accepteraient jamais la domination hyksos.

En dépit de ces sombres pensées, Jannas fut fêté comme un héros par une foule d'officiers et d'hommes de troupe qui accordaient une totale confiance au militaire le plus décoré de l'empire.

Insigne honneur, ce fut le Grand Trésorier Khamoudi en personne qui accueillit Jannas à l'entrée de la citadelle.

— L'empereur attendait votre retour avec impatience, amiral.

— J'ai agi au plus vite, Khamoudi.

— Bien sûr, bien sûr... Personne n'en doute. Êtes-vous satisfait des résultats obtenus ?

— Cette information est réservée à l'empereur.

— Bien entendu... Je vous conduis à la salle d'audience.

Apophis était dans un état de rage indescriptible. Le matin même, il avait tenté de se coiffer de la couronne rouge de Basse-Égypte pour apparaître sur le parvis du temple de Seth. Ressentant aussitôt de violentes douleurs, il avait dû ôter cette maudite couronne et la remettre dans sa cache. Nul ne saurait qu'elle se refusait à lui.

Grâce aux rapports de son espion et à la consultation de sa gourde en faïence bleue sur laquelle était tracée une carte de l'Égypte, Apophis savait que les Thébains avaient reconquis Cusae, Néfrousy et Hermopolis, et que l'armée de libération s'était immobilisée au nord de Béni Hassan.

Ainsi, la reine Ahotep avait réussi à briser la barrière magique. Elle était décidément une adversaire redoutable qui déjouait piège après piège.

Cette guerre serait décisive. La reine et son fils jetant toutes les forces des rebelles dans la bataille, l'Égypte serait exsangue après leur défaite. C'était l'occasion idéale de détruire à jamais l'antique spiritualité des pharaons.

Jannas s'inclina devant Apophis.

— Tu arrives au bon moment, amiral. Sans doute es-tu fatigué par cette longue campagne, mais je ne peux malheureusement t'accorder le moindre repos.

— Je suis à vos ordres, Majesté.

— Sommes-nous enfin débarrassés des Anatoliens ?

Jannas hésita à répondre.

— Tu peux parler devant Khamoudi.

L'amiral ne pouvait pas s'opposer à une injonction de l'empereur.

— J'ai tué suffisamment de rebelles pour que l'Anatolie ne vous cause aucun souci pendant plusieurs mois. Mais il est impossible d'éteindre la guérilla. Dans un an, peut-être deux, il faudra de nouveau frapper.

Apophis ne sembla pas contrarié.

— Notre armée n'est pas faite pour sommeiller, amiral. La grandeur de l'empire exigera toujours ce genre d'intervention. Pour le moment, tu vas t'occuper de l'Égypte.

— L'Égypte ? Ne pensez-vous pas qu'une simple opération de police...

— Nous n'en sommes plus là, Jannas. Les Thébains ont brisé le front de Cusae et repris Hermopolis.

L'amiral était consterné.

— Je ne comprends pas... Un seul de mes régiments aurait suffi à les arrêter !

— Je ne l'ai pas voulu, Jannas. Il était nécessaire que la reine Ahotep s'enhardisse et que son fils, Kamès le fantoche, croie en la victoire ! Plus ils progressent vers le nord, plus ils se rapprochent du terrain que nous connaissons le mieux et sur lequel nous utiliserons nos armes lourdes. Trop confiants, les révoltés engageront la totalité de leurs forces dans un conflit frontal qu'ils jugeront à leur portée. Et puis j'avais envie de réorganiser la douane d'Hermopolis et de me débarrasser du petit tyran de Néfrousy. En supprimant quelques inutiles, Ahotep m'a rendu service.

— Sommes-nous correctement informés des mouvements de l'ennemi ?

— On ne peut mieux, Jannas. L'espion qui m'a permis d'éliminer Séqen, le mari d'Ahotep, continue à me servir avec efficacité.

— Je peux donc attaquer immédiatement les Thébains !

Apophis eut l'un de ces sourires qui glaçaient le sang de ses interlocuteurs.

— Il y a plus urgent, amiral, et nous appliquerons une autre stratégie en commençant par les sites de Licht et de Per-shaq.

Jannas était un soldat et un Hyksos. Aussi obéirait-il scrupuleusement aux ordres donnés par son empereur. Pourtant, il les jugeait peu conformes à sa dignité de chef des forces armées. Khamoudi et ses sbires auraient suffi pour accomplir cette mission-là. Mais l'amiral s'obligeait à croire qu'Apophis voyait plus loin que lui et qu'il fallait en passer par ses exigences.

Alors qu'il se dirigeait vers sa demeure de fonction, Jannas vit passer une cinquantaine de vieillards, de femmes et d'enfants chargés de baluchons et enchaînés les uns aux autres. Une dizaine de policiers hyksos les encadraient, sous le commandement de la dame Abéria dont les mains énormes étaient toujours aussi impressionnantes.

— Où emmènes-tu ces gens ?

— Secret d'État, répondit Abéria.

— Tu as le devoir de m'informer !

— Ce sont des condamnés, rien que des condamnés dangereux.

— Dangereux, ces misérables ! Tu te moques de moi ?

— J'exécute les ordres.

Le lamentable convoi continua d'avancer, Jannas se rendit chez Khamoudi qui comptabilisait les dernières recettes de la vente de drogue aux notables d'Avaris.

— J'aimerais savoir combien de secrets d'État demeurent scellés pour le chef des armées hyksos.

À voir les lèvres serrées de l'amiral, le Grand Trésorier comprit qu'il ne fallait pas lui manquer d'égards s'il voulait éviter une explosion de colère.

— Combien... Mais aucun, amiral !

— Ce n'est pas l'avis de la dame Abéria.

— Il ne peut s'agir que d'un simple malentendu.

— En ce cas, dites-moi où elle emmène des vieillards, des enfants et des femmes qu'elle qualifie de dangereux !

Khamoudi parut un peu gêné.

— La dame Abéria n'a pas tout à fait tort. Certes, ces gens paraissent inoffensifs, mais en réalité, ils forment une menace bien réelle en répandant des idées perverses. C'est pourquoi il est nécessaire de les expulser.

— Une simple expulsion ?

— Nous les internons à un endroit où nous n'aurons plus rien à craindre d'eux.

— Un bagne ! Où est-il situé ?

— À Sharouhen.

— Notre base arrière en Palestine ! Pourquoi là ?

— C'est suffisamment loin d'Avaris, et les rebelles y reçoivent un juste châtiment.

— Étant donné la rigueur du lieu, beaucoup doivent mourir très vite.

— Déploreriez-vous la disparition d'ennemis de l'empereur, amiral ? Il approuve à la fois l'existence de ce bagne qu'il juge indispensable et les déportations des fauteurs de troubles. Notre capitale est ainsi purifiée de tout élément indésirable. N'est-ce pas une excellente idée ?

— Excellente, en effet. Qu'avez-vous d'autre à m'apprendre ?

— Rien, je vous assure.

— J'en suis heureux, Grand Trésorier.

Khamoudi eut un large sourire.

— Ma femme et moi donnons une soirée distrayante, avec quelques gamines qui seront déportées dès demain. Avant de partir pour la Moyenne-Égypte, vous devriez vous joindre à nous.

— Ne vous ai-je pas déjà dit que ce genre de distraction ne m'intéressait pas ? Bonne soirée, Grand Trésorier.

48

Minos montrait toujours autant d'ardeur lorsqu'il faisait l'amour à Venteuse, et la belle Eurasienne continuait à connaître dans les bras de son amant un bonheur sans pareil. Mais elle ne pouvait oublier le rendez-vous secret du Crétois avec un responsable de l'armement soupçonné de comploter contre Apophis.

Si Minos était bien coupable d'un tel crime, ne devait-elle pas le dénoncer à l'empereur qui se ferait une joie de l'offrir en victime au taureau ou de l'envoyer dans le labyrinthe ? Refusant de croire à une telle trahison, Venteuse gardait encore pour elle ses soupçons.

De ses longues mains fines, l'Eurasienne caressa le torse du Crétois.

— J'ai l'impression que tu me caches quelque chose, mon amour.

— Ne connais-tu pas tout de moi ?

— Par moments, je m'interroge.

— Tu as raison.

Enfin, il allait avouer.

— À moi, Minos, tu peux vraiment tout dire.

— C'est si intime, si grave...

— Aie confiance.

L'artiste avala sa salive.

— Je doute de mon talent. Mes premières peintures me paraissent fades, mais ne sont-elles pas plus accomplies que les nouvelles ? À force de m'interroger, je perds parfois le sommeil. Seule ma main devrait me guider, mais elle manque de précision. Est-ce une nouvelle étape pour m'améliorer ou bien le tarissement de mon inspiration ?

Venteuse embrassa Minos avec violence.

— Tant que tu m'aimeras, tu auras du génie !

À l'heure de la sieste, Minos sortit de la forteresse en saluant les gardes qui n'éprouvaient que mépris pour ce protégé de l'empereur. À quoi pouvait bien servir ce barbouilleur incapable de manier les armes ?

Comme s'il se promenait sans but précis, le Crétois emprunta une rue bordée de maisons d'officiers. À plusieurs reprises, il s'arrêta et regarda autour de lui. Puis il pressa l'allure et s'engouffra dans une impasse où se trouvaient des silos à grains. Puisqu'ils ne devaient être remplis qu'une semaine plus tard, aucun policier ne les gardait.

Personne.

Pourtant, son complice, le responsable de l'armement, lui avait fixé rendez-vous ici. Son absence prouvait qu'il avait été arrêté et que l'incarcération de Minos était imminente.

— Avance encore, chuchota une voix inquiète.

Tremblant, Minos s'exécuta.

Il était là, accroupi entre deux silos.

— Où en es-tu ? demanda le peintre.

— Le retour de l'amiral Jannas m'a empêché de prendre des contacts. La police est partout.

— Au palais, on murmure que Jannas déteste Khamoudi. Certains prétendent que l'amiral serait un excellent empereur.

— Jannas a l'oreille des militaires, c'est certain, mais il est fidèle à Apophis. Ne compte pas sur lui pour s'associer à un complot contre le chef suprême.

— Est-il donc impossible d'entreprendre quoi que ce soit ?

— Pour le moment, oui. Jannas va partir combattre les révoltés thébains. Quand il sera de retour dans la capitale, le conflit entre lui et Khamoudi prendra forcément une nouvelle tournure. Peut-être pourrons-nous en profiter. Jusqu'à ce moment-là, tenons-nous tranquilles.

Dépité, Minos retourna à la citadelle.

Son complice semblait tellement terrorisé qu'il n'entreprendrait rien, même dans des circonstances favorables. À Minos d'agir avec ses compatriotes, retenus à vie dans cette ville sinistre. Seul l'assassinat de l'empereur leur rendrait la liberté.

Prenant un luxe de précautions afin de ne pas être repérée, Venteuse avait failli perdre Minos. Choisissant le bon chemin, elle l'avait finalement retrouvé et s'était dissimulée à l'angle de l'impasse où, à l'évidence, le Crétois prenait contact avec un complice.

En grimpant sur le toit d'un silo, l'Eurasienne aurait pu surprendre leur conversation. Mais, en raison de la forme bombée des bâtiments, l'entreprise s'avérait trop périlleuse. Elle dut se contenter de voir repartir son amant, perdu dans ses pensées et visiblement déçu.

L'important, c'était l'autre.

Lorsque Venteuse s'aperçut qu'il s'agissait du responsable de l'armement déjà soupçonné, l'atroce réalité lui sauta au visage.

Minos était bel et bien un comploteur. Il lui mentait, elle devait le dénoncer.

Avec son bonnet à rayures et son physique plutôt frêle, l'amiral Jannas ne ressemblait pas au guerrier impitoyable qu'il était. Aucun ennemi ne l'avait jamais effrayé et imposer la suprématie hyksos, fût-ce au prix de milliers de morts, ne lui posait aucun cas de conscience. Pourtant, il ne s'était pas rendu en personne à Per-shaq, laissant le soin à l'un de ses lieutenants d'accomplir les ordres de l'empereur. Jamais encore Jannas n'avait eu à s'acquitter d'une mission aussi étrange qui lui paraissait fort éloignée des tâches majeures d'un soldat de son expérience. Mais l'obéissance, à ses yeux, ne souffrait aucune exception.

— C'est fait ? demanda-t-il à l'officier qui revenait de Per-shaq.

— Affirmatif, amiral.

— Des difficultés ?

— Aucune.

— Des informations sur l'ennemi ?

— D'après nos éclaireurs, il progresse lentement vers Per-shaq.

— Estimations ?

— Il s'agit d'une véritable armée, plutôt bien

organisée. La flotte semble importante. Comme leurs propres éclaireurs ne sont pas des amateurs, les nôtres n'ont pu observer de près.

— Que notre dispositif soit bien en place. Je ne tolérerai pas le moindre laisser-aller.

Abandonné depuis l'invasion hyksos, le site de Licht[1] abritait des pyramides d'illustres pharaons du Moyen Empire et les demeures d'éternité de leurs dignitaires. Il régnait en ces lieux une paix profonde, comme si ces rois d'un âge révolu continuaient à transmettre leur sagesse.

C'était précisément cette dernière qu'Apophis voulait voir disparaître.

— Trouvez-moi l'entrée de ces monuments, ordonna Jannas à ses sapeurs, et dégagez le chemin jusqu'à la chambre au trésor.

La pyramide d'Amenemhat Ier, la plus au nord, culminait à cinquante-huit mètres, celle de Sésostris Ier, entourée de dix petites pyramides, à soixante et un. Malgré les précautions prises par les bâtisseurs, les Hyksos parvinrent à les violer. Les momies furent sorties de leurs sarcophages, leurs bandelettes déchirées, leurs amulettes protectrices dispersées. De précieux papyrus, couverts de formules décrivant les métamorphoses incessantes de l'âme royale dans l'univers, furent brûlés.

La volonté d'Apophis avait été accomplie. Privé de la protection de leurs glorieux ancêtres, l'élan d'Ahotep et de Kamès serait brisé.

1. Licht se trouve à une cinquantaine de kilomètres au sud du Caire. Ses pyramides, très ruinées, datent du XXe siècle av. J.-C.

Le massacre des dépouilles royales s'était effectué dans un silence pesant. Les soldats de l'amiral n'avaient pas l'habitude de combattre des morts dont le visage serein en avait troublé plus d'un.

— Opération terminée, annonça l'aide de camp de Jannas.

— Peut-être...

— Qu'aurions-nous oublié, amiral ?

— Regarde ces pyramides. On jurerait qu'elles sont vivantes et qu'elles nous défient, comme si cette violation de sépultures n'avait servi à rien.

— Que préconisez-vous ?

— Il faudrait les détruire pierre par pierre, mais nous n'en avons pas le temps. Pour l'heure, j'ai reçu d'autres ordres.

49

En avançant vers la ville de Per-shaq, l'armée de libération savait que le choc frontal avec les troupes hyksos était inévitable. Dans les rangs, on parlait d'animaux monstrueux que l'empereur manipulait par la pensée, de longues lances qui transperçaient trois hommes d'un coup et d'armes inconnues contre lesquelles la reine Ahotep elle-même ne possédait aucune parade.

À la tête de la flotte, l'amiral Lunaire avait repris son bâton de prorète pour sonder le Nil. Aussi attentif qu'un félin, il guettait le moindre signe de danger. À ses côtés, le Moustachu et l'Afghan qui connaissaient bien la région.

— On est tout proches de Per-shaq, dit le Moustachu, de plus en plus nerveux.

— Toujours rien, constata l'amiral. Ils nous tendront forcément une embuscade.

— Le meilleur moyen de le savoir, avança l'Afghan, c'est d'envoyer une patrouille de reconnaissance.

Lunaire fit stopper.

Ahotep et le pharaon se rendirent aux raisons de

l'Afghan mais lui refusèrent l'autorisation de commander lui-même cette patrouille.

— Tu es trop gradé et trop décoré, rappela le Moustachu. C'est donc moi qui irai.

— Pas davantage, objecta Ahotep, puisque tu as le même grade et la même décoration que l'Afghan.

— Majesté, on ne peut pas envoyer dans un piège quelques gamins sans expérience ! S'ils n'ont pas un chef habile à leur tête, pas un n'en reviendra vivant.

— Me considères-tu comme tel ? demanda le pharaon Kamès.

Le Moustachu et l'Afghan restèrent bouche bée.

Le roi s'inclina devant sa mère.

— Reine d'Égypte, c'est à moi, et à moi seul, de mener mes hommes au combat. Ils sauront ainsi que la peur ne m'entrave pas et que le chef de l'armée de libération est le premier à prendre des risques. Mon père et vous-même avez toujours agi ainsi.

En face d'elle, Ahotep n'avait ni un matamore ni un irresponsable, mais un jeune pharaon de vingt ans qui tenait à assumer pleinement les devoirs de sa charge.

Bien que son cœur de mère se déchirât, la reine ne pouvait s'opposer à cette décision.

— Si je tombe, murmura Kamès, je sais que vous me relèverez.

Le roi avait débarqué avec une centaine d'hommes, à moins de cinq kilomètres de Per-shaq. Jusqu'alors, pas le moindre accrochage.

Dès que la patrouille repérerait l'ennemi, le pharaon lâcherait Filou avec un message décrivant la situation en quelques mots.

— Toujours rien, déplora le Moustachu en faisant les cent pas sur le pont du navire amiral. Voilà pourtant longtemps qu'ils sont partis !

— C'est peut-être bon signe, dit l'Afghan.

— Et si le roi a été fait prisonnier ? Et si Filou a été tué ? On devrait intervenir !

L'ordre ne pouvait provenir que d'Ahotep, et la reine demeurait silencieuse.

— Il y a une embrouille, jugea le Moustachu. Je sens que ce n'est pas clair.

— Je commence à partager ton avis, avoua l'Afghan.

À l'instant où les deux hommes se dirigeaient vers Ahotep, Filou apparut au-dessus d'eux dans un rapide battement d'ailes et se posa doucement sur l'avant-bras de la souveraine. Dans son œil vif, la joie du travail accompli.

Rédigé de la main du roi, le message était plutôt surprenant.

— Rien à signaler, révéla Ahotep. Le pharaon nous attend aux portes de la ville.

Per-shaq était déserte.

Dans les ruelles, pas âme qui vive, pas même un chien errant.

Méfiant, le gouverneur Emheb avait ordonné à plusieurs petits groupes d'inspecter chaque maison.

Toutes avaient été abandonnées. Dans les caves, des nourritures intactes.

— Les Hyksos se sont dissimulés, jugea Emheb. Ils attendent qu'une grande partie de nos troupes s'engage dans la ville pour nous encercler.

Le pharaon déploya ses hommes. Cette fois, le Moustachu et l'Afghan marchèrent à la tête de leurs régiments, prêts à en découdre.

Mais aucun Hyksos en vue.

Ce fut le Moustachu qui repéra des traces significatives à l'extérieur de la cité. Dans le sol mou étaient imprimés des plantes de pieds, mais aussi des sabots plus larges que ceux des ânes et d'étranges sillons.

— Ils sont partis vers le nord.

— Les Hyksos ont fui, constata le pharaon, incrédule.

Cette victoire sans effusion de sang déclencha la joie dans les rangs de l'armée de libération. Ainsi, ce n'était que ça, la terrifiante armée de l'empereur ! Une bande de froussards qui reculait à l'approche de l'adversaire et ne tentait même pas de tenir ses positions !

Ahotep ne participait pas à la liesse générale. Certes, les Hyksos avaient bien quitté Per-shaq, mais où se trouvait la population ?

— Majesté, venez vite ! implora Emheb.

Le gouverneur mena la reine et le pharaon jusqu'à la zone des greniers.

Leurs abords étaient souillés de sang, une odeur épouvantable flottait dans l'air.

Les archers se mirent en position comme si l'ennemi allait enfin sortir de l'ombre.

— Que les portes des greniers soient ouvertes, décréta Ahotep.

Plusieurs jeunes fantassins exécutèrent l'ordre.

Pliés en deux, les soldats vomirent. Tout en hurlant, l'un d'eux se frappa le front avec violence, et il fallut l'intervention d'un officier pour l'empêcher de se blesser gravement.

Le pharaon et sa mère approchèrent.

Ce qu'ils virent les amena au bord de l'évanouissement. L'œil hagard, le souffle coupé, le cœur au bord des lèvres, ils ne parvenaient pas à croire à une telle barbarie.

Les cadavres des habitants de Per-shaq étaient entassés les uns sur les autres, avec ceux des chiens, des chats, des oies et des petits singes. Aucun humain, aucun animal domestique n'avait été épargné.

Tous égorgés.

Tous amoncelés comme des objets jetés au rebut.

Le pharaon prit dans ses bras un vieillard dont le cadavre disloqué gisait sur le dos d'un homme corpulent. Avant de l'assassiner, on lui avait brisé les jambes.

Kamès ne parvenait pas à pleurer.

— Que chacune des victimes, humaine ou animale, soit sortie avec respect de ce charnier, ordonna-t-il, puis portée en terre. L'Épouse de Dieu célébrera un rite funéraire afin que leurs âmes soient apaisées et réunies.

Une lente procession s'organisa, pendant que les hommes du génie creusaient des tombes.

La plupart des soldats fondaient en larmes et même l'Afghan, dont la cuirasse semblait pourtant sans défaut, ne put contenir des sanglots quand il souleva le corps d'une jeune femme dont le ventre et les seins avaient été lacérés.

Vingt greniers de Per-shaq furent vidés. La reine et le pharaon accordèrent un regard et une pensée à chacune des victimes. La plupart avaient été atrocement torturées avant d'être exécutées.

Ahotep sentit son fils défaillir. Mais elle ne pouvait lui cacher un fait qu'elle seule semblait avoir remarqué.

— Parmi ces malheureux, il n'y a aucun enfant.

— Ils... ils ont dû les emmener en esclavage !

— Il reste trois greniers, observa la reine.

La tête en feu, le monarque ouvrit lui-même l'une des portes et poussa un profond soupir de soulagement.

— Des jarres, rien que des jarres !

Ahotep voulut croire un instant à la clémence des Hyksos, mais elle devait vérifier. Aussi la reine ôta-t-elle le grossier bouchon de limon qui fermait une jarre à huile.

À l'intérieur, le cadavre d'une fillette de trois ans, le crâne défoncé.

Et dans chaque jarre, la dépouille d'un enfant supplicié.

Les troupes hyksos commandées par l'amiral Jannas avaient exécuté à la lettre les ordres de l'empereur.

50

Après l'inhumation, célébrée avec une ferveur qui avait réuni les vivants et les morts dans une même foi envers la justice d'Osiris, chacun s'était senti glisser dans une sorte de gouffre auquel seule la fraternité d'armes permettait d'échapper. Les soldats s'étaient regroupés par affinités afin de parler des êtres chers et de se prouver qu'il existait encore un avenir après l'horreur qu'ils venaient de vivre.

Seule dans sa cabine avec Rieur le Jeune, couché devant la porte, Ahotep implorait l'âme lumineuse du pharaon Séqen de lui restituer les forces qu'elle avait perdues en offrant tout son amour aux victimes des Hyksos. Après l'extermination de ces innocents, après la torture de femmes, d'enfants, d'hommes et d'animaux, cette guerre changeait de visage.

S'il y avait encore une guerre... Car les intentions de l'empereur étaient limpides : si l'armée de libération continuait à le défier, des milliers de civils seraient massacrés avec une cruauté sans pareille. Et comment un jeune monarque de vingt ans accepterait-il une telle responsabilité ? Marqué au tréfonds de lui-même par cette abomination, il ne pouvait songer qu'à regagner Thèbes.

Les assassins de Per-shaq n'avaient pas frappé au hasard. L'ampleur de leurs crimes se révélerait sans doute aussi efficace que la plus destructrice des armes de guerre.

Ahotep devrait donc se dresser sur le chemin de son propre fils pour lui signifier que tout retour en arrière conduirait à la défaite.

— Ton attitude n'est pas celle d'un pharaon, déclara Anat.

— Si tu avais vu...

— J'ai vu. J'ai vu aussi Tita fils de Pépi égorger des innocents afin de faire régner la terreur. Telles sont les méthodes hyksos.

— Si nous continuons l'offensive, estima Kamès, l'empereur ordonnera de nouveaux massacres.

— Et si tu te réfugies à Thèbes dans une sécurité illusoire, il donnera les mêmes ordres. Puis son armée déferlera vers le sud et t'anéantira. Plus tu hésites, plus la fureur d'Apophis se déchaînera contre des innocents. Lorsqu'on s'attaque à l'empereur des ténèbres, il ne faut jamais reculer. C'est ce que pense la reine Ahotep, c'est ce que je pense aussi.

— Ma mère t'aurait-elle fait des confidences ?

— Non, Majesté, mais il m'a suffi de croiser son regard. Si elle devait continuer seule le combat avec quelques partisans, elle n'hésiterait pas. À présent, les Hyksos savent qu'ils ne soumettront jamais les Égyptiens. Aussi Apophis a-t-il décidé de procéder à une éradication brutale. La retraite de ton armée ne sauverait personne.

— Nos premières victoires n'étaient qu'illusions !

— Illusions, la rupture du front de Cusae, la prise de Néfrousy et celle d'Hermopolis ? Bien sûr que non !

— Quand les Hyksos utiliseront leurs armes lourdes...

— Et s'ils étaient trop sûrs de leur puissance ? À toi d'être capable de porter la couronne blanche quand les fils de la lumière affronteront ceux des ténèbres.

Ahotep contemplait la pleine lune, symbole de la résurrection accomplie. Une fois encore, le soleil de la nuit avait réussi à vaincre les forces du chaos pour illuminer le ciel étoilé et devenir l'interprète de la lumière cachée. Mais à partir de cette date, la jarre aux prédictions devenait muette.

Le pharaon Kamès s'avança vers l'Épouse de Dieu.

— Mère, ma décision est prise. À travers la voix d'Anat, la femme que j'aime, c'est la vôtre que j'ai entendue. Et vous tracez la seule voie possible.

— À un être si jeune, le destin demande beaucoup, sans doute trop. C'est toute une vie de souffrances et de drames qui t'a été imposée en quelques semaines, sans que tu puisses reprendre ton souffle. Mais tu es le pharaon, et ton âge ne compte pas. Seule ta fonction importe, car elle est l'espérance de tout un peuple.

— Dès l'aube, j'annoncerai à notre armée que nous poursuivons notre progression vers le nord.

La petite ville de Sako, à deux cent quatre-vingts kilomètres au sud d'Avaris, avait subi le même sort que Per-shaq. Les mêmes découvertes macabres retournèrent de nouveau le cœur des soldats, et il fallut toute la fermeté du pharaon Kamès pour maintenir la cohésion dans les rangs.

L'Épouse de Dieu célébra les rites funéraires, et sa noblesse apaisa les âmes. Chacun comprit qu'il ne combattait pas seulement pour libérer l'Égypte mais aussi pour terrasser un monstre dont la cruauté était sans limites.

Les souverains terminaient un dîner frugal lorsque le Moustachu poussa devant lui un petit homme affolé vêtu d'une cuirasse noire.

— Regardez ce que j'ai déniché !

Des dizaines de lances et d'épées se pointèrent vers le Hyksos malingre qui n'avait pas l'air d'un foudre de guerre.

— Il se cachait dans une cave. Si vos Majestés le permettent, je vais le confier à mes hommes.

Le petit Hyksos s'agenouilla, les yeux baissés.

— Ne me tuez pas, implora-t-il, je ne suis qu'un facteur ! Je n'ai fait de mal à personne, je n'ai jamais tenu une arme !

— Pourquoi n'es-tu pas reparti avec les tiens ? interrogea Kamès.

— Je me suis caché dans une maison pour ne pas voir ce qu'ils faisaient... et je me suis endormi.

— Qui commande ce ramassis de tueurs ?

— L'amiral Jannas en personne.

— Où se trouve-t-il à présent ?

— Je l'ignore, seigneur, je l'ignore ! Je ne suis qu'un simple facteur et...

— Occupe-t'en, le Moustachu.

— Un instant, intervint Ahotep. Ce porteur de messages pourrait nous être utile.

— Tu voulais me voir d'urgence, petite sœur ? s'étonna l'empereur. Tu me sembles souffrante.

Face à Apophis, plus glacial que la bise d'hiver, même Venteuse se sentait mal à l'aise. Mais elle ne pouvait plus reculer.

— J'ai... j'ai une information.

— Le nom d'un comploteur ?

— Exactement.

— Tu es merveilleuse, petite sœur, et cent fois plus efficace que mes agents de renseignements. Dis-moi vite, qui ose concevoir de noirs desseins contre mon auguste personne ?

Venteuse se souvint du corps de Minos, de ses caresses, de sa fougue, de ces heures de plaisir qu'il était le seul à lui donner.

— Il s'agit de quelqu'un d'important que nous ne pouvions soupçonner...

— Allons, ne me fais pas languir ! Ce traître entrera dès ce soir dans le labyrinthe et tu seras assise à mes côtés pour le voir mourir.

— C'est l'un des responsables de l'armement, avoua-t-elle dans un souffle.

L'ordre d'arrestation était à peine donné que Khamoudi, furibond, présenta un papyrus à l'empereur.

— Seigneur, une lettre du pharaon Kamès !

— Comment nous est-elle parvenue ?

— Par un facteur qu'il a capturé et relâché. Bien entendu, j'ai torturé cet imbécile. Mais il est mort sans rien m'apprendre d'intéressant.

— Eh bien, lis-moi cette missive.

— Seigneur, je ne pense pas que...

— Lis, Khamoudi.

D'une voix indignée, le Grand Trésorier s'exécuta :

« *Moi, le pharaon Kamès, je considère qu'Apophis n'est qu'un petit chef qui a été repoussé avec ses armées. Ton discours est misérable. Il appelle le billot sur lequel tu périras. Les pires bruits circulent dans ta ville où l'on annonce ta défaite. Tu ne veux que le mal, et c'est par lui que tu tomberas. Les femmes d'Avaris ne pourront plus concevoir, car leurs cœurs ne s'ouvriront plus dans leurs corps quand elles entendront le cri de guerre de mes soldats ! Surveille tes arrières en t'enfuyant, car l'armée du pharaon Kamès et de la reine Ahotep vient vers toi.* »

Khamoudi trépignait de rage.

— Seigneur, Jannas ne devrait-il pas écraser immédiatement cette vermine qui ose vous injurier ?

L'empereur ne montra pas le moindre signe d'irritation.

— Cette médiocre missive n'est destinée qu'à me provoquer pour m'attirer dans un piège. Les Égyptiens aimeraient nous affronter à Sako, sur leur terrain. Ne commettons pas cette erreur, et que Jannas continue son nettoyage. Nous détruirons les révoltés à l'endroit et au moment favorables, comme prévu.

51

— Rien à signaler, Majesté, déclara le responsable des éclaireurs, aussi déçu que le pharaon et la reine Ahotep.

Bien que sa vanité eût certainement été ulcérée, Apophis n'avait pas réagi comme ils l'espéraient. Le dispositif mis en place autour de la ville de Sako devenait donc inutile.

— Cette attitude est instructive, estima Ahotep. Apophis a un plan précis, et rien ne saurait l'en écarter, même des injures insupportables à sa grandeur.

— Massacrer des innocents et feindre de reculer, voilà son misérable plan !

— Il y a peut-être davantage, avança la reine.

Son inquiétude gagna le roi.

— Que soupçonnez-vous ?

— Pas une seule seconde, nous ne devons sous-estimer l'empereur. Bien que nous progressions, c'est encore lui qui tient la situation en main. Première question : jusqu'où reculera-t-il et où livrera-t-il enfin bataille ? Deuxième question : cette stratégie ne masque-t-elle pas la préparation d'une offensive tout à fait inattendue ? Troisième question : que prépare l'espion hyksos que nous n'avons toujours pas identifié ?

— Ou bien il a regagné Avaris, ou bien il est mort ! Sinon, il nous aurait causé de graves dommages.

L'argument de Kamès semblait décisif. Pourtant, la reine demeurait dubitative.

— Voici ce que je préconise, mon fils. L'affrontement avec Jannas approche, et nous n'avons aucune idée de la forme qu'il prendra. C'est pourquoi je propose de scinder nos troupes en deux : une partie restera à Sako, l'autre s'aventurera vers le Fayoum. Grâce aux pigeons messagers, nous resterons en contact permanent. Si la jonction est nécessaire, elle sera établie au plus vite.

— Je pars donc pour le Fayoum.

— Non, Kamès. Cette tâche me revient.

— Mère, je ne...

— Il doit en être ainsi, Kamès.

Le gouverneur du Fayoum, Joseph, était un Hébreu. En butte à la jalousie et à la haine de ses frères qui avaient tenté de le tuer, c'était en Égypte qu'il avait trouvé bonheur, fortune et considération. Comme il n'était pas suspect de complicité avec les opposants aux Hyksos, Apophis l'avait chargé de gérer le petit paradis créé par les pharaons du Moyen Empire en irriguant cette région située à une centaine de kilomètres au sud-ouest de Memphis. Parcouru de canaux qu'alimentait un bras du Nil, le Fayoum était un immense jardin et une réserve de gibier et de poissons. On y vivait dans la verdure et dans la douceur, loin de la férocité du désert.

Joseph était un administrateur hors pair. Lui qui avait souffert de la faim connaissait à présent l'opulence, sans oublier le temps du malheur. Aussi se souciait-il du sort de chaque habitant de sa province et venait-il personnellement en aide à ses administrés en difficulté.

À l'écart de tout conflit, l'Hébreu fut très surpris de voir surgir l'amiral Jannas dans sa vaste villa, sise au cœur d'une palmeraie.

— Tout est calme ici, pas de résistants ?

— Non, bien sûr que non ! Depuis fort longtemps, ma province ne connaît aucune agitation.

— Les meilleures choses ont une fin, Joseph. L'armée thébaine approche.

— Les Thébains ! Mais comment est-ce possible ?

— Tu ne poses aucune question, tu obéis aux ordres de l'empereur. Je te laisse deux cents soldats, sous le commandement du capitaine Antreb.

— C'est un bien petit nombre pour défendre le Fayoum !

Jannas regarda le jardin.

— Qui te parle de le défendre ? Ces soldats sont chargés de brûler tous les villages.

Joseph se crut victime d'un cauchemar.

— C'est impossible... Vous ne parlez pas sérieusement ?

— Tels sont les ordres, et j'exige ta totale coopération.

— Mais... les habitants ?

— Ils seront passés par les armes.

Joseph se révolta.

— Quelle faute ont-ils commise ?

— La volonté de l'empereur ne saurait être discutée.

— Vous n'allez quand même pas tuer des enfants !

— L'empereur a dit : tous les habitants. Quand ce sera fait, le capitaine Antreb t'emmènera à Avaris où Apophis te félicitera.

Petit, trapu, le visage rond, le capitaine Antreb ressemblait au Grand Trésorier Khamoudi. D'une rare brutalité, il adorait tuer. C'est pourquoi Jannas l'avait nommé à la tête du corps d'exterminateurs qui prenaient plaisir à leur tâche, surtout lorsque leurs victimes les suppliaient de les épargner. Comme Antreb avait un peu de temps devant lui, il prévoyait d'allonger la période de torture. Dans une région aussi agréable que le Fayoum, ses sbires apprécieraient ce supplément de distraction.

Logé chez Joseph, Antreb se délectait d'une nourriture délicieuse et de vins capiteux. Jamais il n'avait été massé et rasé avec autant de soin.

— Êtes-vous satisfait de mon hospitalité ? lui demanda Joseph.

— Plus que satisfait, comblé ! Mais le travail nous attend.

— Cette province n'est pas devenue riche en un jour. Pourquoi ruiner tant d'années de labeur ? Vous constaterez vous-même que les villages du Fayoum sont peuplés de gens paisibles qui se préoccupent exclusivement de leurs jardins et de leurs cultures. L'empereur n'a rien à redouter d'eux.

— Peu m'importe, Joseph. Pour moi, seuls comptent les ordres.

— Réfléchissez, je vous en prie ! À quoi le massacre de ces innocents vous servira-t-il ?

— Politique de la terre brûlée, Joseph. Les Thébains ne doivent trouver aucun appui sur leur chemin, seulement des cadavres.

— Puis-je me rendre à Avaris et plaider la cause du Fayoum auprès de l'empereur ?

— Hors de question. Mon travail commencera demain matin et il sera achevé demain soir. Pas un seul village ne doit être épargné. Tu entends, Joseph : pas un seul. Et si tu traînes des pieds, tu pourrais bien être victime d'un accident. C'est clair ?

— Très clair.

— On commencera par la plus grosse agglomération. Tu convoqueras tous les habitants, enfants compris, sur la place principale afin de leur annoncer une bonne nouvelle. Ensuite, ce sera à moi de jouer.

L'amiral Lunaire avait insisté pour commander la flotte qui se dirigeait vers le Fayoum. À bord, les régiments du Moustachu et de l'Afghan, et le corps d'élite mené par Ahmès fils d'Abana. Le gouverneur Emheb était resté à Sako avec le pharaon, de même que le chancelier Néshi qui assurait l'intendance avec un zèle apprécié de tous.

La tension était extrême.

À la proue du navire amiral, la reine Ahotep scrutait les rives.

— Les Hyksos ont tout ravagé sur leur passage,

déplora Lunaire. Il ne reste probablement aucun villageois vivant.

À l'approche du Fayoum, l'atmosphère s'embaumait. La province apparaissait comme une immense oasis où l'idée même d'un conflit semblait incongrue. Des arbres à perte de vue, des jardins à l'ombre des palmeraies, des troupeaux de vaches laitières broutant de l'herbe grasse, et même un air de flûte, comme s'il existait encore un paysan heureux !

— C'est un piège ! s'exclama Lunaire. Aux postes de combat !

Au milieu du fleuve, les bateaux de guerre n'avaient rien à craindre. Et la vigie, au sommet du plus haut mât, ne signalait aucun bâtiment ennemi.

— Les Hyksos doivent être dissimulés dans la végétation, estima l'Afghan. Dès que nous aurons débarqué, ils attaqueront.

— En voilà un ! avertit le Moustachu.

Un homme venait d'apparaître sur la berge.

Les bras en l'air, il courait vers les navires égyptiens.

— Ne tirez pas, ordonna la reine. Il n'est pas armé.

L'homme pénétra dans le fleuve jusqu'à mi-cuisses.

— Je suis Joseph, gouverneur du Fayoum, cria-t-il, et j'ai besoin de votre aide !

52

— Je m'en occupe, déclara le Moustachu en plongeant dans le Nil.

Les arcs des Égyptiens se tendirent. Si ce Joseph n'était qu'un leurre, il ne vivrait pas longtemps.

— Il faut m'aider, insista-t-il. Les Hyksos veulent massacrer les habitants du Fayoum ! Je retiens leur chef chez moi, mais il est prêt à agir.

— Combien sont-ils ?

— Deux cents... Deux cents tortionnaires décidés à détruire le Fayoum ! Vous seuls pouvez les en empêcher.

Méfiant, le Moustachu scruta les environs.

Aucun Hyksos en vue. Ce Joseph ne mentait peut-être pas.

Les bateaux accostèrent, Ahotep fut la première à emprunter la passerelle.

En la voyant, Joseph fut subjugué. Il ne douta pas un instant qu'elle fût la fameuse Reine Liberté dont la légende ne cessait de s'enrichir. De cette femme d'une sublime beauté émanait une lumière dont l'intensité lui élargit le cœur.

À cet instant, il sut qu'il avait eu raison d'espérer en sa venue.

— Il faut faire vite, Majesté, très vite ! Surtout, ne m'abandonnez pas.

Ce fut un Joseph piteux qui se présenta devant le capitaine Antreb. Le Hyksos ajustait sa cuirasse noire.

— Te voilà enfin ! Un peu plus, et j'égorgeais tes domestiques pour tromper mon ennui.

— Vos ordres ont été exécutés, capitaine. Les villageois sont rassemblés et attendent la bonne nouvelle que je leur ai promise.

Antreb se coiffa de son casque noir.

— Excellent, Joseph ! Continue comme ça et tu sauveras ta peau.

— Épargnerez-vous au moins mes proches ?

— Ça dépendra de notre état de fatigue quand nous en aurons fini avec les autres.

Antreb éprouva quelques difficultés à réunir ses hommes dont la plupart étaient ivres. Quand ils pénétrèrent sur la grand-place de la principale agglomération du Fayoum, bordée de palmiers, ils surent qu'ils allaient se régaler.

Terrorisés, des hommes, des femmes et des enfants se tassaient les uns contre les autres.

— J'ai deux nouvelles, une bonne et une mauvaise, annonça l'officier, guilleret. La mauvaise : vous êtes de dangereux révoltés, votre gouverneur compris.

Antreb agrippa Joseph par l'épaule et, avec violence, le jeta parmi les condamnés.

— Comme je déteste les Hébreux, je ne t'épargnerai pas. Et voici la bonne nouvelle : l'empereur m'a donné l'ordre de vous empêcher de nuire. On va vous torturer pour vous faire avouer ce que vous maniganciez contre notre souverain. Ensuite, ceux qui auront vraiment tout dit bénéficieront d'une mort rapide. Pour les fortes têtes, ce sera très long et très douloureux.

Les tortionnaires exhibaient des gourdins épais aux embouts métalliques. Rien de plus efficace lors des interrogatoires.

Un homme sortit de la masse des futures victimes.

— Toi, le Hyksos, as-tu conscience d'être un assassin ?

La question stupéfia le capitaine Antreb au point de le laisser sans voix quelques instants.

— Toi, tu dois être une sorte de prêtre !

— Seulement quelqu'un qui ne supporte plus le règne de la tyrannie et de la violence aveugle.

Antreb s'adressa à ses hommes.

— Vous voyez bien, ce sont des révoltés ! Toi, le beau parleur, je te réserve un sort spécial : tu seras brûlé à petit feu.

— Incroyable !

De nouveau, Antreb fut surpris par l'aplomb de ce paysan.

— Tu as tort de ne pas y croire, mon gaillard !

— L'incroyable, c'est que j'avais conçu le même projet à ton encontre.

Son troisième moment d'étonnement fut fatal à Antreb car le Moustachu lui plongea dans les jambes et, appliquant l'une des prises enseignées par les scènes de lutte de Béni Hassan, il le souleva au-dessus de lui pour le faire retomber lourdement sur la nuque.

Les Hyksos furent cloués au sol par les flèches des archers égyptiens. Ahotep avait ordonné qu'on leur tirât dans le dos afin qu'ils mourussent comme des lâches qu'ils étaient. En quelques secondes, les tortionnaires passèrent de vie à trépas.

Les yeux vitreux, Antreb ne bougeait plus.

— Bon sang, protesta le Moustachu, cette crapule n'avait même pas la nuque solide !

— Tu as encore pris trop de risques, maugréa l'Afghan.

— Mais non, puisque tu me couvrais ! Et puis j'avais vraiment trop envie d'expérimenter cette prise sur le terrain.

Les habitants du Fayoum embrassaient leurs libérateurs.

— Nous avons reçu la semaine dernière des denrées en provenance du nord, révéla Joseph. En les combinant à nos produits locaux, je vous promets un repas inoubliable.

Les viandes cuites dans le lait étaient savoureuses à souhait. Transformé en gigantesque salle de banquet à ciel ouvert, le Fayoum fêtait sans retenue son retour à la liberté.

Le pharaon Kamès y avait été accueilli avec des cris de joie, comme s'il était l'envoyé d'un autre monde où Maât régnait encore. Avant les réjouissances profanes, l'Épouse de Dieu avait célébré un rituel en l'honneur des ancêtres et du dieu Amon, le maître de Thèbes.

Tout près d'elle, Ahotep ressentait une présence.

Une douce chaleur, une caresse amoureuse, un vent du sud enveloppant tout le corps avec tendresse... C'était lui, c'était Séqen, si présent en cet instant où une nouvelle partie de l'Égypte était arrachée aux griffes de l'empereur. Jamais encore le pharaon défunt ne s'était manifesté d'une manière aussi charnelle, comme si la reine avait besoin d'une nouvelle énergie, venue de l'au-delà, avant d'affronter de terribles épreuves.

— Vous n'avez pas faim, Mère ?

— Nos pensées ne doivent-elles pas se tourner vers demain ?

— Moi non plus, avoua le roi, je ne parviens pas à goûter ces moments heureux.

La reine et le pharaon se retirèrent sous la tente royale afin d'y contempler la maquette de l'intendant Qaris.

Que de chemin parcouru depuis la révolte de la jeune Ahotep, depuis l'époque où seul le réduit thébain connaissait un semblant de liberté ! Tant de provinces et de villes reconquises, mais aussi tant d'atrocités et de souffrances, et tant d'obstacles qui les séparaient de la véritable victoire !

Le regard d'Ahotep se concentra sur un point précis.

— C'est ici que l'amiral Jannas nous attend, Kamès. C'est ici qu'il compte nous écraser.

La reine désigna la ville de Memphis.

Memphis, « la Balance des Deux Terres », la capitale du temps des pyramides, le cœur économique du pays sacralisé par le temple de Ptah. Memphis, clé du Delta pour le Sud et clé de la vallée du Nil pour le Nord. En pratiquant la politique de la terre brûlée jusqu'à ce point névralgique, l'empereur avait projeté d'y attirer l'ensemble des forces thébaines qui n'auraient aucune chance de résister à l'armée hyksos.

— La bataille de Memphis sera donc décisive, conclut Kamès. Mais l'empereur sait forcément que nous en sommes conscients et que nous ne nous jetterons pas la tête la première dans un traquenard. C'est avant Memphis qu'il aurait dû nous prendre par surprise. Sans doute a-t-il une confiance absolue en sa puissance militaire. Quelle que soit notre stratégie, elle lui semblera ridicule.

Ahotep était pensive.

— Tu te souviens de mes trois questions, Kamès. Nous avons la réponse à la première. Mais il reste les deux autres... Memphis est tellement voyante qu'elle dissimule peut-être un piège dont nous ignorons la nature.

— Comment le déceler ?

— Prions Amon de ne pas nous abandonner et de nous offrir un signe.

53

L'Afghan et le Moustachu comptaient toujours parmi les premiers levés. Ils tenaient à cette habitude qui datait de leurs premiers jours de résistants, à l'époque où ils craignaient d'être arrêtés à chaque minute. Elle leur permettait d'inspecter le campement et de détecter une éventuelle anomalie.

Et ce matin-là, malgré un pénible mal de crâne dû au banquet trop arrosé, l'Afghan perçut quelque chose d'anormal.

— Qu'est-ce qui ne va pas ? lui demanda le Moustachu.

— A-t-on établi suffisamment de postes de garde ?

— Je m'en suis occupé moi-même. S'il y avait eu le moindre incident, nous aurions été prévenus sans délai.

À la manière d'un prédateur en chasse, l'Afghan humait l'atmosphère.

Et son verdict tomba.

— Quelqu'un vient du sud.

Un instant plus tard, le sol résonna sous le poids de pas lourds et puissants.

Sortant d'un épais bosquet de tamaris, apparut un colossal bélier aux cornes spiralées. Majestueux, l'animal s'immobilisa et fixa les humains. Dans ses yeux brillait une lueur surnaturelle.

— Va chercher la reine et le pharaon, dit le Moustachu à l'Afghan.

Les souverains se recueillirent devant l'incarnation d'Amon.

Puis leurs regards se parlèrent, et le bélier partit droit vers l'ouest.

— D'après la forme de ses cornes, c'était un bélier de Nubie, observa la reine.

— Ce signe nous indique-t-il que les Nubiens représentent encore un danger ? interrogea le pharaon. Impossible, ils sont bien trop loin d'ici !

— Je dois suivre la direction indiquée par l'animal d'Amon, décida Ahotep.

— Que trouverez-vous, mère, sinon le désert puis une oasis ?

— Dès que j'aurai obtenu un autre signe, Kamès, je t'enverrai Filou.

— Vous savez combien l'armée aura besoin de vous pour la bataille de Memphis !

— N'attaquons pas en aveugles. Rassemble un maximum de combattants et prépare avec ton conseil une stratégie qui évitera tout affrontement terrestre. Notre meilleure arme, c'est notre flotte. Et nous avons un autre allié : la crue.

Vent du Nord guida le corps expéditionnaire commandé par Ahotep. Pour lui, suivre les traces du bélier d'Amon ne présentait guère de difficulté. En revanche, le rythme qu'il imposait aux soldats exigeait d'eux un effort soutenu. La reine savait que l'âne ne se hâtait pas sans raison ; aussi les haltes furent-elles réduites au minimum, chacun restant sur le qui-vive.

Au sommet d'une colline rocailleuse se tenait une antilope blanche.

Vent du Nord s'arrêta et, de son museau, toucha l'épaule de la reine.

Ahotep s'approcha lentement de l'antilope. Incarnation de la déesse Satis, l'épouse de Khnoum, le dieu potier à tête de bélier, elle était le nouveau signe envoyé par Amon. Un signe qui évoquait encore le grand Sud et la Nubie.

L'antilope lécha les mains de la reine, et son regard, d'une infinie douceur, lui apprit qu'elle la guiderait jusqu'au but.

Dans l'oasis de Bahariya, d'ordinaire si calme et si loin des bruits de guerre qui troublaient la vallée du Nil, l'atmosphère s'était brutalement tendue. D'habitude, le gouverneur se contentait de collaborer mollement avec les Hyksos, lesquels ne manifestaient qu'un intérêt réduit pour ce trou perdu, simple halte pour les facteurs de l'armée.

C'était, en effet, par les oasis du désert de l'Ouest que passait le courrier entre Avaris et Kerma, la capitale nubienne, vassale de l'empereur. Un long et pénible trajet, certes, mais dont les Thébains ignoraient l'existence.

Cette fois, le chef postier était accompagné d'une centaine de soldats cuirassés de noir, particulièrement mal embouchés. Et la jonction venait de s'établir avec un nombre égal de Nubiens, tout aussi menaçants. Les oasiens avaient dû leur donner de la bière, du vin et de l'alcool de dattes.

— Ne sème pas le trouble chez nous, intima le gouverneur au chef postier hyksos.

Appuyé comme il l'était, le fonctionnaire d'Avaris ne craignait pas l'homme râblé et barbu qui osait l'admonester.

— Cette oasis appartient à l'empereur, comme le reste de l'Égypte. L'aurais-tu oublié ?

— Nous lui payons d'énormes impôts, il nous prend presque tout ! Alors, qu'il nous laisse au moins vivre en paix. Cet endroit n'a aucune importance stratégique.

— Erreur, mon brave ami !

Le gouverneur fronça les sourcils.

— Qu'est-ce que ça signifie ?

Le chef postier savoura son heure de gloire.

— Vois-tu, ces Nubiens ne sont qu'une avant-garde chargée de recueillir une très importante lettre destinée au prince de Kerma. Bientôt, des centaines de guerriers noirs arriveront ici, et tu devras les servir avec zèle.

— Je refuse, je...

— Tu n'as rien à refuser à l'empereur et à son allié nubien ! À moins que tu ne sois un révolté, complice de la reine Ahotep...

— Non, je te jure que non !

— Maintenant, je vois clair dans ton jeu. Pour moi, ça ne tombe pas trop mal. J'en avais assez d'être chef postier. Nouveau gouverneur de cette oasis, ça me convient.

Cédant à la panique, le gouverneur tenta de s'enfuir. Il courut jusqu'à la lisière du désert, poursuivi par deux Nubiens.

À bout de souffle, il vit une magnifique antilope blanche qui, d'un bond, disparut dans le désert.

La remplaça une femme majestueuse, coiffée d'un bandeau rouge et d'une tunique de la même couleur. Elle était si belle que le fuyard en oublia sa peur.

Les deux Nubiens crurent pouvoir abattre leur proie d'un coup de gourdin, mais leur geste demeura figé.

Face à eux, une armée.

Lorsqu'ils entendirent le sifflement des flèches, ils eurent à peine le temps de penser qu'ils allaient mourir.

Le gouverneur tremblait de tous ses membres.

— Majesté, vous n'êtes pas... Vous êtes...

— Combien de Nubiens dans l'oasis ?

— Une centaine, et autant de Hyksos, bientôt ivres morts ! Ils veulent la transformer en base militaire.

L'affaire fut vite réglée.

Diminué par l'abus de boisson et pris par surprise, l'ennemi n'offrit qu'une résistance dérisoire.

Le seul survivant fut le chef postier qui avait pris une fillette en otage.

— Ne me touchez pas, glapit-il, ou je lui brise le cou ! Si vous me laissez la vie sauve, je vous communiquerai un document important.

— Donne-le-moi, exigea Ahotep.

Le chef postier tendit une lettre officielle, marquée au sceau de l'empereur.

Sa lecture édifia la reine.

« D'Apophis au prince de Kerma :

« Sais-tu ce que l'Égypte a entrepris contre moi ? Kamès m'attaque sur mes territoires, il persécute les Deux Terres, à savoir la tienne et la mienne, et il les ravage ! Viens, rends-toi à Avaris sans crainte. Je retiens Kamès jusqu'à ton arrivée, personne ne pourra t'intercepter pendant ta traversée de l'Égypte puisque toute l'armée ennemie se trouve au Nord. Nous la vaincrons et nous nous partagerons le pays. »

Telle était la réponse à la deuxième question d'Ahotep : l'empereur comptait bien faire tomber l'armée égyptienne dans une nasse. Fixée par les Hyksos, elle serait attaquée par les Nubiens en provenance du sud.

— J'ai la vie sauve ? geignit le chef postier.

— À deux conditions : que tu portes une autre lettre à l'empereur et que tu relâches immédiatement cette enfant.

Le preneur d'otage obéit.

La fillette se réfugia dans les bras de la reine qui la consola longuement.

Alors que le chef postier n'osait pas bouger, Ahotep rédigea un texte incisif pour apprendre à Apophis que la route des oasis était désormais sous contrôle égyptien, que sa propre missive ne parviendrait jamais à Kerma et que les Nubiens ne sortiraient pas de leur province.

54

L'empereur avait ordonné à Jannas de rester à Memphis et d'y masser des troupes dans la plaine afin d'empêcher l'ennemi d'avancer. Bientôt, les Nubiens déferleraient sur l'armée d'Ahotep et de Kamès qui n'aurait d'autre solution que de s'enfuir vers le nord, là où l'amiral l'attendait pour l'exterminer.

Jannas n'approuvait pas cette stratégie. Jamais, au cours de sa brillante carrière, il n'avait dépendu d'une intervention extérieure comme celle des Nubiens dont le manque de discipline l'inquiétait.

Et puis un autre phénomène venait de se produire : la crue. Impossible de laisser les régiments de chars dans la plaine. Il avait dû les faire reculer à l'est de Memphis où, dans l'immédiat, ils ne lui seraient d'aucune utilité. Réorganiser son dispositif lui prendrait plusieurs jours.

À la place de Kamès, il aurait choisi ce moment idéal pour lancer une offensive. Mais le jeune pharaon n'avait aucune expérience du combat, et ses premières victoires avaient dû lui tourner la tête. Quant à la reine Ahotep, elle souffrait d'un défaut incurable : être une femme, donc incapable de commander. Frileuse, elle convaincrait son fils de ne pas s'aventurer trop avant, de peur de perdre ce qui était acquis.

Le niveau du fleuve montait vite.

— Ce sera une très belle crue, prédit l'amiral Lunaire.

— D'autant plus belle qu'elle a déjà contraint Jannas à retirer ses chars, révéla l'Afghan qui venait de recevoir les rapports de ses éclaireurs.

— Attaquons immédiatement, préconisa le pharaon.

— Accordez-nous une journée, Majesté, une seule journée pour que nous tentions de ranimer nos réseaux à l'intérieur de Memphis, implora le Moustachu. Si nous parvenons à soulever une bonne partie de la population, Jannas devra affronter un ennemi inattendu.

— C'est très dangereux.

— L'Afghan et moi saurons passer inaperçus.

Kamès se tourna vers Ahotep qui approuva d'un regard.

— Demain à l'aube, notre flotte entrera dans le port de Memphis. Neutralisez autant de Hyksos que possible.

Memphis était la ville préférée du Moustachu. Avec son mur blanc datant des premières dynasties et ses grands temples malheureusement incendiés par les Hyksos, l'ancienne capitale gardait fière allure malgré l'occupation. Mais l'heure n'était pas à la contemplation, et ce fut sous le poids de lourdes cruches que deux porteurs d'eau se présentèrent à l'une des portes de la grande cité, gardée par des miliciens hyksos.

— Qui êtes-vous ? demanda l'un d'eux.

— Paysans réquisitionnés, répondit l'Afghan. À cause de la crue, l'eau du Nil n'est plus potable. On nous envoie livrer nos réserves à la caserne.

— Allez-y.

Dans la ville régnait le plus grand désordre. À l'évidence, la retraite forcée des chars avait obligé le haut commandement à modifier sa stratégie.

L'Afghan et le Moustachu se dirigèrent vers les ruines du temple de Ptah. C'était dans un quartier populaire proche du sanctuaire que se terraient peut-être les derniers résistants de leur réseau.

Dans une ruelle déserte, à proximité d'une maison alliée, des aboiements caractéristiques.

Un chien résistant donnait l'alerte selon le code convenu.

Les deux hommes déposèrent leur fardeau et ôtèrent leur tunique rapiécée afin de montrer qu'ils ne dissimulaient pas d'armes.

— C'est bien nous, déclara l'Afghan. Vous trouvez qu'on a tellement changé ?

Le lourd silence qui succéda à cette question aurait dû les faire fuir. Mais ni l'un ni l'autre ne bougèrent.

— On est plutôt pressés, les amis. Si vous voulez manger du Hyksos, c'est le moment.

La lame d'un poignard s'avança vers les reins de l'Afghan.

— Bonne approche, petit, mais mauvaise position finale.

Utilisant l'une des prises des lutteurs de Béni Hassan, l'Afghan faucha la jambe de l'adolescent qui le menaçait, le désarma et lui tordit le bras à le briser.

— Si tu veux combattre, gamin, tu as encore beaucoup à apprendre.

Cinq résistants sortirent de la maison. Parmi eux, un prêtre de Ptah qui avait échappé aux rafles.

— Je les connais, ils ont dirigé notre réseau ! Tout le monde vous croyait morts.

— Penses-tu, l'ami, on a même été décorés par la reine Ahotep ! Demain à l'aube, la flotte égyptienne attaque la ville. Peut-on organiser un soulèvement ?

— Trop de gens se feraient massacrer.

— On n'a rien sans rien, rappela le Moustachu. Les civils sont capables de neutraliser la milice et de mettre le feu aux docks. Le reste, l'armée de libération s'en occupera.

— Toute la cité est prête à se révolter, affirma l'adolescent. En faisant passer immédiatement le message dans les quartiers, on réussira.

L'amiral Jannas avait mal dormi.

Dans son cauchemar, un incendie détruisait la marine de guerre hyksos. Songeant aux nouvelles mesures de précaution indispensables, il ne s'était assoupi qu'au petit matin.

Et ce fut une odeur de brûlé qui le fit bondir hors de son lit.

De la fenêtre de la caserne, il vit les docks en feu.

Son aide de camp surgit dans la chambre.

— Les Égyptiens attaquent, amiral ! Plusieurs bateaux ont enfoncé notre première ligne de défense.

— La reine et son petit roi ne sont pas aussi médiocres que je l'avais cru, avoua Jannas. Tout le monde à son poste.

— Il y a plusieurs incendies, des hurlements montent de la plupart des quartiers, comme si Memphis entière se révoltait !

— Elle se révolte. Espérons que la milice contiendra les émeutiers. Moi, j'ai d'autres priorités.

Très vite, l'amiral comprit que ses adversaires avaient admirablement manœuvré. Profitant de la crue, des bateaux de guerre étaient parvenus à hauteur de certains remparts. Aussi les archers de Pharaon étaient-ils idéalement placés pour viser les défenseurs hyksos qui ripostaient avec rage.

À genoux sur le toit d'une cabine, de même que les autres tireurs d'élite, Ahmès fils d'Abana abattit plusieurs officiers, semant ainsi le trouble chez l'adversaire.

Dès que le gouverneur Emheb parvint à poser le pied sur le chemin de ronde de la citadelle, les Hyksos faiblirent.

Galvanisés, les Égyptiens jaillissaient de partout. Et dans la ville, les habitants massacraient les miliciens avec des pioches, des tabourets, des maillets de menuisier et tout ce qui pouvait leur servir d'armes. Sous le commandement du Moustachu et de l'Afghan, les Memphites se déchaînaient.

Plus de sept mille soldats, aussi impétueux que le pharaon Kamès, faisaient plier l'armée hyksos.

— Aucune nouvelle des Nubiens ? demanda Jannas à son aide de camp.

— Aucune, amiral.

— Ce plan inepte a échoué ! À présent, impossible de défendre Memphis. Il faut sortir de ce guêpier au plus vite.

C'était la première fois que l'amiral Jannas était contraint de battre en retraite. Mais les circonstances se liguaient contre lui, et il se retrouvait pieds et poings liés. Poursuivre le combat dans d'aussi mauvaises conditions eût été une folie.

L'amiral sacrifia donc une petite partie de ses troupes pour assurer le repli vers le nord-est. Soldats, chars et chevaux furent embarqués sur des bateaux qui s'éloignèrent rapidement de Memphis.

Jannas évitait le pire. Certes, il n'avait qu'égratigné l'armée de libération et il lui abandonnait une grande ville. Mais la puissance militaire hyksos était presque intacte, et le caractère spectaculaire de cette victoire égyptienne ne la rendait nullement décisive.

Kamès en personne fracassa le crâne du dernier fantassin hyksos qui, appliquant les consignes de l'amiral, avait tenu sa position jusqu'à la mort.

Incrédules, les Égyptiens s'aperçurent que le combat était terminé.

Memphis, la capitale du temps des pyramides, était libérée.

Dans les quartiers, où pas un seul milicien hyksos n'avait été épargné, on chantait et on dansait.

Des vieillards pleuraient, on ouvrait les portes des prisons, des enfants recommençaient à jouer dans les rues pendant que médecins et infirmiers, sous la vigoureuse direction de Féline, s'occupaient des nombreux blessés.

Un peu las, l'Afghan et le Moustachu pénétrèrent dans le palais. Ahotep et Kamès y recevaient l'hommage des notables survivants, dont la plupart avaient subi tortures et interrogatoires. Au premier rang, Anat admirait la prestance du pharaon.

— Vous vous en êtes encore sortis, constata le gouverneur Emheb dont le bras gauche saignait.

— Ç'aurait été dommage de manquer ça, estima le Moustachu. Vous devriez vous faire soigner.

— Vous imaginez ce qu'éprouve la reine ? interrogea l'Afghan.

En cet instant, Ahotep n'avait qu'une pensée en tête : la route d'Avaris, le repaire de l'empereur des ténèbres, était ouverte.

55

Comme l'ensemble des soldats de l'armée de libération, l'Afghan et le Moustachu furent rasés, parfumés et enduits d'une pommade composée de miel, de natron rouge et de sel marin, indispensable pour rendre la peau saine et la protéger des insectes, plus nombreux dans les zones marécageuses du Delta que dans la vallée du Nil.

Car la décision d'Ahotep et de Kamès venait d'être proclamée : la flotte égyptienne allait s'élancer vers Avaris, en profitant au maximum de la crue qui transformait en un lac immense les vastes étendues des provinces du Nord.

— Cette fois, s'enthousiasma le chancelier Néshi lors de l'ultime conseil de guerre avant le départ, nous porterons le coup de grâce à l'empereur !

— Ce ne sera pas si facile, objecta le gouverneur Emheb. L'armée hyksos est quasiment intacte et nous ne connaissons pas le système de défense d'Avaris.

— L'empereur ne s'attend pas à une attaque imminente, estima Ahotep. La logique veut que nous établissions à Memphis notre principale base militaire et que nous prenions le temps nécessaire pour préparer le choc décisif.

— Nos bateaux sont prêts, précisa le pharaon Kamès. Nous partirons demain matin.

Un officier de liaison demanda à être entendu.

— Majesté, un message en provenance de Sako ! La ville a été attaquée, le chef de notre détachement demande des secours d'urgence.

— Davantage de détails ?

— Malheureusement non. Et le pigeon voyageur est arrivé blessé, épuisé, nous n'avons pas réussi à le sauver.

— Je me rends immédiatement à Sako, décida la reine. Si nos hommes ne parviennent pas à stopper la contre-attaque hyksos, Thèbes sera en péril. Ne retardons pas pour autant l'assaut d'Avaris.

Le pharaon et ses conseillers firent grise mine. Sans Ahotep, l'armée de libération ne serait-elle pas privée d'âme ?

— La couronne blanche et la rame-gouvernail du bateau amiral, à la proue recouverte d'or, guideront le pharaon sur les chemins d'eau du Delta, déclara la reine. Il trouvera l'itinéraire le plus rapide vers Avaris et s'abattra comme un faucon sur la cité du tyran.

Le jeune monarque se leva.

— Amiral Lunaire, préparez l'embarquement.

Suivi de la flotte de guerre, le navire d'or progressait à belle allure. À la barre, l'amiral Lunaire vivait une étrange expérience : la rame-gouvernail semblait animée d'une vie propre, et il n'était que le témoin de ses mouvements qui orientaient le bateau dans la bonne direction.

La quasi-totalité des soldats de l'armée de libération découvraient le Delta, si différent de la vallée du Nil. Ici, des étendues plates à perte de vue, sillonnées de canaux et de bras d'eau. Bordant les champs, de véritables forêts de papyrus et de joncs, en partie noyées par la crue.

La flotte ne comptait faire aucune halte. Elle avait dépassé les villes d'Héliopolis, de Léontopolis et de Bubastis, qu'elle aurait pu attaquer, afin de ne pas perdre une seconde sur le chemin d'Avaris.

Encore enivrés par la conquête de Memphis, les jeunes soldats plaisantaient sur la couardise des Hyksos.

— Les braves garçons, marmonna le Moustachu en mastiquant du poisson séché. Il vaut mieux qu'ils n'aient pas conscience de la réalité.

— Tu ne crois pas qu'on parviendra à s'emparer d'Avaris ? s'inquiéta l'Afghan.

— On a déjà eu tellement de chance depuis le début de cette guerre ! Mais cette fois, la reine n'est pas à notre tête.

— On bénéficiera quand même de l'effet de surprise.

— Tu imagines la forteresse d'Avaris ? On va se casser les dents !

L'Afghan hocha la tête, alors que le gouverneur Emheb s'approchait des deux hommes.

— Vous n'aimeriez pas manger quelque chose de meilleur ?

— Pas faim, répondit le Moustachu.

— Je sais, Avaris se rapproche, rappela le bon géant. N'est-il pas plus agréable de combattre le ventre plein ? Au premier rang, on n'a aucune chance de s'en sortir, mais il faudra préserver la vie du pharaon Kamès. Faites passer la consigne.

Le Moustachu rejoignit Féline.

Il voulait goûter une dernière fois aux plaisirs de l'amour.

Fasciné par la beauté de la Basse-Égypte, le royaume de la couronne rouge, Kamès s'était retiré dans sa cabine peu avant qu'Avaris ne fût en vue. Parcourir ces provinces encore sous le joug hyksos lui donnait une formidable envie de vaincre.

Il prit doucement entre ses mains le visage d'Anat dont les yeux bleus exprimaient une passion de plus en plus intense pour ce monarque dont elle partageait à présent l'intimité.

— Penses-tu que je vais commettre une folie ? lui demanda-t-il.

— N'a-t-il pas fallu de nombreuses folies pour s'approcher si près du monstre avec l'espoir de lui enfoncer ton épée dans les reins ? En se croyant invincible, l'empereur t'offre une chance de vaincre.

Kamès ouvrit une fiole que lui avait offerte un parfumeur de Memphis. Il en répandit lentement le contenu sur le cou et les épaules de la jeune femme.

— Je suis étrangère et veuve d'un criminel... Comment peux-tu m'aimer ?

— Acceptes-tu de m'épouser, Anat ?

— C'est impossible, tu le sais bien ! Toi, le pharaon d'Égypte, et moi...

— ... toi, la femme que j'aime et qui m'aime. Aucune loi n'interdit notre mariage.

— Surtout, ne dis plus rien. Vraiment plus rien.

La crue ne faisait pas que des heureux. Naissant de Hâpy, la puissance vitale du Nil, elle déposait du limon qui rendait la terre noire et fertile. Mais elle agissait aussi comme une immense vague purificatrice qui noyait une belle quantité de vermine, des rongeurs, des scorpions et même des serpents. Pour l'heure, elle dérangeait un énorme troupeau d'hippopotames, habitués à rester immergés pendant la journée et à grimper sur les berges pendant la nuit afin d'y chercher de la nourriture.

Le seul ennemi de l'hippopotame était le crocodile, friand de bébés qu'il dévorait volontiers au moment même de l'accouchement avant d'être piétiné par une ou plusieurs femelles furieuses. D'apparence placide, le gros mammifère était parfois la proie de violentes colères qui le rendaient très dangereux.

— Je n'en ai jamais vu autant, avoua le Moustachu. Heureusement qu'il y a de la place pour passer, sinon ils pourraient couler nos bateaux.

— La manœuvre ne sera pas facile, prévint l'amiral Lunaire. Je crains de gros dégâts.

— Harponnons-les, proposa l'Afghan.

— On n'en tuera jamais assez, objecta le gouverneur Emheb.

— Alors, utilisons-les comme une arme ! préconisa le roi Kamès. La force de Seth qui les habite, retournons-la à notre profit.

— De quelle manière, Majesté ?

— Selon une bonne vieille méthode bien connue à Thèbes : pour exciter un hippopotame, il suffit de lui chatouiller les naseaux avec un roseau. Cueillons-en de suffisamment longs afin de ne pas courir trop de risques et tâchons d'orienter les bêtes vers le nord. Comme première vague d'assaut, les hippopotames seront parfaits.

Plusieurs bons nageurs se portèrent volontaires. Ils restèrent reliés aux bateaux par des cordages passés autour du ventre mais, en dépit de cette précaution, deux jeunes gens moururent écrasés entre les flancs des monstres courroucés.

D'abord, ce fut le chaos, comme si la fureur des hippopotames se résumait à un assourdissant vacarme où, dans le bouillonnement des eaux, chacun hurlait plus fort que l'autre. Puis, sous l'impulsion d'un mâle dominant, un semblant d'ordre rendit la mêlée moins confuse. Enfin, un même élan emporta les mastodontes dans la bonne direction.

À la proue du vaisseau d'or, Kamès se coiffa de la couronne blanche, placée sous la protection de Seth. Il aurait besoin de sa puissance pour attaquer la capitale de l'empereur des ténèbres.

56

Contenant mal sa rage, l'amiral Jannas faisait les cent pas dans la salle d'audience de la forteresse d'Avaris, désespérément vide. Depuis plus d'une heure, il attendait l'empereur.

Enfin apparut le Grand Trésorier Khamoudi.

— Quand verrai-je Sa Majesté ?

— L'empereur est souffrant, révéla Khamoudi. Ses chevilles sont enflées et ses reins fonctionnent mal. Pour le moment, il dort, et personne ne doit le déranger.

— Vous plaisantez !

— Ce sont ses ordres, nous y sommes tous soumis.

— Vous n'appréciez pas la situation à sa juste mesure, Khamoudi ! L'armée égyptienne va attaquer Avaris.

Le Grand Trésorier eut un sourire condescendant.

— Vous perdez votre sang-froid, amiral.

— Cette armée est une véritable armée, avec un véritable chef et d'authentiques soldats ! Comme nos alliés nubiens ne sont jamais arrivés à Memphis, j'ai dû battre en retraite afin de sauver la majeure partie de mes troupes. À cause de la crue, mes chars sont inutilisables. À la place de Kamès, je foncerais sur Avaris dont le système de défense est ridicule !

— Ce n'est qu'un roitelet sans envergure. Il s'est installé à Memphis que vous reprendrez sans difficulté dès la fin de la crue. Pour l'heure, conformément aux instructions de notre empereur, conduisez vos régiments à Sharouhen. La dame Abéria vous accompagnera avec un important convoi de déportés. Qu'aucun ne s'échappe.

— Ne commettez pas une nouvelle erreur, Khamoudi ! C'est ici que je serai le plus utile.

Le Grand Trésorier devint cinglant.

— Contentez-vous d'obéir aux ordres, amiral.

L'empereur avait brûlé la lettre d'Ahotep et fait mourir le chef postier dans le labyrinthe. Irrité par l'échec de son plan, il s'était enfermé dans la chambre forte de la citadelle pour y contempler la couronne rouge de Basse-Égypte. Il la manipula avec envie, espérant se montrer coiffé de cet emblème sacré que les anciens textes considéraient comme un œil qui rendait le pharaon capable de voir l'invisible.

Nul ne savait dans quel matériau avait été façonnée cette couronne, solide comme du granit et légère comme une étoffe. Bientôt, Apophis l'emboîterait dans la couronne blanche de Haute-Égypte, ôtée du cadavre de Kamès, pour former la « Double couronne », la vision totale qui lui offrirait la puissance absolue.

Alors qu'il s'apprêtait à poser la rouge sur sa tête, une brûlure lui déchira le flanc et interrompit son geste.

Sa gourde en faïence bleue était rougeoyante comme du métal en fusion. L'empereur trancha la ficelle qui la liait à sa ceinture.

En tombant sur le sol, la gourde explosa.

Avec elle disparaissait la carte de l'Égypte qu'Apophis avait manipulée pendant de nombreuses années.

Le troupeau d'hippopotames en furie s'était engagé dans le canal de l'Est qui passait devant la citadelle d'Avaris. Il semait la panique parmi les pêcheurs et les bateaux de la police fluviale patrouillant aux abords de la ville.

Intriguée par ce remue-ménage, Tany, l'épouse de l'empereur, était montée au sommet des remparts avec ses servantes.

Soudain, une violente lumière les aveugla.

— Ça vient du fleuve, constata une servante, affolée. Un bateau en or... Il approche !

La voix puissante du pharaon Kamès s'éleva dans le ciel d'Avaris.

— Oisillons apeurés dans votre nid, voyez, je suis venu, car le destin m'est favorable ! Ma cause est juste, la libération de l'Égypte est dans ma main !

Le nez sur le mur comme des lézards, la dame Tany et ses domestiques étaient incapables de bouger.

La flotte égyptienne n'avait pas eu le loisir de se laisser impressionner par la gigantesque citadelle qui dominait la capitale hyksos. Après avoir coulé les unités de la police, les marins de Kamès avaient récupéré leurs ancres, de lourdes pierres dont ils s'étaient servis comme projectiles contre un bateau de miliciens vite envoyé par le fond.

Khamoudi était désemparé.

Jannas avait quitté la capitale et personne, pas même le Grand Trésorier, n'était autorisé à pénétrer dans la chambre forte où l'empereur s'était enfermé.

C'était comme un rêve.

Le pharaon à la couronne blanche transperçait les défenses ennemies grâce à la mobilité et à la rapidité de ses navires de guerre.

Néanmoins, les remparts de la citadelle se peuplaient d'archers dont le tir nourri finirait par causer des ravages dans les rangs égyptiens.

— Impossible d'aborder ce monstre par le fleuve, estima l'amiral Lunaire. Même une crue très haute ne nous permettrait pas d'atteindre ses remparts.

— Alors, passons de l'autre côté et empruntons le canal de l'Ouest.

Hors de portée des flèches hyksos, la flotte du pharaon prit la meilleure option. Elle s'élança dans une large voie d'eau qui menait directement au port de commerce où venaient d'arriver trois cents navires en bois de cèdre chargés d'or, d'argent, de lapis-lazuli, de turquoise, de haches de guerre en bronze, de jarres de vin et d'huile, et de nombreuses autres denrées en provenance des diverses provinces de l'empire. Le déchargement était sur le point de commencer, et l'apparition des Égyptiens provoqua une indescriptible pagaille.

Les dockers voulurent se réfugier dans les locaux de la police mais les Hyksos en abattirent plusieurs. Furieux, leurs collègues s'en prirent aux meurtriers, et les quais devinrent le théâtre d'une violente mêlée.

Le Moustachu et l'Afghan furent les premiers à sauter de la proue du navire amiral pour fouler aux pieds le domaine d'Apophis. À coups de haches légères et d'épées courtes, ils se frayèrent la voie vers le bâtiment principal où le responsable du contrôle des marchandises venait d'être piétiné par les dockers.

— Les Égyptiens se sont emparés du port de commerce, dit un officier au Grand Trésorier. Il faut immédiatement envoyer des renforts, à la fois par l'intérieur et par le canal. Sinon, Kamès envahira la capitale.

Khamoudi n'avait pas été préparé à des événements aussi invraisemblables, et il se devait d'assurer la sécurité des instances dirigeantes.

— Ne dégarnissons pas la citadelle et ses abords, trancha-t-il. Elle doit rester imprenable.

— Les soldats qui se trouvent au port ne sont pas assez nombreux, Grand Trésorier, ils vont être massacrés !

— Qu'ils fassent leur devoir et résistent aussi longtemps que possible. Et que l'essentiel de nos troupes demeure ici afin de préserver le centre de l'empire.

Mais quand donc Apophis se déciderait-il à réapparaître ?

— Grand Trésorier, l'ennemi approche !

Bien à l'abri d'une meurtrière, Khamoudi vit scintiller la couronne blanche du pharaon Kamès dont la voix retentit une nouvelle fois.

— Apophis, vil Asiatique déchu, faible de cœur, tu oses encore prétendre : « Je suis le maître, tout m'appartient jusqu'à Hermopolis et même Gebelein » ! Tu n'es qu'un menteur, sache ceci : j'ai anéanti ces villes, il n'y reste aucun Hyksos, j'ai brûlé tes territoires, je les ai transformés en buttes sanglantes à cause du mal qu'ils ont infligé à l'Égypte en se mettant à ton service.

Face à la citadelle, Kamès éleva une coupe.

— Vois, je bois le vin de ton vignoble ! Tes paysans, devenus mes prisonniers, le presseront pour moi. Je couperai tes arbres, je ravagerai tes plantations et je m'emparerai de ta résidence.

Déjà, les marins égyptiens faisaient sortir du port les cargos remplis de richesses.

Alors que Khamoudi, comme les soldats hyksos, était fasciné par ce pharaon à l'impressionnante stature, il sentit un souffle glacé parcourir les remparts.

Enveloppé dans un manteau marron, la tête couverte d'une capuche, l'empereur contemplait le désastre du haut de sa citadelle.

— Majesté, bredouilla Khamoudi, j'ai cru bien faire en...

— Rappelle immédiatement l'amiral Jannas. Qu'il rassemble un maximum de forces.

57

En raison du manque de vent, le voyage d'Ahotep avait été plus long que prévu. Enfin, elle parvenait en vue de la ville de Sako, et l'ensemble des bateaux composant sa flottille était sur le qui-vive.

Que restait-il de la garnison égyptienne ? Si elle avait été exterminée, combien de Hyksos demeuraient encore sur place et quels pièges avaient-ils tendus ?

La reine ne cessait d'observer Rieur le Jeune dont le calme la surprenait. Assoupi à l'ombre d'un parasol, le molosse ne manifestait pas le moindre signe d'inquiétude.

— Là-bas, quelqu'un ! cria la vigie.

Les archers bandèrent leurs arcs.

— Ne tirez pas, ordonna la reine, c'est un enfant !

Le garçonnet courait en agitant les bras pour saluer les navires aux couleurs d'Ahotep. Bientôt le rejoignirent plusieurs camarades et des mères de famille, visiblement enthousiastes.

Sur le quai, civils et militaires mélangés brandissaient des palmes en signe de bienvenue. L'accostage se déroula au milieu de cris de joie et de chants spontanés célébrant le retour de la souveraine.

Se frayant un passage, le commandant de la petite garnison se prosterna devant elle.

— N'as-tu pas subi une attaque hyksos ?

— Non, Majesté. Ici, tout est calme.

— Pourtant, Sako a envoyé un message de détresse.

— Je ne comprends pas... Je n'ai vraiment aucun incident à vous signaler.

Un faux message destiné à séparer Ahotep de Kamès afin d'affaiblir l'armée de libération : la reine avait la réponse à sa troisième question.

Non seulement l'espion d'Apophis n'était pas mort, mais encore il avait choisi un moment crucial pour tenter de porter un coup fatal à l'adversaire.

Se posait un nouveau dilemme : la reine devait-elle repartir pour le Nord et rejoindre Kamès, ou bien continuer vers le Sud et regagner Thèbes qui était sans doute le véritable objectif d'une éventuelle contre-attaque hyksos ?

Ahotep n'hésita pas longtemps.

Kamès avait prouvé sa valeur, il saurait évaluer la situation et organiser le siège d'Avaris.

Imaginer Thèbes assaillie par les barbares était insupportable. Si les Hyksos avaient eu l'intelligence de dissimuler des troupes en Moyenne-Égypte pour frapper le cœur de la résistance et détruire sa base principale, l'œuvre accomplie jusqu'alors ne serait-elle pas anéantie ?

— J'aimerais organiser une fête pour célébrer

votre venue, Majesté, avança le commandant de la garnison.

— Il est beaucoup trop tôt pour se réjouir.

— Majesté... n'avons-nous pas vaincu les Hyksos ?

— Certes pas, commandant. Que vos femmes et les enfants quittent Sako et se réfugient sous bonne garde dans un village voisin. Multiplie les postes de guet. Si l'ennemi attaque en nombre, ne tente pas de résister et rends-toi à Thèbes.

L'Afghan caressa le petit lapis-lazuli qu'il avait été autorisé à prélever sur la quantité livrée aux Hyksos.

— Ça te rappelle ton pays, commenta le Moustachu.

— Seules les montagnes d'Afghanistan produisent d'aussi belles pierres. Un jour, le commerce reprendra, et je redeviendrai riche.

— Je n'aime pas jouer les pessimistes, mais on est encore loin du compte. Tu as vu la taille de la citadelle d'Avaris ? Même moi, elle me remue les intestins. Il n'existe pas une seule échelle suffisamment longue pour atteindre le sommet des remparts, et les archers hyksos m'ont l'air aussi habiles que les nôtres.

— On les a quand même bien bousculés, non ?

— On n'en a pas supprimé beaucoup. Il en reste tellement, derrière ces murailles, et des coriaces !

— Ne subirais-tu pas un méchant coup de déprime, le Moustachu ?

— Pour être franc, je n'aime pas cet endroit.

Même quand le soleil est chaud, j'ai l'impression d'avoir froid.

— Viens boire un peu du vin de l'empereur, ça te redonnera du tonus.

Les trois cents cargos voguaient à présent vers le sud. Le pharaon songeait au moment où ils arriveraient à Thèbes et seraient offerts à Amon, mais il était surtout préoccupé par l'étrange silence qui recouvrait la capitale hyksos.

Tenir le port de commerce permettait, certes, de bloquer les échanges entre Avaris et l'extérieur, mais la puissance de l'empereur était-elle vraiment amoindrie ?

Avec son dynamisme habituel, le chancelier Néshi courait partout pour vérifier que les hommes étaient bien nourris. Quant au gouverneur Emheb, il redoutait une tentative de sortie des troupes réfugiées dans la ville et la citadelle ; aussi avait-il disposé de petits groupes d'archers à de nombreux endroits afin qu'ils puissent donner l'alerte.

— Comment organiser le siège ? demanda-t-il au pharaon.

— Il faut explorer les environs d'Avaris et voir s'il est possible de l'isoler et d'affamer ainsi l'empereur.

— Ce sera long, très long... N'êtes-vous pas étonné par cette absence de réaction ? Apophis dispose pourtant de forces suffisantes pour tenter de briser notre blocus.

— Peut-être pense-t-il le contraire.

— Non, Majesté. Je suis persuadé qu'il attend des renforts, avec la certitude qu'ils nous écraseront. Nous voir cloués sur place annonce sa future victoire.

— Autrement dit, tu me conseilles de battre en retraite alors que nous sommes au pied de la citadelle d'Avaris ?

— Je n'en ai pas plus envie que vous, Majesté, mais il me paraît nécessaire de reprendre notre souffle et d'éviter un désastre.

— Tu parles ainsi parce que la magie de la reine Ahotep nous manque. Dès son retour parmi nous, nos doutes seront balayés et nous nous emparerons de cette citadelle.

Ils étaient trois.

Trois miliciens hyksos qui, au lieu de se battre avec leurs camarades contre les dockers, s'étaient réfugiés dans un poste de garde où un officier les avait arrêtés avant de les confier à son supérieur.

Attachés à un poteau, sur le parvis de la citadelle, ils avaient été bastonnés. Les côtes brisées, ils redoutaient une longue peine de prison au terme de laquelle ils seraient condamnés à accomplir de basses besognes.

— Pourquoi vous êtes-vous comportés comme des lâches ? demanda la voix glaciale de l'empereur, accompagné de la dame Abéria.

Celui qui pouvait encore parler tenta de s'expliquer.

— Seigneur, nous avons estimé que la partie était perdue et que nous serions plus utiles vivants que morts. Les dockers étaient déchaînés, il n'était plus possible de les contenir.

— Ce sont bien des paroles de lâche, estima

Apophis, et les lâches n'ont pas leur place parmi les Hyksos. Quelles que soient les circonstances, mes hommes doivent obéir aux ordres et demeurer à leur poste. Dame Abéria, exécute ma sentence.

— Ayez pitié, seigneur, comprenez que...

Les énormes mains d'Abéria empêchèrent le condamné d'en dire davantage. Elle l'étrangla lentement, avec un plaisir manifeste, et infligea le même supplice aux deux autres.

La sérénité de l'empereur avait rassuré ses troupes qui piaffaient d'impatience à l'idée de prendre leur revanche sur les Égyptiens. Mais l'épouse d'Apophis, traumatisée, s'était alitée. Des servantes se succédaient au chevet de la dame Tany pour lui éponger le front et lui donner à boire. Fiévreuse, elle était la proie d'un délire où se mêlaient des flammes, des torrents de boue et des chutes de pierres.

La femme du Grand Trésorier calmait ses angoisses avec la drogue que lui procurait son mari. Non, l'Empire hyksos n'était pas sur le point de s'écrouler, et le scalpel d'Apophis saurait le débarrasser de la verrue égyptienne.

Khamoudi, lui, n'en menait pas large. L'empereur ne lui reprocherait-il pas d'avoir écarté Jannas au mauvais moment ? Mais tels étaient les ordres d'Apophis qui refusait de voir grandir à l'excès l'influence de l'amiral.

Seul le port de commerce était sous le contrôle effectif de Kamès, lequel n'osait pas s'attaquer aux faubourgs de la ville où les soldats hyksos étaient prêts à contenir l'assaut du pharaon.

Du haut de la citadelle, l'empereur contemplait

son domaine qu'avait violé un jeune homme fougueux qui se croyait invincible parce qu'il portait la couronne blanche.

Cette illusion lui coûterait la vie.

58

Des outres en peau de chèvre tannée et retournée furent distribuées aux soldats de l'armée égyptienne, les unes d'une contenance de vingt-cinq litres, les autres de cinquante. Comme l'eau du fleuve ne serait consommable que dans un jour ou deux et que la chaleur augmentait, personne ne devait souffrir de déshydratation. Des fruits du balanite et des amandes douces y avaient été introduits afin de conserver l'eau pure.

Le chancelier Néshi remit au pharaon Kamès l'outre qui lui revenait et que portait un jeune fantassin, fier de servir son roi.

— La flotte est prête, Majesté, annonça Emheb.

Kamès avait décidé de descendre le canal de l'Est, de dépasser la citadelle d'où partirait forcément un tir nourri et de voir s'il était possible de l'attaquer par le nord. Dans le cas contraire, les bateaux de guerre établiraient un blocus et, dès le retour d'Ahotep, le roi envisagerait de s'emparer d'Avaris, quartier par quartier.

Le roi but un peu d'eau.

— Où en est le moral des troupes, Emheb ?

— Elles vous suivront jusqu'au bout, Majesté.

— Tant que nous n'aurons pas pris cette citadelle, tous nos exploits n'auront servi à rien.

— Chaque soldat en est conscient.

La solidité d'Emheb rassurait le jeune roi. Au cours de ces dures années de lutte, jamais le gouverneur n'avait émis la moindre plainte, jamais il n'avait cédé au découragement.

À l'instant où le pharaon grimpait la passerelle du navire amiral, le cri d'alarme d'une sentinelle figea sur place les soldats de l'armée de libération.

Très vite, Kamès fut informé de la gravité de la situation : de nombreux bateaux hyksos venant du nord s'engageaient dans les canaux de l'Est et de l'Ouest pour prendre en tenaille la flotte égyptienne dans le port de commerce.

Enfin, l'amiral Jannas avait reçu des ordres cohérents : rassembler les régiments stationnés dans plusieurs villes du Delta, puis réduire à néant l'armée de Kamès.

Oubliés, l'affront porté par Khamoudi et l'indifférence de l'empereur ! Jannas remplissait de nouveau son rôle de commandant en chef des forces armées, et il montrerait au jeune pharaon ce qu'était vraiment la puissance militaire hyksos.

Seul maître à bord, Jannas ne serait pas entravé par les décisions stupides d'un civil comme Khamoudi, et il mènerait la bataille d'Avaris à sa guise, tout en sachant qu'elle serait meurtrière, à cause de la qualité des bateaux ennemis, rapides et maniables, et de la fougue des Égyptiens, aguerris par plusieurs affrontements.

L'empereur avait mésestimé l'adversaire, Jannas ne commettrait pas la même imprudence.

En surprenant la flotte de Kamès à la fois par l'est et par l'ouest, Jannas la contraindrait à se diviser, donc à s'affaiblir. Et si le pharaon n'avait pas songé à évacuer d'urgence les cargos, il s'empêtrerait dans le port.

— Port de commerce en vue, annonça la vigie. Aucun cargo.

« Ce petit roi n'est pas un mauvais chef, pensa l'amiral, et la partie sera encore plus difficile que prévu. »

— Ils veulent nous éperonner, jugea Emheb. Comme ils sont beaucoup plus lourds que nous, ce sera un massacre.

— Une seule solution, décida Kamès : que nos navires se dirigent vers l'est. Concentrons immédiatement toutes nos forces dans la même direction.

La manœuvre fut exécutée avec tant de cohésion et de vivacité qu'elle stupéfia les Hyksos qui ne parvinrent pas à se disposer en travers pour former une muraille. Le vaisseau amiral à la proue dorée se faufila entre deux adversaires, et Kamès crut quelques instants qu'il ouvrait une brèche. Mais les Hyksos jetèrent des grappins et ralentirent suffisamment sa marche pour se lancer à l'abordage.

Le premier à poser le pied sur le pont ne savoura pas longtemps son exploit, car la hache du Moustachu se ficha dans sa nuque. Les deux suivants n'échappèrent pas au poignard de l'Afghan, tandis que les flèches d'Ahmès fils d'Abana freinaient les ardeurs des assaillants.

Plusieurs unités égyptiennes échappèrent aux Hyksos, mais trois d'entre elles furent immobilisées, et de féroces combats corps à corps s'engagèrent.

Le vaisseau amiral ne réussissait pas à se dégager. Volant à son secours, celui des archers originaires de la ville d'Edfou, tirant flèche sur flèche, empêcha un autre bateau hyksos de s'approcher.

Dans le canal de l'Ouest, l'amiral Jannas était gêné par ses propres bâtiments qui n'avaient pas assez d'espace pour faire demi-tour et revenir sur les Égyptiens dont certains se sacrifiaient afin de protéger le pharaon.

Kamès se battait avec une énergie incroyable, l'amiral Lunaire tenait lui-même la rame-gouvernail. Le voyant menacé par un colosse asiatique, le Moustachu s'interposa mais ne put complètement éviter le tranchant de sa hache qui glissa le long de sa tempe gauche. Malgré la douleur, il plongea son épée courte dans le ventre de l'Asiatique qui, en reculant, heurta le bastingage et tomba dans l'eau.

— Ça y est, on passe ! hurla Lunaire, redonnant ainsi courage à son équipage.

De fait, le vaisseau amiral se dégageait enfin.

De deux coups de poignard précis, la belle Anat venait de trancher les jarrets d'une véritable bête fauve cuirassée de noir qui s'apprêtait à frapper l'Afghan dans le dos. Pendant qu'un marin égyptien l'achevait, elle fut la seule à voir un Hyksos brandir sa lance en direction de Kamès, debout à la proue.

Crier serait inutile, le pharaon ne l'entendrait pas.

D'un élan de tout son être, Anat se plaça sur la trajectoire de la lance qui se ficha dans sa poitrine.

C'est en se retournant que Kamès constata le sacrifice de sa maîtresse. Fou de douleur, il traversa le pont en enjambant des cadavres.

Abaissant son glaive avec rage, il fendit presque en deux le crâne de l'assassin.

C'était la plus rude bataille que l'amiral Jannas avait eu à livrer. Certes, les pertes des Égyptiens étaient sévères, mais celles des Hyksos plus encore, à cause de la stratégie adoptée par Kamès et de la maniabilité de ses bateaux.

— Nous lançons-nous à leur poursuite, amiral ? demanda son second.

— Ils sont trop rapides, et Kamès pourrait bien nous attirer dans un piège préparé au sud d'Avaris. Mais la crue n'est pas éternelle et, quelle que soit l'habileté de l'adversaire, il se heurtera un jour à nos chars. Pour l'heure, songeons à panser nos plaies et à prendre des mesures efficaces pour assurer la sécurité de notre capitale.

De la plus haute tour de la citadelle, Khamoudi avait assisté à la victoire de Jannas, saluée par les acclamations des archers hyksos. Déjà fort populaire, l'amiral devenait le sauveur d'Avaris et le véritable bras droit de l'empereur, à la place du Grand Trésorier qui lui devrait désormais un maximum d'égards.

Khamoudi avait trop négligé l'armée au profit de

la police et de la milice. Dès que possible, il corrigerait cette attitude.

Son épouse Yima accourut à sa rencontre.

— Nous sommes sauvés, n'est-ce pas, nous sommes sauvés !

— Va réconforter la dame Tany. Moi, je dois informer l'empereur.

Apophis était assis sur son trône austère, dans la pénombre de la salle d'audience.

— Majesté, l'amiral Jannas a mis les Égyptiens en fuite.

— En doutais-tu, mon ami ?

— Non, bien sûr que non ! Mais nous avons perdu beaucoup de bateaux et de marins. C'est sans doute la raison pour laquelle l'amiral a choisi de ne pas poursuivre les vaincus et d'assurer la défense d'Avaris. Malheureusement, notre victoire n'est pas totale, car Kamès est indemne.

— En es-tu si sûr ? interrogea la voix glaciale de l'empereur.

59

Alors que le pharaon Kamès serrait entre ses mains celles d'Anat qui venait d'expirer, Féline découvrait avec horreur le corps ensanglanté du Moustachu qui respirait encore. Elle constata que la plupart des blessures n'étaient que superficielles, mais l'oreille gauche était presque complètement tranchée.

— Un calmant, vite !

L'un des assistants de la Nubienne lui apporta un petit vase globulaire qui contenait un puissant anesthésique à base d'opium. Entrouvrant la bouche du Moustachu, elle lui en fit absorber une dose suffisante pour qu'il n'éprouve aucune souffrance pendant plusieurs heures.

Avec un filet de lin imprégné de sève de sycomore, elle relia les deux parties de l'oreille après avoir nettoyé la plaie et ôté les fragments de tissu menacés de nécrose. Puis, à l'aide d'aiguilles en bronze et de fil de lin, elle recousit.

— Tu crois que ça réussira ? demanda l'Afghan.

— Quand je fais quelque chose, rétorqua Féline, vexée, je le fais bien. Veux-tu que je m'occupe de ton épaule droite ? À première vue, elle ne semble pas brillante.

L'Afghan tournait de l'œil. Plus gravement atteint qu'il ne voulait l'admettre, il s'effondra.

— Demi-tour ! ordonna le pharaon, après avoir enveloppé dans un linceul le corps de la femme qui s'était sacrifiée afin de lui sauver la vie.

— Les hommes sont épuisés, objecta le gouverneur Emheb, lui-même à bout de forces.

— Nous devons montrer aux Hyksos que nous sommes capables de reprendre l'offensive.

— Majesté...

— Ordre à tous les bâtiments de la flotte : demi-tour et cap sur Avaris. Que les soldats se lavent, qu'ils se changent et se préparent au combat.

Se réglant sur l'amiral Lunaire, les bateaux effectuèrent la manœuvre.

Féline sortit de la cabine où elle avait installé les blessés.

— Que se passe-t-il ? demanda-t-elle à Emheb, assis sur des cordages.

— Nous repartons à l'assaut d'Avaris. Les Hyksos nous croient en fuite, le roi pense que l'effet de surprise sera décisif. L'amiral Jannas n'a pas encore eu le temps d'organiser la défense de la ville.

— Mais nos pertes sont lourdes, et l'ennemi nous est supérieur en nombre !

— Exact, reconnut Emheb.

— Cet amiral n'est-il pas un redoutable chef de guerre que même une attaque-surprise ne suffira pas à démonter ?

— Encore exact.

— Donc, si nous lançons cet assaut, nous mourrons tous ?

— Toujours exact.

La chaleur, le soleil, les eaux scintillantes du Nil... La vigie hyksos crut être victime d'un mirage.

Non, ce ne pouvait pas être un bateau ennemi qui revenait vers Avaris !

Pas un seul bateau, mais deux, trois, davantage... La flotte entière de Kamès !

Par signes, la vigie prévint ses collègues qui relayèrent le message jusqu'à Jannas, lequel étudiait déjà le futur système de défense de la capitale avec ses officiers.

— Ce petit roi devient un redoutable adversaire, estima Jannas. Il veut nous prendre à la gorge bien qu'il n'ait qu'une chance sur cent de réussir. À sa place et à son âge, j'aurais peut-être commis la même folie.

— Courons-nous un réel danger ? s'inquiéta l'un des officiers.

— Kamès ignore l'importance des renforts que je n'ai pas encore utilisés et qui sont massés au nord d'Avaris. C'est pourquoi il court au suicide.

À la proue du vaisseau amiral, le pharaon songeait à Ahotep. Si elle avait été présente, la reine n'aurait pas agi autrement. Comment les Hyksos auraient-ils pu supposer que les Égyptiens trouveraient les ressources nécessaires pour reprendre le combat ?

La sombre mine des marins, y compris celle de l'amiral Lunaire, indiquait à Kamès qu'ils jugeaient sa décision insensée. Mais il savait qu'aucun ne reculerait.

— Une vigie nous a repérés, annonça l'amiral. Devons-nous continuer à grande allure, Majesté ?

Kamès fut incapable de répondre. Le fleuve se confondait avec le ciel, les rives tournoyaient. De grosses gouttes de sueur coulaient sur son visage.

— Majesté... Vous vous sentez mal ?

La sensation de vertige était telle que Kamès vacilla. Lunaire l'aida à s'asseoir.

— Auriez-vous été blessé ?

— Non... non, je ne crois pas.

— Féline doit vous examiner.

Allongé sur le pont, Kamès respirait avec peine. La Nubienne ne décela aucune blessure.

— C'est une maladie que je ne connais pas, avoua-t-elle. Il faut donner à boire au roi et le laisser se reposer dans sa cabine.

— Dois-je ordonner l'attaque ? demanda Lunaire.

Kamès mit plusieurs secondes à comprendre la question et à percevoir ce qu'elle impliquait. Son cerveau fonctionnait au ralenti, et il dut accomplir un effort intense pour formuler sa réponse.

— Non, amiral. Restons ici quelques heures, puis prenez la route de Thèbes.

— La flotte égyptienne se retire, amiral, déclara son second.

Jannas fit la moue.

— Devons-nous la poursuivre ?

— Surtout pas, répondit l'amiral. À l'évidence,

Kamès veut nous attirer dans un piège. Il nous a prouvé qu'il pouvait de nouveau attaquer Avaris et il souhaite susciter cette réaction de notre part. Plus au sud, il y a d'autres troupes commandées par Ahotep. Si nous poursuivions Kamès, nous tomberions dans la gueule de cette panthère.

— Quels sont vos ordres, amiral ?

— Ôtez les épaves du port de commerce, enterrez les morts et consolidez au maximum les défenses de la capitale. Je veux être prévenu dès qu'un bateau ennemi pointera sa proue.

Jannas avait beaucoup de détails à régler, notamment la réorganisation des forces armées. Désormais, il voulait être réellement leur commandant en chef, sans subir l'influence de Khamoudi et de sa milice. Impossible, certes, de stigmatiser l'attitude irresponsable du Grand Trésorier auquel l'empereur accordait sa confiance dans les domaines de la gestion et de l'économie ; mais il faudrait qu'Apophis admette que l'armée de libération n'était pas qu'un ramassis d'incapables et qu'il y avait bel et bien une guerre à livrer, une guerre entre la Basse et la Haute-Égypte, entre le Nord et le Sud.

En raison de leur rapidité, les navires de combat égyptiens n'avaient pas tardé à rejoindre les trois cents cargos remplis de marchandises arrachés de haute lutte aux Hyksos. Tout au long du parcours en direction de Thèbes, villes et villages libérés faisaient un véritable triomphe à la flotte de Kamès.

Une fabuleuse nouvelle se répandait : le pharaon avait vaincu les Hyksos, la couronne blanche était victorieuse ! Partout s'organisaient des banquets et des concerts. Partout, l'on chantait et l'on dansait. Dans le ciel d'été brillait un vrai soleil qui dissipait les ténèbres.

Malgré son épuisement, le pharaon se tenait à la proue du vaisseau d'or lors des principales étapes, notamment à Memphis, à Atfih, à Sako, à Hermopolis et à Cusae, hauts lieux de ses victoires. Acclamé par son peuple, Kamès avait cru que la vigueur reviendrait. Mais les vertiges l'épuisaient, ses jambes se dérobaient, et il devait rester allongé sans parvenir à trouver le sommeil.

— Nous approchons de Thèbes, constata le Moustachu dont l'oreille se guérissait. Je ne comprends pas pourquoi la reine Ahotep s'y est retirée au lieu de nous rejoindre à Avaris.

— Je ne comprends pas davantage pourquoi notre service de pigeons messagers a été interrompu, ajouta l'Afghan, encore un peu chancelant.

— En tout cas, notre percée nous a conduits jusqu'à Avaris et nous avons résisté à Jannas !

— Bel exploit, mais l'empereur et sa citadelle sont indemnes. Et je doute que les troupes de l'amiral restent éternellement sur la défensive.

Le Moustachu, lui aussi, songeait au prochain affrontement au cours duquel Jannas ne manquerait pas d'utiliser ses armes lourdes.

Mais pour l'heure, il y avait les rives verdoyantes de Thèbes et une foule ivre de joie qui attendait les héros afin de les congratuler et de fêter leur triomphe.

60

Les soldats mariés tombèrent dans les bras de leurs épouses, les autres subirent l'enthousiasme des jeunes Thébaines qui voulaient toucher les vainqueurs et leur prouver une affection débordante.

Déjà, les dockers thébains déchargeaient les cargos regorgeant de richesses, sous les yeux émerveillés de la population. À leur vue, comment douter de la victoire de Kamès sur les Hyksos ?

Soutenu par l'amiral Lunaire et le gouverneur Emheb, le pharaon fut longuement acclamé. Officiellement, il souffrait d'une blessure à la jambe qui le gênait pour marcher. Mais dès qu'elle le serra contre son cœur, Ahotep comprit que son fils aîné était mourant.

Faisant aussi bonne figure que possible afin de ne pas contrarier le bonheur des Thébains, la reine et le pharaon montèrent dans des chaises à porteurs qui les conduisirent au palais.

Téti la Petite et Amosé, heureux de retrouver enfin son grand frère, les accueillirent.

— Comme tu as maigri ! s'exclama le jeune garçon.

— Les combats ont été très durs, expliqua Kamès.

— Tu as tué tous les Hyksos ?

— Non, je t'en ai laissé quelques-uns.

Victime d'un nouveau malaise, le roi reçut l'aide de l'intendant Qaris.

— Kamès a besoin de repos, dit Ahotep. Je le remplacerai lors du rituel d'offrande.

Les richesses provenant d'Avaris furent offertes au dieu Amon, dans son temple de Karnak, avant d'être distribuées aux Thébains, à l'exception de l'or et du lapis-lazuli qui serviraient à orner le sanctuaire.

Ne laissant rien paraître de son angoisse, l'Épouse de Dieu prononça les anciennes formules grâce auxquelles la puissance invisible se manifestait sur terre en faisant rayonner la lumière apparue au premier matin du monde, sur la butte surgie hors de l'océan primordial, à l'endroit où Karnak avait été bâti.

Dès la fin de la cérémonie, Ahotep retourna au palais. Malgré les inquiétudes que suscitait la santé du monarque, Qaris veillait aux préparatifs du banquet.

— Majesté, croyez-vous que...

— Fais cesser toute agitation.

Le médecin-chef se tenait sur le seuil de la chambre du malade.

— Majesté, mon diagnostic est formel : le pharaon Kamès a été empoisonné. Il est impossible de le guérir, car le cœur de l'être est atteint. La substance mortelle s'est lentement propagée dans tous les vaisseaux, et l'énergie du roi est presque éteinte.

Ahotep pénétra dans la chambre et referma la porte.

Assis, la tête reposant sur un coussin, Kamès contemplait la montagne d'Occident.

Sa mère lui prit doucement la main.

— Avaris est intacte et l'empereur vivant, murmura-t-il, mais nous avons infligé des pertes sévères à l'ennemi, et je lui ai prouvé que nous pouvions le frapper à tout moment. L'amiral Jannas sait que notre armée est apte à combattre. Il faudra consolider nos positions puis s'emparer d'Avaris et libérer enfin le Delta. Moi, j'ai épuisé mon temps de vie. À vous, ma mère, de poursuivre la lutte que vous avez vous-même commencée. Pardonnez-moi de vous léguer cette tâche inhumaine, mais mon souffle s'en va, et je ne parviens plus à le retenir.

Des larmes brûlantes coulèrent sur les joues d'Ahotep, mais sa voix ne trembla pas.

— C'est l'espion hyksos qui m'a éloignée de toi et c'est lui qui t'a empoisonné pour briser l'assaut contre Avaris.

Les lèvres de Kamès esquissèrent un sourire.

— Ainsi, il croyait à ma victoire... Cette victoire que vous remporterez au nom de mon père et au mien, n'est-ce pas ?

— Je t'en fais le serment.

— J'ai tenté de me montrer digne de lui et de

vous, je souhaite que mon frère s'engage à vos côtés et je sollicite une ultime faveur.

— Tu es le pharaon, Kamès. Ordonne, et j'obéirai.

— Acceptez-vous de faire graver des stèles qui raconteront mon combat pour la liberté ?

— Rien de ce que tu as accompli ne sera oublié, mon fils. Ces monuments chanteront tes exploits et ta vaillance, et ils seront exposés dans le temple de Karnak où ta gloire sera préservée parmi les dieux [1].

— Mourir si jeune, ce n'est pas facile... Mais vous vous trouvez auprès de moi, et j'ai la chance d'admirer cette rive d'Occident où règne la paix de l'âme. Voilà plusieurs années que je ne parvenais plus à dormir... Maintenant, je vais me reposer.

Kamès leva les yeux vers le ciel et sa main serra très fort celle de sa mère.

— La momie est froide, Majesté, annonça le ritualiste à la souveraine. C'est un excellent signe : il signifie que le défunt a expulsé sa mauvaise chaleur, formée de passions et de ressentiments, et que l'âme est purifiée. Désormais, le pharaon Kamès possède la sérénité d'Osiris.

Veuve, portant le deuil d'un fils de vingt ans, Ahotep refusait, une fois encore, de céder sous les coups du destin. Puisque Kamès n'avait ni fils ni successeur, c'était elle qui avait dû diriger la cérémonie des funérailles. De même qu'après la mort

1. Deux stèles furent effectivement retrouvées à Karnak. Leurs textes ont fourni quantité de précieux détails.

de son mari, elle occupait la fonction de régente et gouvernait l'Égypte.

Dans le sarcophage de Kamès, au décor de plumes évoquant les voyages de l'âme-oiseau dans les cieux, elle déposa un éventail d'or et d'ébène afin de lui assurer un souffle éternel, des haches et une barque en or où son esprit voguerait à jamais dans l'univers.

Avec une gravité et un pouvoir de recueillement surprenants chez un enfant de dix ans, le prince Amosé avait vécu toutes les étapes du deuil, de la momification de son frère aîné à la mise au tombeau dans la nécropole de la rive ouest de Thèbes. Mais dix ans, pour les sages d'Égypte, n'était-ce pas l'âge où l'on devenait pleinement responsable de ses actes ?

Ahotep avait une triple mission : poursuivre la guerre de libération, préparer Amosé à devenir pharaon et découvrir l'identité de l'espion hyksos, cet être si proche d'elle qui lui avait déjà infligé tant de souffrances.

Alors que le cortège funèbre se dirigeait vers la rive, le gouverneur Emheb s'approcha de la reine.

— Majesté, je ne peux garder pour moi mes pensées !

— Je t'écoute, Emheb.

— J'ai vu de près la citadelle d'Avaris : elle est imprenable. Chacun sait que vous avez accompli beaucoup de miracles et que les dieux ont inondé votre cœur de puissance magique. Mais l'empereur a su se bâtir un repaire indestructible. Nous pourrons sans doute l'attaquer et l'attaquer encore, en perdant chaque fois de nombreux soldats. C'est exactement ce qu'espère Apophis. Et lorsque nous serons suffisamment affaiblis, c'est lui qui attaquera.

— Dans l'immédiat, selon les vœux du pharaon Kamès, rends-toi à Memphis, renforce ses défenses et consolide nos positions dans les provinces libérées.

Emheb fut soulagé de constater que, malgré sa peine, Ahotep ne perdait rien de sa lucidité.

Très éprouvée, Téti la Petite n'avait pas assisté aux phases ultimes des funérailles. Comment admettre que la mort l'épargne pour frapper un jeune roi de vingt ans ? Et la vieille dame savait que le petit Amosé ne rirait plus jamais comme auparavant et qu'il n'aurait plus droit, désormais, aux insouciances de l'enfance.

La mort de Kamès avait mis un terme précoce aux réjouissances et la réalité s'était de nouveau imposée, avec toute sa cruauté : la guerre était loin d'être terminée, la puissance militaire hyksos demeurait presque intacte et la survie même de Thèbes restait incertaine.

Ahotep aida sa mère à se lever.

— Je suis si lasse, avoua Téti la Petite. Tu devrais me laisser dormir.

— Qaris nous a préparé un excellent dîner, et il te faut reprendre des forces. Oublies-tu que l'éducation d'Amosé n'est pas achevée et qu'il a encore besoin de toi ?

— Je t'admire, ma fille. Où puises-tu tant de courage ?

— Dans le désir d'être libre.

Afin de se montrer digne de son rang, la reine mère participa au repas. Et lorsque Amosé la pria de lui parler de l'âge d'or, elle comprit qu'il lui était interdit de se laisser aller. Éduquer un futur pharaon, n'était-ce pas le bonheur de sa vieillesse ?

Accompagnée de Rieur le Jeune, Ahotep fit quelques pas dans le jardin du palais. Soudain, le molosse se figea.

Le chancelier Néshi venait à leur rencontre.

La reine caressa son chien dont le regard restait rivé sur le dignitaire.

— Pardonnez-moi de vous importuner, Majesté, mais j'ai des révélations à vous faire.

Ahotep allait-elle enfin connaître l'atroce vérité ?

— J'ai fidèlement servi le pharaon Kamès, déclara Néshi, et j'ai approuvé toutes ses décisions. Aujourd'hui, il est mort. Moi aussi, d'une certaine manière. C'est pourquoi je vous présente ma démission, tout en vous suppliant de sauver ce pays qui a tant besoin de vous.

— Ni notre pays ni aucun autre n'ont besoin d'un sauveur, chancelier. Ce qui leur est indispensable, c'est la rectitude. Quand Maât gouvernera de nouveau les Deux Terres, le malheur disparaîtra. Oublie la dévotion à un individu et ne sers que cette rectitude. Alors, et alors seulement, tu deviendras un homme d'État digne de ce nom.

Ahotep s'éloigna, suivie de son chien. Elle avait besoin d'être seule avec son mari et son fils aîné, en compagnie de ces deux pharaons qui avaient donné leur vie en luttant contre l'empereur des ténèbres. Et la Reine Liberté contempla la lune croissante, son astre protecteur, en espérant qu'il lui accorderait la foi nécessaire pour rétablir le règne de la lumière.

BIBLIOGRAPHIE

Abd El-Maksoud, M., *Tell Heboua (1981-1991). Enquête archéologique sur la Deuxième Période intermédiaire et le Nouvel Empire à l'extrémité orientale du Delta*, Paris, 1998.

Alt, A., *Die Herkunft der Hyksos in neuer Sicht*, Leipzig, 1954.

Beckerath, J., *Untersuchungen zur politischen Geschichte der Zweiten zwischenzeit in Ägypten, Glückstadt*, 1965.

Bietak, M., *Avaris. The Capital of the Hyksos. Recent Excavations at Tell el-Daba*, London, 1996.

Bietak, M., « Hyksos », in *Lexikon der Ägyptologie*, 1977, 93-104.

Bietak, M., Strouhal, E., « Die Todesumstände des Pharaos Seqenenre (XVIIe dynastie) », *Annalen Naturhistorischen Museums*, Wien, 78, 1974, 29-52.

Caubet, A. (éd.)., *L'Acrobate au taureau. Les Découvertes de Tell el-Dab'a et l'Archéologie de la Méditerranée orientale*, Paris, 1999.

Davies, W.V., Schofield, L. (éd.), *Egypt, the Aegean and the Levant. Interconnections in the Second Millenium BC*, London, 1995.

Engberg, R.M., *The Hyksos reconsidered*, Chicago, 1939.

Gabolde, L., *Le « Grand Château d'Amon » de Sésostris Ier à Karnak*, Paris, 1998.

GITTON, M., *Les Divines Épouses de la XVIIIe dynastie*, Paris, 1984.

GOEDICKE, H., *Studies about Kamose and Ahmose*, Baltimore, 1995.

HABACHI, L., *The Second Stela of Kamose and his Struggle against the Hyksos Ruler and his Capital*, Glückstadt, 1972.

HAYES, W.C., *The Scepter of Egypt, II : the Hyksos Period and the New Kingdom*, New York, 1968.

HEINSOHN, G., « Who were the Hyksos ? », *Sesto Congresso Internazionale di Egittologia*, Turin 1991, 1993, Atti II, 207-217.

HELCK, W., *Die Beziehungen Ägyptens zu Vorderasien im 3. und 2. Jahrtausend v. Chr.*, Wiesbaden, 1962.

JANOSI, P., « The Queens Ahhotep I and II and Egypt's Foreign Relations », *The Journal of Ancien Chronology, Forum 5*, 1991-1992, 99-105.

KEMPINSKI, A., *Syrien und Palästina (Kanaan) in der letzten Phase der Mittlebronze II B — Zeit (1650-1570 v. Chr.)*, Wiesbaden, 1983.

LABIB, P., *Die Herrschaft der Hyksos in Agypten und ihr Sturz*, Glückstadt, 1936.

LACOVARA, P., *The New Kingdom Royal City*, London and New York, 1997.

MAYANI, Z., *Les Hyksos et le Monde de la Bible*, Paris, 1956.

OREN, E.D. (éd.), *The Hyksos : New Historical and Archeological Perspectives*, Philadelphia, 1997.

REDFORD, D.B., « The Hyksos Invasion in History and Tradition », *Orientalia*, 1970, 1-51.

ROBINS, G., « Ahhotep I, II and III », *Göttinger Miszellen*, 56, 1982, 71-77.

RYHOLT, K.S.B., *The Second Intermediate Period in Egypt*, Copenhague, 1997.

SÄVE-SÖDERBERGH, T., « The Hyksos in Egypt », *Journal of Egyptian Archaeology*, 37, 1951, 57-71.

SEIPEL, W., « Ahhotep », *Lexikon der Ägyptologie* I, 1972, 98-99.

VANDERSLEYEN, C., « Les deux Ahhotep », *Studien zur Altägyptischen Kultur*, 8, 1980, 237-241.

VANDERSLEYEN, C., *L'Égypte et la Vallée du Nil*, 2, Paris, 1995, 119 *sq.*

VANDERSLEYEN, C., *Les Guerres d'Amosis, fondateur de la XVIIIe dynastie*, Bruxelles, 1971.

VANDERSLEYEN, C., « Kamose », *Lexikon der Ägyptologie*, III, 1978, 306-308.

VANDERSLEYEN, C., « Seqenenrê », *Lexikon der Ägyptologie*, V, 1984, 864-866.

VAN SETERS, J., *The Hyksos, A New Investigation*, New Haven, 1966.

VYCICHL, W., « Le Nom des Hyksos », *Bulletin de la Société d'Égyptologie de Genève*, 6, 1982, 103-111.

WACHSMANN, S., *Aegean in the Theban Tombs*, Louvain, 1987.

WEILL, R., *XIIe Dynastie, Royauté de Haute-Égypte et domination hyksos dans le Nord*, Le Caire, 1953.

Impression réalisée sur Presse Offset par

BRODARD & TAUPIN

GROUPE CPI

18319 – La Flèche (Sarthe), le 15-04-2003

Dépôt légal : mai 2003

POCKET – 12, avenue d'Italie - 75627 Paris cedex 13
Tél. : 01.44.16.05.00

Imprimé en France